KB175619

인문학 수프 시리즈 6: 근황

소가진설(小家珍說)

누구에게나 삶은 중하다

지은이 양선규

소설가. 창작집으로 『난세일기』, 『칼과 그림자』 등과 인문학 수프 시리즈 『장졸우교(藏拙于巧)』(소설),
『용회이명(用晦而明)』(영화), 『이굴위신(以屈爲伸)』(고전), 『우청우탁(寓淸于濁)』(문식), 『감언이설
(甘言利說)』(시속) 등이 있으며, 연구서로는 『한국현대소설의 무의식』, 『코드와 맥락으로 문학읽기』,
『풀어서 쓴 문학이야기』 등이 있다.
충북대학교 인문대학 교수를 거쳐 현재 대구교육대학교 국어교육과 교수로 재직 중이다.

인문학 수프 시리즈 6: 근황
소가진설 小家珍說

© 양선규, 2014

1판 1쇄 인쇄__2014년 07월 18일
1판 1쇄 발행__2014년 07월 31일

지은이__양선규
펴낸이__양정섭
펴낸곳__작가와비평
　　　　등록__제2010-000013호
　　　　블로그__http://wekorea.tistory.com
　　　　이메일__mykorea01@naver.com

공급처__(주)글로벌콘텐츠출판그룹
　　　　대표__홍정표
　　　　편집__김다솜 노경민 김현열 　**디자인**__김미미 　**기획·마케팅**__이용기 　**경영지원**__안선영
　　　　주소__서울특별시 강동구 천중로 196 정일빌딩 401호
　　　　전화__02) 488-3280 　**팩스**__02) 488-3281
　　　　홈페이지__http://www.gcbook.co.kr

값 14,000원
ISBN 979-11-5592-114-2 03800

소가진설

小家珍說

누구에게나 삶은 중하다

양선규 지음

작가와비평

저자의 말

　　인문학 수프 『소가진설小家珍說』은 작고 가벼운 이야기로 채워져 있습니다. 주로 제 주변의 일상사들이 소재가 되고 있습니다. 앞선 책들(『장졸우교』, 『용회이명』, 『이굴위신』, 『우청우탁』, 『감언이설』)이 각각 소설, 영화, 고전, 문식, 시속이라는 공통된 하나의 글감을 가지고 있는 것에 반해 『소가진설』은 이것저것 가리지 않고 이야기거리를 찾고 있습니다. 하나의 테두리로 가두기 어려운 것들과 인문학 수프 시리즈가 기획된 이후에 쓰인 것들을 모은 것이라 보시면 될 것 같습니다.

　　'소가진설小家珍說'이라는 말은 소설의 어원을 밝힐 때 자주 등장하는 말입니다. 소설 쓰기는 작고 '가벼운 이야기'로 '생의 진실'을 밝히는 작업입니다. 인문학 수프 『소가진설小家珍說』은 소설은 아니지만 그러한 '소설 쓰기'의 관점과 태도에 의해 쓰인 글입니다. 그런 소이로 앞선 책들이 채 드러내지 못한 '인문학적 발견의 진실'들을 조금은 더 추가할 수 있었다고 여기고 있습니다.

　　젊은 시절 무거운 죽도를 쓰는 것으로 유명했던 한 원로 검도가에게 옛 제자가 물었습니다.

"선생님, 아직도 무거운 죽도만 고집하십니까?"

노검객은 고개를 저었습니다.

"아닐세. 요즘은 가벼운 것을 무겁게 쓰려고 노력하고 있네."

나이 든 '선생님'은 그렇게 답했습니다. 물론 다른 뜻도 있겠습니다만, 제게는 그 말씀이 '사람은 항상 자기가 감당할 수 있는 범위 안에서 최선을 다하여야 한다'는 뜻으로 이해되었습니다. 언감생심, 저의 인문학 수프 시리즈 역시 '가벼운 것을 무겁게 쓰는' 것 중의 하나로 받아들여졌으면 하는 바람 간절합니다. 고맙습니다.

2014. 7
양선규

목 차

강아지 옷

연이은 서울 출장길에 날씨에 맞는 옷을 고릅니다. 제법 쌀쌀할 것 같습니다만, 태풍의 사정권 안에 든다는 예보도 있었고 체감 온도가 어제와는 크게 차이지는 형편인데도 아내는 어제 입고 간 여름 점퍼를 그냥 입고 가라 합니다. 저의 때 이른 계절 감각을 나무라기까지 합니다(아들이 '춥다'라고 거들어도 막무가내입니다). 아마 본인에게는(중후년을 맞고 있어 늘 열받고 사는 상태인) 여전히 더운 삼복 날씨인 모양입니다. 안에 입는 티셔츠를 소매 긴 것으로 입고 가는 것으로 타협을 봤습니다.

얼마 전에 집에서 기르는 강아지에게 입힐 강아지 옷을 한 벌 샀다는 한 페친분의 담벼락 사연을 읽었습니다. 물론 그 강아지 옷도 구경했습니다. 알록달록, 디자인도 예쁘고 색감色感도 딱 제 스타일이었습니다. 그 사진을 보면서 제 어릴 때 생각이 났습니다. 어머니가 손수 한 땀 한 땀 뜨개질해서 만들어주시던 털실 스웨터 생각이 났습니다. 이리저리 뜨개바늘 코로 제 몸을 훑어가며 목측을 잡아서는 몇날 며칠을 쉬지 않고 수공으로 지어낸 그 어머니표 스웨터를 입고 나가면 동네 아주머니들이 그 옷에 대해서 아낌없는 찬사를 보내곤 했습니다. '정말 잘 짰다', '니네 엄마가 짠 것 맞느냐', '너무 따뜻하겠네', '색깔도 참 곱네' 등등 귀찮을 정도로 참견이 많았습니다. 사정은 학교에 가서도 마찬가지였습니다. 담임선생님도 한 말씀 하셨습니다. 그런데 선생님 말씀은 좀 달랐습니다. 어머니의 노고에 대해서 공치사를 하신 뒤에 다른 사람들과는 좀 다른 촌평을 달았습니다. 때 이르게 더운 털실옷을 입고 몸에서 열이 올라 땀방울이 송글송글 맺혀 있는 제 이마를 쓰다듬어 주시면서 하신 말씀이었습니다.

"이북 분이라서 벌써부터 털실옷을 입히는구나. 그쪽에서라면 지금쯤 이런 털실옷을 입고 다닐 때지."

그 말씀을 듣고서야 알았습니다. 제가 그 더운 옷을 입어야 했던 이유를요. 어머니가 제게 일찍부터, 제 의사와 관계없이, 털실옷을 입히신 것이 바로 어머니가 이북사람이었기 때문이었다는 것을 알게 된 것입니다. 그 말씀을 듣고 이북사람들은 다 그런 것으로 알았습니다. 지금껏 그렇게만 알고 있었습니다. 여기 계절감보다는 좀 이르게 계절을 느끼는 사람들로만 알고 있었습니다.

그런데 요즈음 들어서 다른 생각이 들기 시작합니다. 물론 그 '강아지 옷' 때문입니다. 어머니가 제가 모르는 다른 어떤 이유 때문에 제게 그런 '멋쟁이 옷'을 입혔던 것(강요한 것?)이 아니었던가라는 생각이 들기 시작했습니다. 누군가의 대용품이 아니었던가라는 의구심이 들었습니다. 그러니까 제가 일종의 애완견 강아지였다는 생각이 들었던 것입니다. 그 이유는 이렇습니다. 어머니표 털실 스웨터는 오직 저만 입었습니다. 형들에게는 해당사항이 없었습니다. 저도 4~5학년으로 올라가면서는 그 옷을 입는 혜택(?)을 더 이상 누릴 수가 없었습니다. 덩치도 커지고 얼굴도 미워져서 제가 '강아지' 노릇을 더 이상 할 수 없었다는 것입니다. 그리고 어머니의 병세가 그 무렵부터 완연해지기 시작했다는 것도 한 결정적인 요인이 되는 것이기도 했습니다. 여기까지는 어디까지나 객관적인 유추에 따른 것입니다.

제게 드는 생각이 그것뿐인 것은 아닙니다. 제멋대로의 생각이긴 하지만, '강아지 옷'을 보면서 드는 생각이 또 하나 있습니다. 어머니가 이북에 두고 내려온 그 첫아들, 큰형 생각입니다. 어머니는 이북에서도 그 첫아들의 겨울옷을 털실로 정성스레 짜서 입혔을 것입니다. 어머니는 손재주가 있어서 그림도 잘 그렸고, 치마저고리도 잘 지어서 한때는 집에서 삯바느질을 부업으로 했을 정도였습니다. 인두로 저고리 동전을 맵시 있게 다려 붙이시던 모습이 지금도 눈에 선합니다. 그런 어머니였으니 젊어서도 온갖 기교를 다 부려 그 첫아들의 옷을 멋있게 지어냈음이 분명했습니다. 보나마나 그 '강아지 옷'처럼, 화려하게 색실을 넣어서 한껏 멋을 내었음이 분명합니다. 어머니는 막내인 제게서, 그 털실옷을 입은 저에게서, 그 첫아들을 보고 싶으셨던 것인지도 모르겠습니다. 그 아들을 두고 내려왔을 때의 모습이 어린 저에게서 찾아졌을 것으로 짐작합니다. 그 '강아지 옷'을 짜면서 어머니는 이북에 두고 온 그 첫아들을 생각했음이 분명합니다. 그 아이에게 입힐 털실옷을 짜서는 그때 모습에 제일 방불했던 제게 입혔던 겁니다. 그렇지 않았다면 그렇게 이르게 제게 그 더운 털실옷을 입혔을 리가 없습니다. 아무리 이북사람이라고 하더라도 그렇게 막무가내였을 수는 없는 일이었습니다. 어머니도 '헛것'을 보던 이였습니다. 그래서 어머니는 그때만 오면 털실옷을 짰던 것입니다. 첫아들에게 입힐 아롱다롱 예쁘기만 한 털실옷을 짜기 시작했던 그때만 오면 어머니는 어쩔 수 없이 또 뜨개질을 시작했던 것입니다. 나이 들어 '헛것'만 보는 시절에 접어드니 오직 그 이유밖에 없었던 것 같습니다. 그것밖에는 제가 그렇게 매년 철 이르게 더운 털실옷을 입고 땀을 뻘뻘 흘리며 돌아다녔을 하등의 까닭이 없었던 것이었습니다.

마법은 없고

사람 중에는 남의 말을 잘 믿는 이와 그렇지 않은 이가 있습니다. 살아보니, 그 중간은 아예 없는 것 같습니다. 궁극적으로는 〈믿거나 말거나〉, 둘 중의 하나입니다. 저는 남의 말을 잘 믿는 편입니다. 일단 믿고 봅니다. 여간해선 남을 의심하지 않습니다. 오죽하면 여태 살아오면서, 처음부터, 초면에, 남녀노소 불구하고, 나쁜 인상을 준 사람이 한 명도 없었겠습니까? 물론 나중에 뒤통수 얼얼하게 설움이나 손해를 주고 떠나는 이들은 많았습니다.

왜 이렇게 살까? 그런 생각을 전혀 안 해 본 것은 아닙니다. 생각해 보면, 달리 무슨 생각이 있어서가 아닙니다. 저도 어쩔 수 없는 어떤 힘이 그렇게 몰고 갑니다. 처음에는 제가 선량해서 그런 줄 알았습니다. 나중에 보니 그게 아니었습니다. 불량이었습니다. 사람이 못나서였습니다. 오직 자기 생각에만 사로잡혀서 그런 거였습니다. 자기가 개를 좋아한다고, 아무 개나 보고 머리를 쓰다듬으면 안 됩니다. 그게 상식이고 윤리입니다. 개에게는 개의 상황과 윤리가 있는데, 함부로 굴다가는 손을 물리기 십상입니다. 집에서 개를 기를 때였습니다. 집 아이가 밖에서 큰 개를 만났습니다. 전봇대에 묶여 있는 개를 보고 반가운 마음에 그냥 달려가서 만지려다가 집채만 한 들개(?)에게 잡아먹힐 뻔했습니다. 그 일을 비유삼아 생각해 봅니다. 대여섯 살 난 철부지 아이가 어쩌다 한 번 당하는 일을 저는 평생을 두고 겪고 있습니다. 잊을 만하면 물립니다. 그러니 이건 병이지요. 심각한 병입니다. 영화 〈부러진 화살〉을 보면 주인공이 하는 말 중에서 "전문가가 어디 있어요? 사기꾼 빼고."라는 대사가 있습니다. 변호사가 사건을 전문가에게 맡기라고 하니까, 세상에 믿을 놈 하나 없는 전직 수학 교수는 그렇게 내뱉습니다. 그에게는 세상이 온통 들개와 같은 사기꾼 천지입니다. 그 장면을 보면서 저는 생각했습니다. 그렇지 전문가라는 자들은 결국 사기꾼이지. 그 역도 성립하고. 그의 말대로, 사기꾼은 정말 전문가입니다. 사기를 당해본 사람들은 모두 아는 사실이지만, 사기를 당할 때는 꿈에도 자기가 사기를 당하는 중이라는 걸 생각하지 못합니다. 그저 황홀합니다. 그런 느낌을 줄 수 있어야 사기꾼이 됩니다. 그러니, 새로운 인연을 맺을 때마다 늘 황홀한 기분이

드는 저 같은 사람은 전형적인 사기 피해자입니다. 사기꾼 제조 기입니다. 이 세상 사람 모두를 사기꾼으로 만들어 버리는 정말 이지 악질 못난이인 것입니다. 멀쩡한 사람을 사기꾼으로 만드 는 타고난 악질 정신병자인 셈입니다.

얼마 전에는 학내에서 벌어진 한 선거전의 와중에서 한 젊은 후배 교수에게 "선생님은 너무 순진하시네요!"라는 친절한 충 고까지 들어야 했습니다. 그렇지 않아도, 그에게는 최대한 예의 를 갖춰, 뺀질이 숭내를 내고 있는 중이었는데 적반하장으로(?) 결국 그런 막말까지 듣고 말았습니다. "순진한 게 좋은 것 아닌 가?" 하고 그 자리를 애써 모면했지만, 내내 찝찝했습니다. 개중 가장 순진한 놈이라고 여겼던 치에게 그런 말을 들었다는 게 너무 기분이 나빴습니다. 그의 그 '순진한 충고'가 때 아닌 죄책 감까지 들 게 했습니다. 얼마나 피곤했으면 그런 막말까지 했겠 습니까? "너 왜 이러니? 아마추어 같이…." 결국 그런 말이었습 니다. 어쨌든 그런 자책감류에 사로잡혀 살아온 지도 벌써 오래 되었습니다. 이제는 모두 지난 일이니 웃으며 할 수 있는 말입 니다. 약간의 위로가 되는 고사가 있어 소개합니다.

공자는 행실이 말에 미치지 못하는 재여(宰予)를 보고 이렇게 말 했다.

"내가 처음에는 다른 사람에 대해 그의 말을 듣고 행실을 믿었으 나, 지금은 그의 말을 듣고 다시 행실을 살펴보게 되었다. 나는 재여 때문에 이렇게 바뀌었다(始吾於人也 聽其言而信其行 今吾於人也 聽

其言而觀其行 於予與改是)."

도덕적인 사람은 자기의 마음을 통해 다른 사람의 마음을 헤아리고, 자기가 믿을 만한 말을 하기 때문에 남들의 말도 믿을 만하다고 생각한다. 하지만 모든 사람의 언행이 일치하는 것은 아니기 때문에 상대방의 말을 듣고 행실을 살펴보아야 한다.

증자(曾子)는 자신의 말에 책임을 져야 한다는 공자의 가르침을 잘 따랐다. '돼지를 죽여 자식을 가르쳤다'는 이야기는 좋은 예다. 하루는 증자의 부인이 장을 보러 나섰는데 어린 아들이 따라가겠다고 울며 떼를 썼다. 엄마는 아이를 달랠 요량으로 아이에게 말했다. "시장에 다녀와서 돼지를 잡아 맛있는 반찬을 해줄게. 그러니 집에서 기다려라." 아들은 돼지고기로 반찬을 만들어준다는 엄마의 말에 울음을 뚝 그쳤다. 증자는 묵묵히 아내의 말을 듣고만 있었다.

아내가 집으로 돌아오자 증자는 마당에서 돼지 잡을 준비를 했다. 비싼 돼지를 잡으려는 증자를 보고 아내는 깜짝 놀라 펄쩍 뛰었다. "아이를 달래려고 그냥 한 번 해본 말입니다." 그러자 증자가 말했다. "아이에게 거짓말을 해서는 안 되오. 아이는 부모가 하는 대로 따라 배우는 법이오. 당신이 약속을 지키지 않으면 아이가 뭘 배우겠소. 부모가 자식을 속이면 자식은 부모를 믿지 못하게 되오." 그리고는 진짜로 돼지를 잡았다.

자신의 말에 책임질 줄 아는 것은 우리가 기본적으로 지켜야 할 도리다. 남과 교류할 때 먼저 신용을 지켜야 되며, 원만한 인간관계를 유지하기 위해서는 쌍방이 모두 신용을 지켜야 한다. 앞에서는 이렇게 말하고 돌아서서 저렇게 말한다면 우호적인 관계는 유지될 수 없다. 서로 진심으로 믿는다면 시간이 흘러도 믿음이 깨지지 않는다.

▶▶▶ 창화 편, 박양화 역, 『왼손에 노자 오른손에 공자』 중에서

『미쳐야 미친다』의 저자가 조선말의 불우한 천재 김영의 일생을 이야기하면서(그가 매도된 시대를 비판하며), 문득 자신의 유학 시절에 접한, 대만 정치대학 구내의 버려진 개들을 이야기하는 심정이 요즘 들어 부쩍 공감이 갑니다. 제 공부는 하지 않고 어디 땅에 떨어진 먹을 것이 없나, 떼를 지어 이리저리 몰려다니는 상아탑 잡배들을 '버려진 개'들에 빗대어 나무라는 책 속의 내용이 꽤나 큰 울림을 자아냈습니다. 사람이라면 누구나 남보다 잘나고 싶고 인정받고 싶은 것이 인지상정입니다. 더군다나 글깨나 읽은 치들이 나잇살이나 좀 먹게 되면 스스로 지혜로운 자 또는 초탈한 자 연然하고 싶은 마음이 안에서 요동치게 되는 법입니다(그걸 어떻게 알지?). 어디서 그럴 듯한 문자 속이나 몇 마디 키워서, 여기저기 되는대로 설說하고 다니면서 마치 『해리 포터』 시리즈에 나오는 '마법사' 행세를 하려고 합니다. 진정한 마법사들은 머글들과 외양이나 표정이나 말에서 구별되는 것이 아닙니다. 마법사와 머글들이 구별되는 것은 바로 그들이 지니고 있는 마법의 능력에 있습니다. 보여줄 마법이 없는 자는 결코 마법사가 아닙니다. 그저 머글이고, 잘 해야 사기꾼일 뿐이지요. 스승에게 아둔하지만 엉덩이가 무겁다라고 평가된 증자도 딱히 보여줄 마법이 없었던 모양입니다. 돼지라도 잡아서 머

글 신세를 면하고자 했던 걸 보면 그걸 알 수 있습니다. 마법은 없고, 머글 신세도 싫으니, 저도 집안에 돼지나 한 마리 키워야 겠습니다.

그 모든 낯선 시간들

로렌 아이슬리의 『그 모든 낯선 시간들』이 드디어 배달되었습니다. 매주 메일로 찾아오는 '문학집배원'이 전해준 그 책의 내용 일부가 제겐 큰 파열음을 일으켰습니다(그 당시 '문학집배원'은 작가 은희경이었습니다). 로렌 아이슬리가 그의 자서전에 적었다는, 어머니와 관련된 몇 마디 진술이 저에게는 깊은 인상을 남겼습니다. 문자 그대로, 심금을 울렸습니다. 자전적 소설인 「적두병」을 쓸 때도 그랬습니다. 그때도 '문학집배원'이 큰 역할을 했습니다. 그때는 밀란 쿤데라의 『정체성』이 저를 마구 흔들었습니다. 가라앉아 있던 오래된 것들이 그 '흔들림'을 통해 의식의 수면水面으로 마구 떠올랐습니다. 그러니까 그것들은 제임스 조이스가 말했던 에피퍼니Epiphany였습니다. 그것들은 영감의 운반자였습니다. 저도 모르는 사이에 제 중심을 차지하고 앉아서 어떤 각성이나 영감을 사지로 내려 보내는 매개체가 되고 있었던 것입니다. 그것들이 내려 보내는 느낌은 전신적인 것이어서 어느 한 부위로 몰아넣을 수 없는 것이었습니다. 전신에 퍼지는 전율감이라고 해야 될 것들이었습니다. 그 떨림을 통과하면서 제 몸은 급기야 연하고 투명한 새로운 껍질을 얻는 기분이 됩니다. 인터넷서점에서 직접 구입을 하려다 혹시나 해서 도서관에 대출 신청을 했습니다. 지금 당장은 책이 없으나 곧 사서 넣어주겠다는 전갈이 왔습니다. 고마운 생각으로 인내심을 가지고 기다리기로 했습니다. 그게 두 달 전 일입니다. 그 책이 이제야 주인을 찾아왔습니다.

그러나 책장을 열고 막상 로렌 아이슬리의 맨 얼굴을 보는 순간 저는 크게 당황하지 않을 수 없었습니다. 그처럼 저도 새로운 세상과의 조우에 심한 낯가림 현상을 겪어야 했습니다. 선뜻 책 안으로 들어갈 염이 생기지 않았습니다. 그 책은 보통의 자서전과는 많이 달랐습니다. 내 이야기는 유쾌하지 않다, 헤르만 헤세의 말처럼 『그 모든 낯선 시간들』이라는 책도 결코 유쾌한 이야기를 담아내지 않고 있었습니다. 그 제목만큼이나 낯선 책이었습니다. 듣기로 로렌 아이슬리는 유명한 인류학자였고 그가 남긴 저서들은 모두 베스트셀러였다는데 베스트셀러 작가가 쓴 책이라고는 도저히 믿겨지지 않을 만큼 퉁명스러운 어조로 일관하고 있었습니다. 어쩌면, 그가 관찰하고 설명한 우주의 아름다움은 그의 그 상처로 물든 인생에 대한 반어적 진술이었는지도 몰랐습니다. 책으로 만난 그의 삶은 온통 상처와 추악한 것들의 집합체였습니다. 물론, 『그 모든 낯선 시간들』은 그의 자서전이 었으므로 다른 저서들과는 조금 다르리라는 생각은 했었습니다. 당연히 채색되지 않는 그림들이 군데군데 끼여져 있을 것이라고 생각했습니다. 그런데 그 정도의 상식은 그의 책 앞에서는 한갓 때 묻은 염주알에 배어 있는 '소리뿐인 주문'에 불과한 것이었습니다. 그의 자서전은 세상의 모든 선입견을 충분하게 뒤집고도 남음이 있었습니다. 저는 그를 전혀 몰랐던 것입니다. 아니 스스로에 대한 글쓰기가 무엇인지 전혀 몰랐던 것입니다(저는 그를, 「적두병」식 기호로 보자면, '콩쥐'로 여겼던 것입니다. 그러나 그는 '팥쥐'도 '상팥쥐'였습니다. 그는 상처 그 자체였던 자신의 삶을 다른 색으로 채색하기를 완고하게 거부하고 있었습니다). 그는 처음부터 끔찍하게, 폭력에 대해 말했습니다. 세계는 애초부터 폭력의 얼굴로 왔습니다. 가난, 소외, 상처, 질병, 구타, 그 모든 세상의 폭력이 우리를 키웁니다. 당신은 우리를 키운 폭력에 대해 얼마나 알고 있는가? 시작부터 그는 그렇게 묻고 있었습니다. 그것뿐만이 아니었습니다. 제가 「적두병」을 쓸 때 그렇게 자주 인용했던 대목, "아무것도 아니에요, 엄마. 아무것도 아니죠. 쉬세요."라는 구절도 제가 생각하던 그런 심심한, 센치멘탈한, 문맥에서의 그것이 아니었습니다. 그것은 상처뿐이었던 그의 평생을 걸고 내뱉었던 살아남은 자의 애달픈 세라나데 그 자체였습니다. 자신을 평생토록 따라다닌 폭력, 세계의 무정함에 대한 한 마디 절규였습니다.

아무것도 아니에요. 엄마. 아무것도 아니죠. 쉬세요. 그동안 쉴 수 없으셨죠. 그게 어머니의 짐이셨어요. 하지만 이제, 주무세요. 곧 저도 함께할 거예요. 비록, 용서하세요. 여기는 아니지만요. 그러면 우리 둘 다 쉬지 못할 거예요. 저는 멀리 가서 몸을 누일게요. 때가 다가와요. 저는 돌아올 것 같지 않아요. 이젠 이해하시겠지요. 나는 10월 묘비석의 따스함을 어루만졌다. 아무 소용이 없었다. 이 사실 하나를 알아채는 데 온 생애가 걸렸다.

▶▶▶ 로렌 아이슬리, 김정환 옮김, 『그 모든 낯선 시간들』, 강, 2008, 39쪽

저는 이 대목을 나이 든 아들이 어렵게 살다 간 어머니를 연민의 감정을 담아 위로하는 따뜻한 작별 인사로만 이해했습니다. 앞부분에서 잠언적인 어조로 생의 허무에 대해 쓰고 이어서, "그 모든 고통과, 그 모든 고뇌, 아무것도 아니다. 우리는, 둘, 다, 생이 지나가면서 늘 남기는 부스러기일 뿐이었다."라고 말하는 대목이 있었기에 더 그랬을 수도 있었을 겁니다. 그저 성공한 아들이 불운했던 어머니에게 드리는 사모곡 정도로 받아들이고 싶었습니다. 제가 그랬던 것처럼요. 그러나 아니었습니다. 내 삶의 모든 고통의 근원이었던 어머니, 치명적인 아름다움을 가졌으나 청력에 문제가 있었고 타인과의 사회적인 소통에 늘 어려움을 겪었던, 정신병력이 있는 가계 출신이며, 남편과의 불화로 가득찬 결혼생활에서 얻은 아들을 버려두고 떠난, 그래서 아들에게 늘 자신의 핏줄에 대한 불안과 두려움을 안기던 어머니에 대한 시원하고 섭섭한 마지막 이별의 언사였습니다.

돌이킬 수 없는 불화에 대한 마지막 용서였습니다. 그에게 있어서 어머니는, 죽어서야, 모두 우주의 한 부스러기로 돌아가서야, 그렇게 화해할 수 있는 존재였습니다. 살아서는 물론 죽어서까지 '멀리 가서 몸을 누이게' 하는 어머니, 그런 어머니, 언젠가 어디선가, 내 곁에서도 그런 어머니를 보지 않았던가? 문득 소름이 돋으며, 그런 생각이 들게 하는 내용이었습니다.

어머니가 그림을 잘 그렸다는 것, 방바닥에 도화지를 놓고 밑그림 하나 없이 풍경화며 인물화를 슥슥 그려나가는 어머니의 자태가 너무 아름다웠다는 것(형의 담임선생님은 그런 어머니의 그림 솜씨를 자주 빌렸다), 아버지를 졸라 곧잘 극장 출입을 했다는 것, 그리고 맛있는 팥밥을 할 줄 알았다는 것(나는 아내가 팥밥을 할 줄 모르는 것을 보고 비로소 그것도 하나의 재능임을 알았다) 등으로 나는 어머니도 팥쥐였으리라 짐작한다. 한 마리 아름다운 어미 팥쥐. 나는 그녀의 작고 어린 새끼 팥쥐. 어머니는 본인도 스스로 그렇게 생각했을 것이다. "넌 외탁이야. 형하곤 달라." 어머니는 늘 그렇게 말했다. 그것이 얼마나 달콤한 유혹인지 콩쥐들은 모른다. 그건 팥쥐들끼리만 아는 것이다. 콩쥐들은 절대 모른다.
갑자기 혼선이 왔다. 콩쥐 고모님의 붕대 감은 손이 팥쥐 어머니 탓이었을 것이라는 막연한 추리가 걷잡을 수 없이 치고 올라온 것이다. 어머니는 끼니를 얻으러 온 동갑의 시누이에게 팥도 아니고 멥쌀도 아니고 보리쌀 한 됫박을 내 주었다. 콩쥐는 그것을 치대고 치대어서 하얀 쌀밥으로 만들었다. 자신의 손을 버려서 식구들의 따스

하고 부드러운 한 끼 밥상을 얻은 것이다.

"여우같은 년, 오빠가 불쌍하지."

그날따라 고모님은 나에게 쓸데없는 역정을 냈다. 조막만한 발바닥에 무슨 묻을 것이 있다고, 아장거리며 고모집을 찾은 어린 친정 조카의 발바닥을 세숫대야 안에서 아프게 문질러댔다. 팥쥐 어머니, 콩쥐 고모님. 한 분은 일찍 가셨고 한 분은 여태 계신다. 옛날이야기는 언제나 살아있는 자들의 몫이다. 죽은 자들에게는 귀가 없다. 팥쥐 아들은 그게 슬프다.

▶▶▶ 양선규, 「적두병」 중에서

또 하나, 저에게 전율감을 선사한 것이 있었습니다. 형에 대한 이야기였습니다. 그에게도 형이 있었습니다. 그는 아버지가 몇 시간째 혼수상태를 겪다가 형이 왔다는 소리에 눈을 뜨는 장면을 꼼꼼하게, 한순간도 놓치지 않고 기록합니다. 그의 상처의 근원이 어디에 닿아 있는지를 기록합니다. 저는 거기서 또 한 마리의 버림받은 팥쥐를 봅니다.

마지막 날이었다. 나는 방구석에 서서 그가 죽는 것을 지켜보았다. 네 시간 동안 의식의 징후가 보이지 않았다. 간병인이 나섰다. 그녀가 그의 귀에 대고 소리쳤다. "당신 아들 레오가 여기 있어요. 레오가 왔어요. 레오가 여기 있다고요." 레오는 내 배다른 형제, 나보다 열네 살 많은, 전 결혼에서 낳은 자식이다. 레오 어머니는 돌아가셨다. 나는 두 번째 결혼을 하고 나서 한참 후에 태어났다.

느리게, 정말 한정 없이 나를 놀라게 하며, 죽어가는 사람의 두 눈이, 여러 시간 동안 내게는 무심하던 그 두 눈이, 열렸다. 둘 사이 서로 알아본 순간이 있었고, 나는 배제되었다. 아버지는 그 만남을 위해 아주 무한 거리를 되돌아온 것이었다. 말 없는 만남이었다.

▶▶▶ 로렌 아이슬리, 앞의 책 중에서

로렌 아이슬리는 자서전의 뒷부분에서 스스로 늘 자신을 '바꿔친 요정아이'라고 자위하며 살았다고 진술합니다. 제가 '팥쥐'라고 부르던 그 아이입니다. 너무 낯익은 이야기였습니다. 우리식대로라면 그도 팥쥐였다는 것입니다. 팥쥐는 콩쥐 가족들에게는 늘 거추장스럽고 성가신 잉여물이었습니다. 그 잉여물에게는 어머니의 사랑만이, 외탁이라는 달콤한 보상만이 주어질 뿐입니다. 어머니가 팥쥐에게 보여준 짧은 사랑은 그런 잉여에 대한 눈가림의 위로였을 뿐입니다. 콩쥐였던 형의 빛나는 승리는 이미 예정된 것이어서 한갓 눈가림으로 막을 수는 없는 일이었습니다. 그들은 그런 방식으로 팥쥐를 속이고 자축의 행사를 벌입니다. 어머니는 세상을 뜨기 전 몇 달 간은 아예 팥쥐 아들과의 상종을 피했습니다. 곁에 있던 팥쥐를 두고 멀리 있던 콩쥐만 찾았습니다. 저는 그렇게 시종여일 저의 팥쥐 신세에 대해서 썼습니다. 수준 낮은 투정일 뿐이었습니다. 그러나 그의 이야기는 그런 식의 투정이 아니었습니다. 그는 한 치의 가감도 없이 그동안 자신이 몸담고 살아온 자신의 우주에 대해 설명하고 있었습니다. 어머니로부터 버림받고, 노동과 질병에 시달리며,

아버지에게는 형처럼 아들로 인정받지 못하고, 세계의 폭력 한 가운데로 던져진 자신의 삶을 '우주의 별처럼' 그려내고 있는 중이었습니다.

누구든 콩쥐가 되고, 팥쥐가 되는 것을 자작 거역할 수 없는 일입니다. 아무리 노력한들 그 짐을 벗을 수가 없습니다. 그건 운명적으로 타고날 뿐 누구에게서 얻어지는 것이 아닙니다. 누구에게나 같습니다. 적어도 죽기 전까지는.

천년의 사랑

"적어도 세 사람하고는 살았던 것 같네요."

그렇게 말하니 모두 웃었습니다. 무슨 말인고 하니, 결혼 생활 30여 년 동안 제가 겪은 아내가 그렇다는 것이었습니다. 생각해 보니 결혼 초, 아이들 한참 클 무렵, 그리고 인생 말년, 그렇게 세 번쯤 집사람에 대한 제 느낌이 변화하더라는 겁니다. 아직 결혼을 하지 않은(못한?) 동네 후배도 포함해서 여러 명이 같이 점심을 먹을 때의 이야기였습니다. 총각 친구가 선 본 이야기를 하고(자세한 내용은 약하겠습니다), 그 이야기에 자극받아서 결혼 20년차에 접어든 한 친구가 '나이 들면 여자는 바뀐다'라는 취지의 말을 보태고, 연이어서 제가 그렇게 재차 부연설명을 했던 것입니다(맥락 파악은 독자분들이 알아서 해주시기 바랍니다).

언제가 가장 좋았는가? 입장을 바꾸어서, 나는 아내에게 몇 사람이었던가? 그 자리에서 말은 하지 않았지만 가만히 저 혼자서 그런 생각을 해보았습니다. 아내는 지금이 그중 나은 것 같습니다(저는 잘 모르겠습니다). 짜릿한 것들은 없지만, 존재론적 차원(?)에서의 고독감이 훨씬 덜합니다. 헌옷처럼 편합니다. 그게 참 좋습니다(아내도 그러기를 바랄 뿐입니다). 부부가 해로하면서 이런 염이 들지 않는다면 그게 좀 이상한 일일 겁니다. 당연한 이야기를 늘어놓는 것 같기도 해서 머쓱합니다만 왠지 한 마디 하고 넘어가야 할 것만 같아서 사족을 그렸습니다. 예전에 써놓았던 글을 다시 꺼냈습니다. 경주에 있는 흥덕왕릉을 초견初見하고 저도 모르게 싱숭생숭했던 마음을 어설피 풀어놓았던 것인데 몇 자 고쳐서 다시 내놓습니다.

신라 흥덕왕릉은 경주 외곽에 자리 잡고 있습니다. 찾아가는 길이 그리 곱상치만은 않습니다. 볼 때마다 성가신(?) 몇 채의 냄새나는 우사牛舍와 마치 실타래처럼 풀어져 미로인양 나대는 좁은 농로農路를 군데군데 앞세우고 왕릉은 저 뒤에 꼭꼭 숨어 있습니다. 우정 작심하지 않고서는 쉬이 만날 수 없는 곳에 들어앉아 있습니다. 길에 차를 두고, 농가를 가로질러 우거진 송림 안으로 들어가야 비로소 제 모습을 드러냅니다. 무열왕릉이나 김유신장군묘(흥무왕릉)와는 애초부터 앉아 있는 품새가 다릅니다(김유신을 흥무대왕으로 추봉한 이가 흥덕왕입니다). 마치 죽어서나마 그렇게 자기 삶(?)을 은밀하고 온전하게 지켜내고 싶다는 망자의 의지를 보는 듯합니다. 그런 생각이 들자 "왜 이리도 멀리, 불편하게, 떨어져 있을까?"라는 초행길에서의 불평과 의문이 일거에 해소가 되었습니다. 왕은 살아서 꽤나 풍진 세월을 보냈을 겁니다. 죽어서나마 고즈넉하게 자기만의 삶을 넉넉하게 누릴 수 있었으면 좋겠다는 염원이 그렇게 공간에 반영되었을 겁니다. 아마 그게 맞을 겁니다. 그렇게 생각하고 싶었습니다.

  흥덕왕릉을 두고는 이런저런 말이 많이 나돕니다. 울울한 도래솔(무덤가에 둘러선 소나무)과 함께 반전이 있는 공간으로 널리 회자되곤 합니다. 능역 안으로 들어가 보면 누구나 알게 되는 사실이지만 그만한 왕릉도 없습니다. 여름에 가면 가족 나들이를 나온 이들을 꼭 만납니다. 자리를 깔고 앉아 조용한 야유회를 벌이는 장면을 종종 봅니다. 그만큼 사람을 편안하게 감싸는 곳입니다. 주변 환경만 그런 것이 아닙니다. 석물을 위시한 왕릉에 부속된 기물들의 보전 상태도 거의 원형대로 유지되고 있습니다. 특히 무신상武臣像이 서역인의 모습인 것도 재미있는 것 중의 하나입니다. 아마 흥덕왕릉만큼 튼실하고 모양이 예쁜 신라 왕릉도 없을 것입니다. 태종 무열왕릉 정도가 비견될 뿐입니다. 그러나 왕릉의 주인공 흥덕왕과 관련된 역사적 사실들은 별로 유쾌한 것이 아닙니다. 흥덕왕의 치세와 슬픈 부부 연에 얽힌 사연은 대충 다음과 같습니다. 무능한 조카를 왕위에서 몰아내고, 장보고를 시켜 청해진을 설치케 하고, 당나라 사신으로 갔던 대렴공大廉公을 시켜 지리산에 차를 심게 하고, 질녀였던 아내 장화부인의 때 이른 죽음을 절절히 애도해 내내 독수공방으로 일관하고, 합장을 유언하고, 시름시름 앓다가 재위 11년 만에 죽은, 후사를 두지 못해 귀족 간의 잦은 왕위 찬탈의 빌미를 제공하여 왕국의 멸망을 재촉한 인물이라는 겁니다. 이를테면 비운의 왕이었던 셈입니다. 그 내용을 알고 나서야 비로소 그의 음택이 왜 이리 안온한가를 알 수 있었습니다. 그렇게 외곽의 후미진 곳에 홀로 머물며, 얼룩진 살아서의 풍진 세월들을 천년에 걸쳐 조금씩이나마 닦아내고 있었던 것입니다.

기묘한 수천 그루의 도래솔이 장관壯觀인 송림의 한 가운데에 자리잡고 있는 왕릉은 서역 무사 두 사람이 지키고 있었습니다. 천년의 세월을 호위하는 그들은 천년의 햇빛과 천년의 바람과 천년의 비를 견딘 자들입니다. 제게는 잘 보존된 왕릉보다도, 기기묘묘한 솔숲보다도, 이방의 세월을 말없이 견디고 있는 이 돌로 된 무인석들이 더 애틋했습니다. 오직 지키는 일 하나로 천년을 마주 보고 서 있는 그들의 모습이 애절하기만 합니다. 그 이유는 잘 모르겠습니다(한쪽이 여자 무사였다면 좀 덜했을지도 모르겠습니다). 그들이 왜 제 마음을 애달프게 하는지 속 시원히 풀어낼 수가 없습니다(그들이 왜 제 삶의 대유가 되어야 하는지 그 까닭을 알 수가 없습니다). 송재학 시인의 「비밀」이라는 시나 읽으면서 그 답답함을 조금이나마 달래볼까 합니다.

비밀

— 송재학

1

홍덕왕릉*의 숲에는 비밀이 있다 섭씨 19도, 서풍과 함께 듣는 솔방울 소리, 부재를 위해 텅 빈 공간이 부푸는 한낮, 밤이 아니라도 등불이 하나 둘 차례차례 켜지는 느낌, 일만 그루 소나무가 손 뻗어 나를 만지도록 정지하는 것, 일만 그루의 소나무에 매달리는 섬모 운동, 내게 필요한 것은 아무에게도 들키지 않고 우는 울음이다

2

비밀이 탄로난 이유가 갑자기 휘몰아닥친 장대비 때문만은 아니다 내가 왕국을 베고 눕고자 했다 왕이 누리던 고요 외에 십삼층 석탑 같은 왕의 비애를 열어 보고자 했다 어떤 기미도 없이 절규의 힘으로 빗방울이 관 뚜껑 닫는 소리를 듣는다 내가 알아야 할 것은 집으로 가는 길이 아니라 비를 오게 하는 왕국의 슬픔이다

▶▶▶ 양선규, 「수고手稿」 중에서

---

* 홍덕왕릉은 경북 경주시 안강읍 인근의 신라 왕릉이다. 홍덕왕은 죽은 장화 부인을 못 잊어 내내 독신으로 살았다.

자기가 지키는 게 무엇인지도 모르면서 마치 무인석처럼 무엇인가를 잔뜩 지키고 서 있는 사람들을 보면 참 답답합니다. 시인과 저는 젊어서 참 친하게 지냈습니다. 때론 서로 지키는 게 판연히 다른 것 같기도 해서 서운할 때도 있었습니다. 천년은 아니지만, 세월이 흐르고 보니 그게 아니란 걸 알겠습니다. 진정 지키는 자는 무엇을 지키는가를 따지지 않습니다. 오직 지켜서 아름답기만을 바라는 것만이 그들에게는 소중할 뿐입니다.

문밖 것의 심술

평생 소설가를 자처했지만 아직도 저는 소설 읽기가 서툴기만 합니다. 오독誤讀도 오독이지만, 여간해선 통독을 하지 못합니다. 작심을 하고 또 해야 남의 소설 한 편을 겨우 다 읽습니다. 게으른 건지 모자란 건지 모르겠습니다. 몇 줄 읽다 보면 이내 눈이 아파 옵니다. 그래서 아마 성공한 작가가 되지 못한지도 모르겠습니다. 그렇지만 소설가가 하는 말(사적으로 하는 담화!)에는 아낌없이 귀를 기울입니다. 그런 '주변머리(?)'는 본디 아마 추어들의 속성입니다. 전문가가 아닌 '일반인'들이 원래 '맨 얼굴'을 보는 것을 더 즐깁니다. 어쩔 수 없습니다. 재미 하나로만 평가한다면 분명 소설가가 사적으로 하는 말이 그가 쓴 소설보다 더 재미있습니다. 다음에 소개하는 것도 그런 경우입니다. 소설가가 '책 밖'에서 한 재미있는 사담 한 토막입니다.

할머니는 할아버지가 돌아가시기 전까지 평생 서울을 떠나지 않으셨다. 그래서 그분에게 있어선 세상이 문안과 문밖, 둘로 나뉜다. 그 바깥은 잘 모르신다. 할머니는 세상을 문안과 문밖, 둘로만 구분하듯이 사람의 성격도 단 두 가지로만 구분하신다. 하나는 '암상'이고 다른 하나는 '심술'이다. 할머니의 지론대로라면 모든 사람은 그 둘 중의 하나에 속해 있다. (…중략…) 할머니의 말대로 그것은 그냥 척 보면 알게 되는 것이다. 할머니의 주장에 의하면 사람들은 누구나, 친구든 부부든, 주인이든 밑에 두고 부리는 사람이든, 암상과 심술이 서로 짝을 이뤄야 잘 산다고 생각하신다.

▶▶▶ 천명관, 「수상소감」, 『문학동네』 41호, 28~29쪽

작가 천명관이 전하는 할머니의 지론은 세 가지로 요약됩니다. '① 세상은 문안과 문밖으로 나뉜다, ② 사람은 암상과 심술로 나뉜다, ③ 척 보면 안다'가 그것입니다. 모든 것을 두 개의 상반된 것들로 파악하고, 오직 경험칙과 직관에 의해서 그 인식 기준을 마련한다는 말씀입니다. 어쩌면 그것이 세상을 보는 가장 오래된 관점이고 가장 손쉬운 방법인지도 모르겠습니다. 아니, 유일한 방법인지도 모르겠습니다. 그래서 작가의 말은 언뜻 보기에는 할머니의 지론, 그 '무지막지한' 지혜를 밝히는 말이지만, 사실은 모든 세상 사람들이 견지하는 '흑백논리'에 대한 부

연설명이 되고 있습니다. 누구나 그렇게 다른 인간과 그 주변 것들을 판단한다는 것, 그리고 자신의 소설도 그런 '무지막지한', 그러나 '어쩔 수 없는', 필연적인 분류 작업의 일환이라는 것을 미리 선포하는 것인지도 모르겠습니다. 제겐 그렇게 들립니다.

세상은 할머니의 말씀이 없으시더라도 결국은 문안과 문밖으로 나뉩니다. 문은 도처에 있고, 인간들은 누구나 그 '문' 앞에서 둘로 나뉘어집니다. 내 집에서는, 내 문안에서는 내가 주인이지만 다른 이의 집으로 들어가기 위해서는 패찰(명찰)을 달아야 됩니다. 패찰은 문밖 사람이라는 것을 드러내는 공식적인 기표입니다. 패찰이라도 달고 들어갈 수 있는 사람은 그래도 낫습니다. 그는 어쨌든 문안 사람으로 인정되는 자입니다. 아예 들어갈 자격이 주어지지 않는 이들도 많습니다. 그런 자들은 문안 사람들에 의해서 '문밖 것'으로 비하됩니다. 그렇게 때로는 문안에서, 때로는 문밖에서, 사람 대접을 받기도 하고 물건 대접을 받기도 하며 사는 것인 인생입니다. 내가 가진 문안 세상이 많으면 많을수록 세상은 내게 만만한 것이 됩니다. 그게 결국 잘 사는 겁니다. 보통의 인생에는 그런 게 정답입니다.

거듭 말씀드리지만, 어차피 인간은 문 앞에서 둘로 나뉩니다. 문안에 든 사람에게는 보호와 특혜가 있고 '문밖 것'들에게는 차별과 박대가 있습니다. 생각해 보면 누구든 '문밖 것' 신세를 완전히 면할 수 없는 것이 또 인생입니다. 가장 극명한 예가 '죽음의 문'입니다. 인간이라면 누구나 죽음의 운명을 지닙니다. 그것 앞에서는 누구도 '문밖 것' 신세를 면할 수 없습니다. 죽음 앞에서는 모두 '문밖 것' 신세이기에 그 '차별과 박대'를 면하고자 만든 것이 종교라고 누군가가 말했습니다. 그래서 종교라는 문은 '역설'의 논리를 즐겨 사용합니다. 물론 역설적으로 부자富者를, 현자賢者를, 강자强者를 문밖에 세우는 것들이 종교 말고도 또 많이 있을 것입니다. 인간은 누구나 완전, 완벽할 수 없기 때문에 '역설'의 문은 어디에서고 존재합니다. 인간이 자신의 앞에 놓인 모든 문안에 다 들 수 없는 한 그런 '역설'은 반드시 존재하기 마련입니다. 어쨌든 '문밖 것' 신세가 되면 지문 인식도 안 되고 비밀번호도 알 수 없는 그 막막한 도어키 앞에서 하릴없이 좌절하고 분노하고 비탄에 빠지는 게 인생입니다. 모르겠습니다. 세상이 온통 그런 '불통의 문'으로 인식될 때 인간은 자신의 생을 가치 없는 것으로 여기고 스스로 포기의 길로 들어서는 것이 아닌가도 싶습니다.

평생 문밖에 있을 것 같다는 생각이 들어서, 세상에 통하는 문을 하나 내려고 자신과 세상을 향해 선전포고를 하는 것이 '혁명'인지도 모르겠습니다. 그리고 혁명의 피 냄새를 피해서 '문밖 것'들이 문안을 유린(?)하는 것이 예술인지도 모르겠습니다. 문안을 조롱하는 '문밖 것'들의 비장의 무기, 문안을 한 순간에 문밖으로 만들어 버리는 것이 예술입니다. 삶의 지루함을 타파하려면 예술을, 죽음의 공포에서 벗어나려면 종교를 '문밖 것'들로부터 조달받아야 하는 것이 문안 사람들의 어쩔 수 없는 숙명입니다. 문안의 삶은 영원히 그런 것들로부터 격리되어 있기 때문에 그들은 자체적으로는 그것을 조달할 수 없습니다. 그래서 예술과 종교는 역설의 방법으로 세상의 핏줄에 피를 공급합니다.

소설은 그렇다면, 문밖 세상 어디엔가 있는 것입니다. 그래서 소설 하는 자들은 심술에 가득 차 있어야 합니다(심술을 버리고 암상이 되면 소설도 끝입니다). 작가의 심술은 자기 자신부터 문밖으로 내몹니다. 몸과 시선이 따로 노는 것이 싫어 자학과 도착이 일상이 됩니다. 일상이 문안으로 삼투되는 것을 끝까지 막아내려고 사투를 벌입니다. 그래야 문안에 있는 자들에게 '비타민'을 제공할 수 있습니다. 문안 사람들에게는 소설(문학)이 육체의 건강을 돕는 비타민(부수적 가치)일 뿐, 본질을 다루는 정신세계라고는 여겨지지 않습니다. 그들에게 '예술하는 인간'은 그저 변종일 뿐입니다. 그렇게 하찮은 것들(문밖 것들)에 의해 문밖으로 밀려난다는 자괴감을 상쇄시킵니다. 그저 지루함을 가져간 대가라며 돈을 지불하고 무마합니다. 문밖에서의 자학과 도착이 문안에서의 문화와 교양이 되는 건 그래서 역설, 혹은 반어가 됩니다. 그 역설과 반어, 교양과 문화의 줄타기를 받아들이는 자만이 소설가가 될 수 있습니다. 줄타기는 곡예입니다. 모험과 위험이 없는 곡예는 더 이상 곡예가 아닙니다. 작가란 무엇인가? 늘 모험과 위험을 자처하는 삶을 누리는 자가 바로 작가입니다.

지난 일요일, 가까운 지인의 혼사에 참획하였다가 40년 전의 추억이 어려 있는 문안 세상 하나를 되찾았던 일이 있었습니다. 예식이 있던 호텔 뒤편에 100년 된 사과나무와 그 주인이 살던 건물이 있었습니다. 오래된 선교사 사택입니다. 병원 뒤 언덕 위에 있던 그 집은 그 주변을 놀이터로 삼고 있던 우리들에게는 일종의 비밀의 성채였습니다. 저는 늘 그 성채의 문밖에서 서성이곤 했습니다. 그 근처에서 오래 머무는 것 자체가 모험이고 도전이었습니다. 어디선가 금방 잡역부 아저씨가 나타나 우리를 쫓아내곤 했습니다. 우리는 그 아저씨가 시커먼 굴뚝 아래 어디에선가 나타나는 것으로 짐작했습니다. 그 굴뚝 아래 어딘가에는 병원에서 나온 시체를 태우는 화장장이 있다고 우리는 믿고 있었습니다. 다시 찾은 그곳은 이미 다른 세상이 되어 있었습니다. 그 세상은 허물어져 낡은 기와와 색바랜 스테인드 글라스stained glass로 희미하게 그 영락한 자태를 드러낼 뿐, 예전의 그 비밀과 엄숙은 아예 자취를 감추고 없었습니다. 대로가 뚫린 반대편 입구에서 채 몇 걸음도 되지 못한 곳에서 그 비밀의 성채는 자신의 알몸을, 울타리도 없이, 그 모든 것을, 중인 환시리에 다 드러내고 있었습니다. 마치, 그저 아득히, 햇볕에 그을린 촌부村婦의 맨얼굴처럼, 머쓱한 표정으로 거기 있었습니다. 이국적이기만 했던 선교사 사택. 한옥과 양옥의 기묘한 조화. 성城 안을 훤히 내려다 볼 수 있는 성문 밖 동산 마루턱에 자리 잡고 있던 그 선교사 사택, 그 신비의 아우라는 온데간데없이 사라져 버리고 말았습니다. 싸구려 유흥지가 되어 성 밖 것들의 흐트러진 발걸음 밑에서 속절없이 유린당하고 있었습니다. 평장으로 된 선교사들의 무덤은 오직 돌비석 하나로만 자신의 존재를 간신히 알리고 있을 뿐이었습니다. 옛날의 그 위세도, 죽은 자의 영원한 평안도 없었습니다. 문밖 것들의 어지러운 발자국 소리 한가운데서 그저 남루할 뿐이었습니다.

끝내 내 문안에 들지 않는 것들과는 선선하게 작별할 일만 남은 것 같습니다. 아무런 희생도, 제대로 된 대가도 없이, 내 문안에 들어오는 것들은 내 것이 아니었습니다. 동산의 선교사 사택은 영원히 저를 '문밖 것'으로 내몰고 있었습니다. 그래서 우울했습니다. 그 '우울'이 또 저의 심술을 부추깁니다.

아비 그리운 때

"무엇이든 진정한 것은 대代를 유전할 때 나온다." 이렇게 말하고 싶지만 참는 게 좋을 것 같습니다. 세상의 모든 문화영웅들, 창업주들은 언제나 편모슬하偏母膝下에서 크기 때문입니다. '아버지'의 억압이 없어야 새것을 이룰 수 있습니다. 그래서 한정을 두겠습니다. 새것을 만드는 일이 아닌, 그 외의 세상사에서는 대를 이을 때 비로소 진정한 것으로 인정받습니다. 카리스마든 기술이든, 부든 권력이든, 아버지에게서 아들로, 그리고 그 아들에게서 아들로, 대를 이어 내려가면서 전해질 때 비로소 그것들은 절대적인 그 어떤 경지로 진입합니다. 가히 무인지경無人之境이 됩니다. 무인지경이란 무엇인가? 누가 그렇게 묻는다면 "상대적인 평가를 불허한다"라고 답할 수 있겠지요. 다른 것들과는 비교

되지 아니하고 그 자체로 인정받고 절대화되는 상태가 된다는 것입니다. 오해가 없었으면 좋겠습니다. 이건 정치적 가치판단의 문제가 아닙니다. 더군다나 봉건체제 하에서의 그런 대 물림을 선망한다는 뜻도 아닙니다. '개천에서 용 나는' 것이 인간사의 한 율법이라는 것도 잘 압니다. 개인적으로는 오히려 그쪽을 저는 선호합니다. 그런 '쇄신하는 힘'이 인간 집단을 늘 업그레이드(구원?)시켜 왔다고 믿고 있습니다. 그러니, 대 물림과 관련된 이야기는 오로지 한 이야기꾼의 기술적記述的 관심일 뿐입니다(행여 변태적인 것이 하나쯤 있다고 해서 세상 이치가 바뀌는 것은 아닐 것입니다).

일본 같은 나라에서 흔히 볼 수 있는 그 다종다양한 노포老鋪들에서 보듯, 기술은 대를 이을 때 빛을 발합니다. 기술을 넘어 혼의 경지를 넘봅니다. 그건 어쩔 수 없는 사실입니다. 기예技藝든 권위든, 대를 내리면서 순정純正을 더한다는 것은 당연지사입니다. 필요 이상의 인간적인 것들이, 불순물들이, 사회화 요구와 초월의지가 충돌할 때 발생하는 스파크들이 적절히 걸러지고 오로지 기예의 본질, 권력의 본질만 준수됩니다. 전수받는 입장에서도 착오, 욕심, 집착, 혼돈, 타산, 일탈, 방황 같은 것들이 자연스럽게 도태됩니다. 그런 것들은 이미 선험적으로 배제됩니다. 선대의 시행착오가 이룬 신화의 그림자가 그것들을 간단히 덮어 버립니다. 남는 것은 후대가 이루어야 할 '백천간두에서의 진일보', 홀로 걸어가야 할 자기 몫의 '길 없는 길'만 남습니다. 그래서 대를 이은 것들은 그 자체로 아름답습니다. 농사든, 음식이든, 옷이든, 음악이든, 도자기든, 공예든, 무예든, 염불이

든, 기도든, 권위든, 대를 이은 것들은 늘 '보기에 아름답다'고 말해집니다. 카리스마 중에서도 유전된 것이 가장 권위적이라는 것은 이미 사회학의 원조, 막스 베버도 설파한 적이 있습니다. 세상의 모든 합리적인 것들은 결정적인 순간에 처하면 반드시 그것 너머에 있는 비합리적인 것에게 지게 되어 있다고 그는 말했습니다. 결국, 한 인간의 생 안에서 찾아진 것들은 그 수명도 인간의 수명만큼 짧을 수밖에 없다는 것이 됩니다. 세종이 용비어천가를 지을 때, 해동육룡海東六龍이라 하여 목익도환태태, 선조 여섯 분의 신이神異를 중국 고사에 빗대어 칭송한 것도 그런 '유전된 카리스마'(의 힘)를 원했기 때문이었을 것입니다.

사회가 안정이 되면, 혹은 보수화로 기울면, 자연스럽게 '대물리기'가 하나의 풍조로 자리 잡게 됩니다. 우리 사회에서도 그러한 조짐이 날이 갈수록 확연하게 드러납니다. 제가 잘 가는 직장 앞 칼국수집도 밖에서 직장 생활을 하던 아들이 들어와서 어머니의 주방일을 배우고 있습니다. 좀 떨어져 있는 그 아래 '할매 칼국수'는 벌써부터(20년 전부터) 딸과 함께 동업 중입니다. TV에서도 심심찮게 대 물림 현상이 등장합니다. 가업을 잇는 아들과 딸들이 자주 소개됩니다. 대장간에서, 주방에서, 공방에서, 무대에서, 매 사냥터에서, 여기저기서 아들들의 활약이 눈부십니다. 드러나게 거론된 바가 없어서 그렇지 교단教壇의 대 물리기는 이미 오래 전부터 성행했습니다. '교육가족'이라는 정체성이 마치 핵잠수함처럼 우리 사회의 어느 한 저층을 지배하고 있습니다. 그 집단성(의식, 무의식적)의 사회적 영향력을 체계적으로 분석해 보면 재미있는 결과를 얻을 수 있지 싶습니다. 의료계나 법조계나 종교계도 마찬가지입니다. 그 안에서의 대 물림이 우리 사회에 미치는 제반 영향에 대해서 살펴보는 것도 무의미한 일은 아니지 싶습니다.

제 경우도 비슷합니다. 딸과 아들, 두 후손(?)이 모두 가업을 물려받을 태세입니다. 원하는 바대로 제대로 진입할 수 있을지는 아직 미지수입니다. 제가 교사가 되기 위해 사범대학에 들어간 것도 선친의 영향 때문이었습니다. 평양사범을 가려고 했는데 신체검사에서 떨어져(팔꿈치 탈골) 인천상업으로 진로를 바꾸게 된 것이 못내 아쉽다는 선친의 이야기를 평소에 많이 듣고 자랐기 때문입니다. 어린 아들 입장에서도 선친은 영낙없이 교사 체질이었습니다. 그런 조기교육(?)이 있었기 때문에 나중에 결정적인 순간이 왔을 때 아무런 갈등 없이 사범대학으로 직행하게 된 것이었습니다. 젊을 때는 그런 무의식의 강요가 좀 못마땅하게 느껴진 적도 있었습니다. 평생을 학교에서 지낸다는 것이 싫을 때도 있었습니다. 무대가 너무 좁다는 생각도 종종 들었습니다. 그러나 지금은 '가늘고 길게' 사는 것이 대세라 만족스럽습니다. 틈틈이 시간을 내서 글쓰기에 매진하는 것도 재미가 있습니다. 그저 아버지의 조기교육이 고마울 뿐입니다.

다시 기술의 전수로 돌아가겠습니다. 그 방면에서 제가 좀 아는 게 검도뿐이니 거기 이야기를 한 토막 소개하겠습니다. 검도에는 검법劍法이 없습니다. 그게 무슨 말이냐, 검도에 칼 쓰는 법이 없다니, 하실지 모르겠습니다. 물론 검리에 따른 기술적 측면이 없을 리가 없습니다. 다만 검법이라는 말 대신, 기술技術이라는 말을 씁니다. 당연히 본받을 만한 기술을 설명하는 글, 영상 자료들은 많이 있습니다. 그 기술을 류流라고는 묶어 말해도 법(변치 않는 규범)이라고는 하지 않습니다. 법法은 곧 말(말씀)입니다. 말(말씀)에는 로고스logos가 깃듭니다. 그게 인간들의 오래된 생각입니다. 태초에 말씀이 있어, 그것에 비추어 행위의 적부와 선악을 가늠합니다. 검도에는 그런 절대적인, 변치 않는, 로고스가 없다는 겁니다. 그런 게 있다면 이미 도道가 아니기 때문입니다. 그 이치는 노자가 이미 설파했습니다. "道可道, 非常道. 名可名, 非常名"이 있다면, 그때그때 다른, 인간의 몸으로 구현되는 변화하는 (常變!) 기술만이 있을 뿐입니다. 오직 몸으로 유전되는 기술만이, 살아 있는 실재로서의 행위만이, 검도를 이룰 뿐이라는 것이 검도를 통해 자신을 업그레이드시켜 온 검도가들의 오래된 생각입니다. 그런 의미에서 '○○검법', '○○검술'을 내세우는 것들, 그리고 그것에 목매는 것들은 진짜 〈검도〉가 아닙니다. 그런 것들은 무도武道가 될 수 없습니다. 그냥 한갓 돈벌이 수단이거나, 신체 단련이거나, 기예 놀음일 뿐입니다.

검도의 기술 역시, 대를 이을수록 그 심화 정진의 도가 원숙해집니다. 고래로 무인武人의 양성은 한 집안, 일문一門의 과업이었습니다. 아버지가 아들에게 전수하는 것이 원칙이었습니다. 그래서 무가 교육武家敎育이라는 말이 가능했습니다. 학교나 직장, 혹은 병영에서 무도武道를 수련한다는 것은 애초에 그 한계가 뚜렷한 것이었기 때문에 크게 권장되지 않았습니다. 생활의 모든 것이 교육의 수단이 되는 도제식 교육이 요구되는 무도 수련에서는 부자간 기술 전승만큼 효과적인 것이 없었습니다. 친자가 없으면 양자를 들여서 가업을 전승하기도 했습니다. 때로는 양자가 더 나을 때도 많았습니다. 어디서든 혈육의 아들보다 이념의 아들이 더 아버지에게 가깝습니다(무협지의 기본 플롯도 그렇습니다). 검도 안에는 여태도 그런 무가교육의 정신이 살아 있습니다. 검도를 한 아버지는 반드시 그것을 아들에게 물려줍니다. '나는 검도를 했지만, 너는 절대로 검도를 하지 마라'와 같은 문법은 검도가에게는 없습니다(물론 아이가 싫어하는 것은 억지로 강요하지는 않습니다). 그게 제가 검도를 좋아하는 이유 중의 하나입니다. 아들에게서 나의 좌절과 성취를, 혹은 그 이상을, 볼 수 있다는 것은 아버지 된 자들에게는 크나큰 행복입니다. (글을 쓰다 보니 또 객기가 발동합니다. 아포리즘에 대한 집착입니다. 그냥 한 번 써 봅니다.) 진정한, 누구의 아들이 된다는 것은 몸만 물려받아서 되는 일이 아닙니다. 아버지의 사상, 아버지의 의지, 아버지의 업業, 아버지의 죽음도 함께 물려받아야 진정한 아버지의 아들입니다.

너무 부자간의 관계에서만 대 물림을 이야기하다 보니 딸과의 관계가 좀 소원해진 느낌입니다. 요즘은 열 아들보다 딸 하나가 더 낫다는 말이 진실입니다. 그래서 '아비 그리운 때 보라'라는 이야기로 일말의 보충을 삼아야 쓰겠습니다.

병오년 이월에 조씨 집안에 시집간 여아가 제 아우 혼인을 맞아

금행하여 『임경업전』을 등출하기 시작하였다가 다 베끼지 못하고 시댁으로 가기에, 제 아우를 시켜 필서하며 종남매, 숙질도 글씨를 간간이 쓰고 늙은 아비도 간신히 잠깐 등서하였으니, 아비 그리운 때 보라.

▶▶▶ 김탁환, 『소설중독』에서 재인용

한 고소설古小說 필사본의 필사 후기後記입니다. 시집간 딸에 대한 아버지의 사랑이 잘 드러나 있습니다. 인쇄술이 발달하지 못했던 당시로는 소설책에 대한 페티시즘이 꽤나 당당했던 모양입니다. 소설책 적어주기가 사람과 사람을 이어주는 훈훈한 마음의 통로였습니다. 소통의 내용보다 소통의 형식이 더 중한 의미를 담아내는 독특하고 아름다운 정경이라 아니할 수 없습니다. 이 후기를 보는 한, 필사筆寫도 엄연한 글쓰기라는 걸 알겠습니다. 딸을 둔 이 세상 모든 애비들에게는 더 그렇습니다. 따지고 보면 이 세상의 모든 글쓰기는 술이부작述而不作, 누군가의 글쓰기를 옮겨 쓰는 것에 불과한 것입니다. 태양 아래 새로운 것이 어디 있겠습니까? 딸이 고른 작품을 공들여 베껴 쓰는 것만으로도 아버지의 글쓰기는 '진정한 기록'의 의미를 획득합니다. 그것으로 족합니다. 글쓰기로 서로의 사랑을 전해 온 것은 인류의 오래된 풍습이지만, 시집간 딸을 위해 소설을 베껴 아비의 사랑을 전하는 이 대목은 너무 애잔합니다. 힘들게 공들인 것만큼 자신의 마음이 어김없이 묻어나는 것이어서 더 아름다운 선물입니다. 아버지의 사랑이 가득 담긴 이 소설책을 받아든 딸은 (고된 시집살이 속에서) 꽤나 많은 눈물을 흘렸을 것으로 짐작됩니다.

나이가 조금 들면서 이런저런 생각이 많아졌을 때, '아비 그리운 때 보라'를 소개한 『소설중독』이라는 책이 제겐 큰 위로가 되었습니다. 문득 문득 돌아가신 아버지가 그리운 때가 더 많아졌습니다. 내 나이 어렸을 적, 내 젊은 아버지는 무엇을 생각하고 있었을까. 스스로 병든 몸으로, 어린 아내와 철부지 것들을 데리고 험난한 세파를 헤쳐 나가면서 그 아버지는 무엇을 생각했을까. 이 척박한 타향에서 무엇에 절망하고 무슨 희망을 꿈꾸었을까? 나처럼, 아버지 또한 당신을 낳아 길러주신 고향의 아버지를 문득문득 생각했겠지. 상기도 또렷한 기억으로 자리 잡고 있는, 아버지께 들었던, 할아버지의 언행들이 바로 그 증좌가 되고 있었습니다. 어린 시절, 명절을 맞이해 제사상을 차릴 때에는, 평소에는 전혀 보이지 않던 눈물을 그렇게 줄줄 흘리면서 "아마 돌아가셨을 거다"라고 울먹이던 아버지, 열일곱에 당신을 낳으신 아버지의 몰년殁年조차 알지 못한 채 제사상을 차리던 생전의 아버지만 생각하면 눈시울이 붉어지곤 했습니다.

　이 세상의 모든 아버지들은 다 그렇게 슬픈 존재들인가, 그래서 아비를 생각하며 울지 않는 아들딸이란 세상에 없는 것인가, 명절을 맞이해서 내려온 큰아이나, 명절 아르바이트로 종일토록 마트에서 짐을 나르고 돌아와 지친 몸을 누이고 있는 작은아이나 모두 제 방에서 단꿈을 꾸고 있는 것을 바라보는 이 새벽, 저도 '아비 그리운 때 보라'고, 제 필적이 담긴 필사본 하나쯤 남기고 싶습니다. 너희들도 돌아가신 아버지가 문득 문득 그리워져 눈물이 솟구칠 때면, '아비 그리운 때 보라'고, 그렇게 하나쯤 남기고 싶습니다.

대운(大運)이 있다면

마법사는 되고 싶지만, 타고 나기를 머글로 태어난 자들이 동경하는 것이 괴력난신怪力亂神, 신비주의적인 지식과 소행所行에 대한 호기심입니다. 쓸데없이 강호학江湖學이니 뭐니 해서 사주도 보고, 풍수도 보고, 민간 의학도 연구하고, 호흡법도 같이 익히고 하는 모양인데 제 주변 인사들로 봤을 때는, 대체로 그 끝은 허무합니다. 무슨 전통 찻집 같은 데 가서 선생님이나 거사님 호칭은 혼자서 독식하면서, 온갖 도사道士연하는 폼으로, 개량한복께나 입고, 동네방네 휘젓고 다니다가 어느날 갑자기 고혈압이나 당뇨로 주화입마, 기진맥진, 허덕이며 말년을 보내기가 일쑤입니다. 피둥피둥 활개치며 다니다가 불현듯 피골이 상접한 몸으로 나타나서 몰라볼 뻔했던 치들이 한둘이 아닙니다. 그러나 군계일학, 개중에는 제법 선무당 수준을 넘어서 공익共益에 봉사하는 친구도 있습니다. 일례로 계룡산에서 공부도 좀 한 친군데, 스스로 익힌 민간의학의 수준이 웬만한 전문의 뺨칠 경지에 도달해 있습니다. 한 20년 전이지 싶습니다. 제가 그때 좀 안 좋을 때였습니다. 심신이 공히 바닥까지 내려가서 이른바 공황장애라는 것까지 곁눈질해 보던 차였습니다. 우연히 만난 그 친구가 제 맥을 짚어보더니 대뜸, "겉은 그랜전데 속은 티코로구나" 하며 제 코를 콱하고 눌렀습니다. 그러고는 모년 모월 모시에 약재상이 즐비한 약전골목으로 나오라는 거였습니다. 더도 말고 반 재만 다려 먹으면 되겠다고 했습니다. 그래서 그 날짜에 친구를 만났습니다. 일정한 직업도 없이 지내면서도 꽤나 비싼 차를 타고 나타났습니다. 소문으로는 양의洋醫로 안 되는 불치병을 하나 고쳐서 얻은 보너스라는데 확인할 길은 없었습니다. 어쨌든 그 친구는 익숙한 폼으로 약재상에 들어가서 주섬주섬 약재를 주워 담았습니다. 들은 풍월에, 용茸도 쓰느냐고, 인삼은 내가 열이 좀 있어서 안 맞을 거라고 되는 대로 옆에서 주워 삼키고 있는데도, 친구는 그저 묵묵할 뿐이었습니다. 불과 일이만원어치도 안 되는 약재로 제법 두툼한 약봉지를 만들었습니다. 생각 밖으로 효과는 아주 좋았습니다. 시키는 대로 정성껏 달여서 한 입 삼키는데 탕약이 목구멍으로 넘어가는 바로 그때부터 즉시 천하태평, 늘 더부룩했던 속이 일거에 편안해지는 것이었습니다. 일주일을 복용했는데 거짓말 같이 모든 불편 불안이 자취를 감추었습니다. 정신이 안정을 찾으니 몸 상태도

균형을 이루기 시작했습니다. 그 덕택에 운동에도 꾸준하게 매진할 수 있게 되었습니다. 제가 검도대회에 나가서 처음 우승을 한 것이 바로 그 무렵의 일이었습니다. 좋은 도사 친구를 둔 덕에 크게 도움을 받은 예가 되겠습니다.

또 한 사람, 최 도사 어른 이야기도 말이 나온 김에 해야겠습니다. 저와 함께 근무를 했던 철학과 교수신데, 충청 이북에서는 꽤나 많이 알려진 분입니다. 그 유명한 함양 출신의 박도사라는 분의 속가 제자뻘 되는 항렬입니다(본인은, 형님 아우 하는 사이라고 했습니다). 본향本鄕도 가깝고(저는 황해도 봉산이고 최 도사님은 사리원입니다), 연치가 저보다 2~3년 위시라 깍듯하게 형님 대접으로 모시던 분입니다. 젊어서의 일입니다. 그 역시 20년 전 쯤의 일입니다. 한 번은 최 도사님이 제 연구실에 내려오셨습니다. 마침 한두 살 아래였던 같은 직장의 총각 선생 두 분이 제 방에 있었습니다. 이런저런 이야기 끝에 호사심에 제가 물었습니다.

"이 총각들 언제 장가가는지 한 번 맞춰 보샴. 제가 볼 때는 영 그 시말이 오리무중인데…"

농담 삼아 던진 말이었는데 돌아오는 대답이 의외로 간단명료했습니다.

"그런 건 식은 죽 먹기보다도 쉬운 일이제. 사주에 딱하고 적혀 있응께." 그러는 거였습니다.

그래서 생년월일과 출생시를 집어넣었습니다. 답이 나오기를, '한 사람은 서른여섯에 장가를 들고, 다른 한 사람은 서른여덟에 대운大運이 있다'였습니다.

"대운은 또 뭐람?" 그냥 장가들겠다하면 될 것을 굳이 '대운'이라니, 요해가 잘 되지 않았습니다. 그러나 도사님은 더 이상의 풀이를 내리지 않았습니다. 속으로, 이런 게 본디 돌팔이들이 주로 쓰는 화법 아닌가, 하는 망발이 스치고 지나갔습니다.

"몰러, 그렇게 나오는데 어떡혀?"

도사님은 그렇게만 말씀하시고 자리를 떴습니다. 어쨌든 그렇게나마 주고받으며 잘 놀았습니다. 그런데 현실로 돌아오니 사정이 녹녹치가 않았습니다. 막상 현실로 돌아와 보니, 난제難題 중의 난제가 목전에 도사리고 있었습니다. 다름이 아니라, 서른여섯에 장가든다고 괘가 나온 이가 바로 그 해 서른여섯이었던 것입니다. 존경하는 선배님의 점괘를 '황금의 말'로 승화시키려면 인간의 노력이 절실히 요구되는 시점이 아닐 수 없었습니다.

일말의 책임감에 사로잡혀서 여기저기 수소문, 그럴듯한 외모와 교양을 갖춘 이쁜 각시 한 명을 대령했습니다. 친구의 막내 처제였습니다. 그런데 나이가 좀 어렸습니다. 스물일곱이었습니다. 아홉 살 차이가 나는 형편이라 말 건네기가 좀 어려웠지만 남자 쪽 직업과 학벌이 괜찮은 편이라는 걸 앞세워서 일단 성사를 시키긴 했습니다. 그러나 결국은 나이의 장벽을 넘지 못하고 말았습니다. 지금 안 하면 나중에 결정적으로 후회할 거라고, 그 정도면 최고 신랑감이라고, 거의 강요에 가까운 설명을 해도 마이동풍, 영 통하지가 않았습니다. 어릴 때부터 공부를 못하더니 커서도 저 모양이라고 언니(친구 부인)가 오히려 화를 냈다는 후문도 들렸습니다. 하여튼 그 일로 제 입장은 날이 갈

수록 진퇴양난, 자청한 중신애비의 몰골이 참으로 말이 아니었습니다. 출근만 하면, 이 총각 교수가 찾아와서는 밑도 끝도 없이 '책임져라'라고 윽박질렀습니다. 가히 죽을 맛이었습니다. 그렇게 두어 달을 끌었습니다. 그 총각 교수나 저나 차일피일 전전긍긍하고 있는데 마침 그 광경을 누가 봤는지, 멀리서 찾지 말고 가까이서 한 번 찾아보자고, 모과의 조교 선생에게 말해서 대학원에 다니던 자기 친구를 과감히 소개하게 했습니다. 이번에도 스물일곱 살이었습니다. 잘 될까 반신반의했는데 모두의 예상을 깨고 두 사람은 화끈하게, 두 달 만에 결혼에 골인했습니다. 서른여섯 살을 한 달 남긴 때였습니다. 어쨌든, 그래서 우리는 천신만고, 간신히 점괘의 효능을 입증해내는 데 성공할 수 있었습니다. 물론 최 도사 입장에서는 그의 점괘가 백발백중한 것이고요.

여기까지 이야기하면 보통은 귀를 쫑긋하게 세워서 '서른여덟 살은요?'라고 묻습니다. 그 결과가 더 궁금하다고 말합니다. 당연히 그 이야기도 해야 합니다. 그 '서른여덟' 총각은 연치가 저보다 더 아래라 아직 시간이 많이 남아 있었습니다. 제가 나설 일도 없었습니다. 여자 보는 눈이 여간 까다로운 게 아니었습니다. 그 지역에선 꽤나 성盛한 집안의 막내라 이 경로 저 경로로 선도 많이 들어오는 편인데도 여간해선 두 번 만나는 일이 잘 없었습니다. 제가 볼 때는 외관상 그렇게 내놓고 튕길 계제가 아니었는데(자세한 설명은 약합니다) 막무가내였습니다. 결국 그가 서른여덟이 되는 해 저는 그의 결혼을 끝내 목도하지 못한 채(거의 포기하고) 직장을 옮기게 되었습니다. 그리고 새롭게 시작하는 직장 생활에 바빠서 그의 혼사를 까맣게 잊고 지냈습니다. 그런데 그 해 마지막 달, 12월에 그로부터 청첩장이 날아들었습니다. 역시 최 도사의 점괘는 '황금의 말'이었던가요? 귀신이 곡할 만큼 신통했습니다. 어쨌든 두 사람 결혼운을 모두 맞추고 말았던 것입니다.

　여기까지 이야기하면, 왜 한 사람은 '결혼'이고 또 한 사람은 '대운'이라는 말인가, 그게 궁금해지게 되어 있습니다. 물론 그 차별에 대한 내용도 있습니다. 지금부턴 그 이야기를 하겠습니다. 아내와 저는 기쁜 마음으로 불원천리, 그의 결혼식에 하객으로 참석했습니다. 유붕이자원방래하니 불역낙호아라, 멀리서 올라온 우리를 그가 몹시 반겼습니다. 얼굴에 웃음이 가득했습니다. 한 마디로 좋아죽겠다는 표정이었습니다. 신부를 보고 온 아내도 "보통 미인이 아닌데요, 키도 크고, 대박났네요"라고 말했습니다. 공치사가 아니었습니다. 신랑보다 휠 나았습니다(절대 농담 아님). 그래서 대운이었구나, 점괘는 그런 미세한 것까지 다 읽어내고 있었구나, 당연히 그런 생각이 들었습니다. 그러고는 가벼운 마음으로(?) 내려왔습니다.

　그러고 또 세월이 흘렀습니다. 떡두꺼비 같은 아들을 순산했다는 소식도 들려왔습니다. 학계에서 인정해주는 모모한 상도 받았다는 소식도 들렸습니다. 가정이 안정이 되니 공부에도 진척이 남다른 모양이었습니다. 그래서 '대운'이었구나라는 염이 또 들었습니다. 그런데 그게 다가 아니었습니다. 그런 것 정도로는 '대운'이라는 말을 쓰지 않는다는 것을 나중에야 알게 되었습니다. 그 정도는 '현모양처' 수준이지 '대운'은 아직 아니었습니다. 현존(?)하는 인물들이라, 자세한 설명은 약하겠습니다. 다만, 교과서(오륜행실도?)에 실릴 정도의 최고의 며느리, 최고의 아내, 최고의 어머니라는 것만 밝히겠습니다. 치매에 든 노시어머니를 근 10년 간 불평 한 마디 없이 다 간병해내고, 아들 둘 낳아서 잘 길러주고, 늦은 나이에 교대에 학사 편입해서 불철주야 공부를 해서 교직에 진입, 이제는 맞벌이에까지 나서서 내조에 힘쓰고 있습니다. 저 같은 '머슴 형 처가살이 사위' 출신이 보기에는 부럽기 짝이 없는 '우렁각시'였습니다. 우렁각시 본인에게는 죄송스러운 말씀이 될지도 모르겠으나, 남자들 입장에서는 '대운'이 아닐 수 없습니다. 존경해 마지않는 선배 최 도사의 신통력은 역시 명불허전名不虛傳이었습니다. 대단한 예지력이 아닐 수 없었습니다.

원래는 "괴력난신怪力亂神을 이야기하지 않는다", "귀신은 잘 공경함으로써 멀리한다"는 공자님의 말씀을 존중하는 입장에서, 공연히 마법사연하다가 패가망신하지 말고 건전하게 살자는 취지로 한 말씀을 드릴 작정이었는데 이야기를 하다 보니 어떻게 거꾸로 가고 말았습니다. 독자들의 심려 깊은 이해와 해량이 있으시기를 고대할 뿐입니다. 그나저나, 스토리텔링의 결과만 두고 보면, '서른여섯에 결혼한 총각' 쪽이 좀 서운하게 되었습니다. 마치 그쪽 결혼은 '소운小運'인 것처럼 되고 말았습니다. 이대로 끝나면, 지금도 시시때때로 저희 집사람과 살갑게 전화 통화를 나누는 그쪽 '사모님'께서 꽤나 섭섭해 하실 것 같습니다. 그래서 한마디 덧붙여야겠습니다. '대운'은 사실 '서른여섯 살' 쪽에도 있었다(더 있었다?)고요. 젊고 이쁜 아내 덕분에(절대 아부 아님) 지금도 40대 후반으로 보이고, 쌍둥이 아들딸이 공부도 잘 하고(둘 다 좋은 대학에 들었습니다), 월급도 많이 올랐고(제가 직장을 옮기고 나서 너무 올려서 교과부에서 벌칙으로 구조조정까지 하겠다고 나섰습니다), 무엇보다도 두 양주가 지금껏 시부모 모실 일 없이, 마음고생 몸고생 없이, 단란하게 편히 잘 살아왔으니(살아보면 마누라 신관 편한 것이 제일입니다), 그게 대운이 아니고 무엇이겠습니까? 최 도사가 용하다고 하지만 가끔씩은 오발誤發을 날릴 때도 있었던 것입니다. 이상 끝.

대운: 인간이 이 세상에 태어나서 생을 누리고 사망하기까지 하늘에서의 큰 적기適期로 돌아오는 운명이다. 사주에서 후천운은 대운과 세운으로 구분할 수 있다.

대운은 10년마다 자연의 섭리로 돌아오는 천天의 기氣이다. 곧 대운은 그 연대 연대의 사주의 연장으로 볼 수 있을 정도로 개인의 후천운세에 미치는 영향이 큰 것이다.

현재부터 맞게 될 대운이 사주에 대하여 길할 경우에는 향록운向祿運이라고 하며 현재부터 맞게 될 대운이 사주에 대하여 흉할 때에는 배록운背祿運이라 한다. [역학사전]

찔레꽃

한동안 장사익이 부른 '찔레꽃'을 자주 들었습니다. '동백아가
씨', '대전부르스', '비내리는 고모령', '봄날은 간다'도 좋아했습
니다. 처음부터 '찔레꽃'을 좋아했던 것은 아니었습니다. 처음에
는 그저 그랬습니다. 힘은 있는데 노래가 너무 혼자 간다는 느
낌이었습니다. 그때는 '동백아가씨'가 훨씬 윗길이었습니다. 도
도한 청승이 듣는 이를 데리고 구천九天을 온통 헤매었습니다.
너무 좋았던 나머지 분수를 모르고 어디선가 한 번 따라 부르려
다가 음정이 안 맞아 애를 먹었던 기억도 있습니다. 그러다 '찔
레꽃'을 다시 만났습니다. EBS 〈공감〉에서 부른 것인데, 나름
청승도 있었고 연륜의 힘도 느껴졌습니다. 거기서 첨가된 것은

'건너가는' 느낌이었습니다. 그 노래는 노래하는 자와 듣는 자 모두를 어디론가 건너가게 합니다. 보통의 가객은 자기 혼자 건너갑니다. 그러나 상上가객의 절창은 듣는 자까지 함께 데리고 건너갑니다.

하얀 꽃 찔레꽃 / 순박한 꽃 찔레꽃 / 별처럼 슬픈 찔레꽃 / 달처럼 서러운 찔레꽃 / 찔레꽃 향기는 너무 슬퍼요 / 그래서 울었지 / 목 놓아 울었지 / 찔레꽃 향기는 너무 슬퍼요 / 그래서 울었지 / 밤 새워 울었지

상上가객은 언제나 온몸으로 노래합니다. 장사익도 그 자신 한 송이 찔레꽃입니다. 다른 수식은 군더더기입니다. 눈으로 보면서 듣는 노래가 때로는 더 실감이 날 때도 있습니다. 스토리텔링story telling이 가미된 것일 경우는 백 프로 그렇습니다. 한때 좋은 친구가 되어주었던 「부에나비스타 소셜 클럽」도 그랬습니다. CD보다 DVD가 더 좋았습니다. 음악도 음악이지만, 그들의 삶과 그들의 음악이 유리된 채 흘러온 세월 속에서 그들이 겪어야 했던 고난들이 선사하는 비장悲壯이 더 감동적이었습니다. 비장 없는 감동은 오래가지 못합니다. 삶이 우리를 속이더라도 그것을 원망하기보다는 노래로 건너가는 길을 택하겠노라고 그들은 말합니다. 「찬찬Chan Chan」의 가사가 색소폰에 실려 처음 제게 올 때의 그 이중구조—감미로운 느낌과 함께 하는 패이소스—는 지금도 결코 잊지 못합니다.

난 알토 세드로에서 나카네로 가고 있네.
쿠에르토를 거쳐 마야리로 가야지.
난 알토 세드로에서 나카네로 가고 있네.
쿠에르토를 거쳐 마야리로 가야지.
당신에 대한 사랑은 감출 수가 없어요.
당신을 원할 뿐 아무 것도 할 수 없어요.
후아니타와 찬찬이 해변을 거닐 때 두 사람의 가슴은 두근거렸죠.
나뭇잎을 치워줘요. 거기 앉고 싶어요.
바다를 바라보며 당신 곁에 있겠어요.
나뭇잎을 치워줘요. 거기 앉고 싶어요.
바다를 바라보며 당신 곁에 있겠어요.
난 알토 세드로에서 나카네로 가고 있네.
쿠에르토를 거쳐 마야리로 가야지.
난 알토 세드로에서 나카네로 가고 있네.
쿠에르토를 거쳐 마야리로 가야지….

　어디로 향한다는 것, 그리고 그 길에서 사랑을 생각한다는 것. 길 떠남과 사랑, 낭만의 두 대명사를 반복적으로 들려주는 '찬찬'은 구태여 감동의 출처에 외부의 정보를 첨가하지 않습니다. 밖의 것에 의존하지 않습니다. 그게 본질입니다. 쿠에르토가 어딘지 마야리가 어딘지 우리는 알지 못합니다. 그러나 그들처럼 우리도 어디론가 떠나고 있습니다(옛사랑을 그리며?)… CD보다 그것을 만들 때의 과정을 보여주는 DVD가 훨씬 더 울림이 컸던 것은, 모든 예술이 인생이라는 진흙탕에서 피어나는 한 송이의 연꽃과도 같은 것이라는 걸 잘 보여주고 있기 때문입니다. 음악이든, 미술이든, 문학이든 진정한 예술은 궁극적으로 그것을 만든 이의 인생이라는 것을 새삼 알게 해주는 것이었습니다.

고백할 것이 하나 있습니다. 찔레꽃의 진면목을 안 것은 최근의 일입니다. 무엇이든 그것의 진면목을 아는 데에는 시간이 필요한 지도 모르겠습니다. 수십 년이 걸렸습니다. 그동안은 실물로 그것을 본 적이 한 번도 없었습니다. 지난 봄 친구들과 군위 쪽의 한 고택古宅으로 단체 마실을 가서 길가에 흐드러진 그것을 처음 보았습니다. 찔레꽃을 처음 본다고 했더니 모두들 믿기지 않는다는 표정을 지었습니다. 그렇지만 사실인 것을 어쩌겠습니까. 아마 그 이후, 장사익의 '찔레꽃'이 새로워진 것 같습니다. 처음에는 실황 상황으로 보고 듣는 데서 오는 감동으로만 여겼습니다. 듣기에 보기가 첨가된 까닭으로만 여겼습니다. 그런데 그것만은 아니었습니다. 모종의 스토리텔링이 가미되기 시작했습니다. 넝쿨로 피는 하얀 색의 작은 꽃. 그 꽃과 함께 연상되는 소녀, 그리고 그녀에게서 언젠가 들었던 박화성의 「찔레꽃」에 얽힌 이야기, 그런 것들이 넝쿨째 뭉게뭉게 피어올랐던 것입니다.

"「찔레꽃」을 무슨 신주단지 모시듯 한다니까."

그녀는 아버지의 「찔레꽃」 사랑을 그렇게 표현했습니다. 사실, 그때는 「찔레꽃」이라는 소설을 잘 몰랐습니다. 그게 못 이룬 첫사랑이라는 것도 몰랐습니다. 근대문학사 시간에선가 제목만 얼핏 들었던 것 같았습니다. 작가, 시대, 내용이 그저 어렴풋하기만 했습니다. 사랑인지, 저항인지도 아리송했습니다. 그래서 듣고만 있었습니다. 아마, 그녀는 언젠가 제가 소설을 쓰게 될 것이라고 전혀 생각하지 않았던 것 같습니다. 저 역시 밑천도 없이 시작한 장사를 함부로 떠벌릴 입장은 아니었습니다. 그녀가 내게 말한 소설은 그게 전부였습니다. 물론, 소설뿐이 아니었습니다. 우리는 미래에 대해서도 이야기하지 않았습니다. 예상되는 가까운 장래의 근황近況은 기휘어忌諱語 취급을 받았습니다. 약속이나 한 듯 미래에 관해서는 서로 말을 아꼈습니다. 그게 당시 우리, 목전의 졸업을 앞둔 사범대생들의 주변을 감싸고 있던 우울한 아우라였습니다. 정든 학창學窓과의 이별, 벽지僻地 발령과 박봉의 생활, 고립과 단절, 그리고 남루와 절제, 절박한 노동, 아마 그런 것들과 함께해야 할, 거절할 수 없는 시간의 압박에 대한 '말 없는 저항'이었는지도 모르겠습니다. 사정이 그러했기에, 그녀나 저나 엄정한 리얼리스트로서의 삶을 불과 서너 달 앞둔 시점에서 서로 주고받을 만한 신선한 이야기의 소재도 쉬이 찾기가 어려웠던 것 같았습니다.

그래서였을 것입니다. 그 무렵 그녀와 내가 나눈 이야기는 고작 「찔레꽃」이 전부였습니다. 그것만 기억에 남아 있습니다. 그 해 겨울, 다방에서, 가로수길에서, 데모로 굳게 닫힌 학교 정문 앞에서, 그렇게 그 이야기를 서너 번 들었습니다. 아버지가 혼자 계실 때 한 번씩 그 책을 꺼내본다는 것, 어딘가 깊숙하게 보관하고 애지중지한다는 것, 그 책을 꺼낼 때는 아버지가 딴 사람 같다는 것, 그런 내용이 기억납니다. 그녀는 그게 아버지의 첫사랑에 대한 오마쥬였을 거라는 걸 알았는지 모르겠습니다. 저는 몰랐습니다. 당연한 일이었습니다. 소설의 내용도, 그리고 찔레꽃이 어떤 꽃이라는 것도 그때는 몰랐으니까요. 그러니, 그저 흘러가는 해프닝, 기대를 배반하는 사건 중의 하나, 아니면 노년의 불가사의 정도로만 알아들었습니다. 저는 그녀가 소설이라는 것은 결국 '잊지 못할 과거의 기록' 쯤에서 머물러 있는 것이 아니냐고 말하는 줄로만 알았습니다. 그런 제가 소설가가 되다니, 장사치고는 정말 밑천 없이 시작한 장사였습니다.

"육체가 개입하지 않은 것들은 언젠가는 반드시 위조僞造의 혐의를 뒤집어쓴다." 그녀와의 이별을 얼마간 앞두고 쓴 제 습작노트의 한 구절입니다. 결국은 위조로 귀착될 것이라는 예감이 그때부터 들었었는지도 몰랐습니다. 어쨌든 당시에는 그렇게 쓸 수밖에 없었습니다.

지금 와서 생각해 보면, 그때 저는 하루도 그녀가 제 곁을 떠날지 모른다는 생각을 하지 않은 적이 없었던 것 같습니다. 어떻게 보면 오직 그 생각뿐이었는지도 모르겠습니다. 적어도 그녀와 함께 있던 순간은 그랬던 것 같습니다. 이미 소중한 것들이 많이 떠난 후였습니다. 제 곁에는 아무도 없었습니다. 그래서 아마 그녀를 붙잡지 못한 것 같습니다. 얼마 전, 다시 만난 그녀, 찔레꽃으로 돌아온 그녀가 그렇게 저를 일깨웁니다.

그녀가 돌아왔습니다, 찔레꽃으로. 찔레꽃이 30년이 넘도록 기다렸다가 이제야 비로소 제 꽃잎을 활짝 열고 그 빛나는 자태를 드러낼 줄은 정말이지 몰랐습니다. 참 오랜 시간입니다. 시간은 모든 것을 삼키지만, 이렇게 느닷없이, 우리를 놀라게 하면서 자기가 원하는 것들만 골라 다시 토해 냅니다. 멀쩡하게 키워서 되돌려줍니다. 그런 시간의 섭리가 없다면 우리는 영영 아름다운 것들을, 찔레꽃들을, 한 번 놓친 소중한 것들을, 살아서 다시 볼 수 없을 것입니다. 우연이라고 치부하기엔 너무 극적이었습니다. 자화상. 그게 그녀의 자화상이었다는 것을 왜 이제야 알게 되었는지 모르겠습니다. 찔레꽃은 영락없는 그녀였습니다. 이제야 알았습니다. 그녀의 아버지가 아니었습니다. 그녀가 그렇게 제게 말했던 찔레꽃은 바로 그녀 자신이었습니다. 그녀에게 들은 '아버지의 찔레꽃'이 첫사랑의 오마쥬라는 것은 그녀와 헤어진 뒤 알았지만 그녀가 찔레꽃이었다는 것은 여태 몰랐습니다. 처음 본 찔레꽃, 영락없는 그녀였습니다. 그녀가 거기 분명히 있었습니다. 그녀가 거기 그렇게 활짝 피어나고 있었습니다. 그녀의 얼굴이, 약간의 우수와 함께 하던, 보일 듯 말 듯 미소 짓던 그녀의 작고 하얀 얼굴이 거기 딱 그렇게 있었던 것입니다. 꽃에서 사람을 본다는 것이 이렇게 가능하구나, 그녀는 아버지의 찔레꽃을 이야기하며 자신도 한 남자의 찔레꽃이 되고 싶다는 말을 들려주고 싶었는지도 모르겠습니다. 지금 생각해 보니 모든 것이 다 찔레꽃이었습니다. 그녀와 제가 처음 만난 것도 바로 그 찔레꽃 피던 시절이었으니까요.

길 없는 길

문자향서권기文字香書卷氣란 말이 있습니다. 거두절미하고, '글공부 열심히 하라'는 말로 알고 있습니다. 글공부 열심히 하면 아름답고 격조 높은 사람이 됩니다. 그러면 온 군데서 향기가 넘치고 구구절절 기품이 서립니다. 그래서 예부터 글공부는 최고의 '사람 되는 공부'로 치부되었습니다. 요즘 사람들은 인문학人文學이라는 말로 그 비슷한 뜻을 살리는 것 같습니다. 저희 또래 중에서는 철학자 김영민 교수가 이 방면에서 좋은 글들을 많이 남겼습니다. 그의 표현 중에서 '길 없는 길'이라는 표현이 오래 기억에 남아 있습니다. 철학도 결국 몸 공부 아니겠는가라는 뜻으로도 읽혔고, 사람 되는 공부로서의 앎의 세계에 작용하는 직관의 힘이나, 자기실현 의지, 그리고 개인차 같은 것을 그때그때의 문맥 안에서 강조하는 말인 것 같았습니다. 옛날, 고등학교 시절의 윤리 시간에 들었던 '철학도 그 높은 경지에서는 결국 문학(비유)을 지향하지 않을 수 없다'는 말씀과도 일맥상통하는 듯했습니다. '길 없는 길'은 역설입니다. 그런 역설이 개입하지 않으면 잘 설명되지 않을 만큼, 사람 되는 길이 쉽지 않은 도정道程인 것만은 틀림없는 사실인 것 같습니다.

본디 글공부가 사람 되는 공부인데 사람 되기에는 관심이 없고 오직 글 그 자체에만 집착하는 이를 가리켜 저는 '문자벽서권귀文字癖書卷鬼'라고 부릅니다. 그야말로 글자 병신, 책 귀신이라는 뜻입니다. 바둑을 배우기 전에 바둑책 50권을 읽고 비로소 반상盤上의 돌을 잡았다는 이가 있다는 말을 언젠가 들은 적이 있습니다. 속사정은 자세히 알 수 없지만 일단 책 귀신의 자격이 충분한 이라고 할 수 있을 것 같습니다. 그 이야기의 의도(뉘앙스 포함)는 그 장본인이 사전에 철저한 준비를 하는 이로서 보통 사람과는 아주 다르다는 의미를 함축해 내는데 맞추어져 있습니다. 그 정도의 준비를 하고 난 다음에 비로소 본격적인 행보를 하는 이라는 것을 강조하는 말입니다. 이 경우는 '준비성'과 '완전성'을 강조하는 것이니 제가 말하는 글자 병신, 책 귀신과는 거리가 있는 것이라 하겠습니다. 글자 병신 책 귀신들은 아예 '반상의 돌'을 잡지 않고 끝을 보려고 하기 때문입니다. 당연히, 보통의 책 귀신들은 바둑에서 입신入神의 경지에 오르는 일이 아예 없습니다. 바둑 공부 역시 '길 없는 길', 비유로 설명될 수밖에 없는 경지의 지향, 그야말로 '몸 공부'에 해당되는 것이기 때문입니다. 무엇이든 사람 되는 공부일 경우에는 예외 없이 그렇습니다. 일단 관념이 먼저 들어오면 여간해선 신神이 될 수 없습니다. 신은 어디서고 관념으로는 포착되지 않습니다. 관념을 넘어서는 존재, 그래서 신은 합리를 초월합니다.

몸 공부에서 문자벽서권귀가 절대 금물인 것은 '아는 것이 행위의 의무를 면제한다'라는 아주 기특한(?) 심리작용이 빈발하기 때문입니다. 학문이든 종교든 예술이든 '아는 것이 죽을 병이다'라는 철칙이 통용되는 것이 인간의 내면입니다. 책을 많이 읽으면 읽을수록 그 죽을 병은 위세를 떨칩니다. 이를테면, 독도법에 능통하다는 것과 야간에 산길을 잘 탄다는 것은 전혀 다른 능력인데, 지도를 잘 읽으면 천길 낭떠러지가 즐비한 야간의 벼랑길도 예사롭게 주파走破할 수 있다고 착각을 합니다. 아주 자신만만해 집니다. 이른바 표상적 지식과 절차적 지식의 경계가 허물어지고 지식 만능, 사유 만능의 병적인 심리상태가 만들어집니다. 그래서 몸공부를 할 때 책부터 보는 것은 절대 금물입니다. 사람부터 보고 배워야 합니다. 아는 것은 절대로 녹아서 다른 것으로 바뀌지 않습니다. 굳이 추리작용 자체가 망상의 궤도를 공유한다는 말을 할 필요도 없습니다. 해보면 금방 알 수 있습니다. 머리만으로는 결코 우화등선羽化登仙을 이룰 수 없습니다. 그래서 차라리 불립문자不立文字가 유리할 때가 더 많이 있는 것입니다.

제가 해본 것으로, 검도 수련에서도 마찬가지입니다. 검도와 같은 현대 무도의 목적은 보통, '인간 형성의 도', '극기복례' 등으로 요약되는 경우가 많습니다. 사람 되는 공부입니다. 그런 게 현대 무도의 한 특징입니다. 우리가 종래에 많이 듣던 신체 단련, 호신護身, 애국애족, 호국護國, 국난극복 등과 같은 말들은 더 이상 쓰이지 않습니다. 그렇게 되면 스스로 좁은 울타리 안으로 기어들어가는 꼴이 되기 때문입니다. 특정한 울타리 안에서의 사람 되기 공부는 늘 함정에 빠지기가 쉽습니다. 망상과 합작할 공산이 높습니다. 그러면 무도의 정신이 훼손됩니다. 그래서 오직 사람 되는 공부만, 비유적 경지만, 강조됩니다. 검도를 배우고 가르치는 일에서도 어김없이 책 귀신들을 만납니다. 입문도 하기 전에 좋은 책부터 소개해 달라는 이를 종종 만납니다. 그럴 필요 없다고 간곡히 당부해서 보내도 스스로 인터넷을 뒤지고 또 뒤져 온갖 글자들을 잔뜩 머리에 담아서 옵니다. '당신 걸음걸이로 몇 시간이요'라는 조언을 해 줄 여지 자체를 처음부터 말소시키려 합니다. 그 머릿속 문자를 퍼내고 책 의존병을 고쳐주는데 최소한 3년은 걸리는 것 같습니다. 물론 진정한(?) 책 귀신들의 경우에는 그 전에 모두 전열戰列에서 이탈해 탈영병들이 되는 게 십상이긴 합니다.

글쓰기도 마찬가집니다. 소설이든 시든 논술이든, '쓰는 법'에 대해서 아는 것은 아무런 도움이 되지 않습니다. 검도 수련처럼, 매일 밥 먹듯이 거르지 않고 타격대를 치고, 때에 맞게 무자수행을 해서 근력도 강화하고. 세상이 넓다는 것을 체득하고, 마지막으로 자기만의 류流를 추구해야 합니다. 수守, 파破, 리離의 이치를 몸으로 터득해야 합니다. 옛날에, 논술시험 출제 차 합숙에 들어갈 때마다 자주 겪던 일이 있었습니다. 전혀 논술 공부가 안 되어 있는 교수들이 출제위원으로 들어와서는 '내가 알게끔 문제를 출제해 보라'라고 고집을 부리는 것입니다. 자기도 못 쓰겠는데 학생들이 어떻게 쓰겠냐며 거의 단답식 주관식 문제 수준으로 출제 수준을 몰고 갈 때도 종종 있었습니다. 박사 논문 하나 쓴 것으로 논술의 대가가 된 양으로 여기는 이도 간혹 있습니다. 그 글자 병신에게 자신이 환자라는 걸 알게 하는 데 먼저 힘을 다 소진해야 할 때도 있었습니다.

문학도 마찬가지입니다. 누가 쓰면 시가 되고, 왜 내가 쓴 것은 시가 되지 않느냐고 말하는 이도 있습니다. '한 놈은 죽여야 무사가 된다'라는 말이 있습니다. 어디서 들은 말인지는 기억에 남아 있지 않습니다. 일본 무사의 한 전형을 보여주는 미야모도 무사시가 소년 시절에 엉겁결에(?) 동네 무사 한 명을 타살하고 본격적인 무사행에 접어든 것을 보고 한 말인지도 모르겠습니다만 그 말이 상당히 설득력이 있다고 여겨집니다. 자기 안에 있는 '못된 놈' 하나는 반드시 격살해 본 자만이 사람 되는 공부에 입문할 수 있다고 저는 믿습니다. 그런 경험이 있는 자만이 문학하는 자가 될 수 있다고 저는 믿습니다.

책으로 안 것을 옮기는 것은 쉽고 편합니다. 그러나 내 안의 것들과 불화한 것을 밖으로 옮겨내는 것은 어렵고 불편합니다. 문학하기는 그래서 어렵습니다. 끝이 없는 '길 없는 길'입니다.

정동(貞洞) 길

사람이 살다보면 평생 가지고 가는 것도 있고, 인생길 어디쯤에선가 버리고 가는 것도 있습니다. 누구나 한두 개는 남모르게 비장秘藏하는 애장품이 있습니다. 부모님과 관련된 것도 있고 자립自立과 관련된 것도 있고 평생의 연緣, 혼인과 관련된 것도 있고, 자녀들과 관련된 것도 있습니다. 물론 그 반대도 있습니다. 돌아볼 때마다 징하게 자괴감을 유발하는 것이어서 잊고 싶은 것들도 있습니다.

그런 것들을 대하는 태도에 대해서도 두 가지 상반된 관점이 존재합니다. 누구는 모두 버리고 가라 하고, 누구는 세상에 버릴 건 하나도 없으니 알아서들 챙기라고 합니다. 저는 아마도 후자인 것 같습니다. 말은 버린다 버린다 하면서도 하나 버리지 못하고 '소가진설'이니 뭐니 하면서 글로 남깁니다. 비울 땐 비우고 벼릴 건 벼려야 제대로 된 인생이라는 건 모를 바가 아닙니다. 다만, '그때그때 다른', 버리고 버리는 그 '때'를 제대로 포착하기가 어려울 뿐입니다. 사람살이가 때로 쉬운 것 같으면서도 종내 어려운 이치가 거기 있는 것 같기도 합니다.

어쨌든 제게도 평생 같이 가는 게 있고, 도중途中에 하릴없이 내려놓은 게 있을 겁니다. 그런데 언젠가 미련 없이 버렸던 것이, 황망慌忙 중에 일목요연—目瞭然, 불현듯 다시 나타나서 평생을 같이 하자고 조를 때가 있습니다. 젊어서는 아예 없었던 일입니다. 갑자기 닥치는 일이라 대략 난감, 난감막측難堪莫測이 아닐 수 없습니다. 덕수궁 옆 정동길이 그 중의 하나입니다.

정동貞洞길에 얽힌 사연부터 말하는 게 순서일 것 같습니다. 제 발로(?) 정동길을 처음 밟은 게 지금부터 40년 전의 일입니다. 아득한 옛날입니다. 고등학교 입학식을 코앞에 둔 때였습니다. '도적처럼', 그리고 '하늘에서 내린 두레박처럼', 학업을 계속 잇게 해준 온 종친회 장학금을 받기 위해 저는 12시간 내내 기차를 타야 했습니다. 남해 바다를 면한 우거寓居에서 서울로 오는 기차시간은 그렇게 길었습니다. 새벽에 도착한 서울역 근처 다방에서 계란 노른자를 얹어주는 모닝커피를 한 잔 마시고 종친회 사무실이 있다는 곳을 물었습니다. 시청을 찾고 덕수궁을 찾아서 그 옆 돌담길을 따라서 쭈욱 가라고 했습니다. 남대문을 지나 그저 크게 난 길을 따라 걷다 보니 그럴듯한 궁궐문이 하나 나타났습니다. 여기거니 하고 궁궐 담장을 끼고 올라갔습니다. 과연 그 길 끝을 가로지르는 대로 맞은편에 종친회 건물이 있었습니다. 건물주인이었던 종친회장님은 '니가 첫 번째다'라며 다정하게 제 머리를 쓰다듬어 주었습니다. 그렇게 저는 고등학교 3년을 무사히 다닐 수 있는 든든한 후원자를 얻을 수 있게 되었습니다.

세상에 기적이 있다면 별 수 없이 그런 식일 것입니다. 그 한 달 전만해도 저는 학업을 포기하고 어딘가에서 하우스보이라도 하면서 다음 해를 도모해야 될 신세였습니다. 형과 나, 둘 중의 하나는 학업을 포기해야 했습니다. 형은 1년만 더 다니면 졸업이었습니다. 당연히 제가 양보해야 했습니다. 우울했지만 달리 우리가 할 수 있는 일은 없었습니다. 그저 담담하게 '운명'을 받아들일 뿐이었습니다. 기분전환 삼아 목사님 댁에 가서 헌 신문지들을 얻어와 방 도배를 하거나(교회에서 더부살이를 할 때였습니다), '찾아갈 곳은 못 되더라 내 고향, 버리고 떠난 고향이기에⋯', 같이 누워서 흘러간 가요나 부르는 게 고작이었습니다. 그런데 '아무 생각 없이' 기분전환용으로 한 신문지 도배가 제 팔자를 고쳤습니다. 도배지로 쓴 헌 신문지에서 형이 종친회의 장학생 모집 광고를 발견한 것입니다. 언뜻 봐서는 도저히 캡처할 수 없었던 한자투성이의 암호를 형이 용케 수신受信해서 끝내 그 비밀문자를 해독해 내었던 것입니다. 흔히 종친회의 이름은 그 성씨의 유래와 관련된 고사故事를 원용해서 작명하는 수가 종종 있습니다. 그런 우회적인 표현은 과거 좀 살았던 걸 내세우고 싶어 하는 가문일수록 더합니다. 문자 속이 깊지 않아 그 고사를 모르는 타성바지들은 그 뜻을 아예 모르게 됩니다. 그런데 고등학생이었던 형이 어떻게 그런 '가문의 영광'을 용케 알고 있었습니다. 그 모집 광고가 전국에 있는 '가난한 후손'들에게 전하는 종친회의 '생명의 말씀'이라는 걸 형이 읽어냈습니다. 형이 그 암호를 해독한 덕분에 제 삶은 그 이후 탄탄대로(?)를 걷게 됩니다. 그 '탄탄대로'의 첫 번째 이미지가 바로 정동길이었습니다. 그 길을 걸으며 저는 제 인생이 그렇게 암울하지만은 않을 것이라는 예감을 가질 수 있었습니다.

그러나 그때의 정동길이 제대로 된 그림으로 제 눈에 들어올 리가 없었습니다. 여명黎明의 낯선 땅, 생면부지의 낯선 사람들, 말로만 듣던 서울, 아직도 실감나지 않았던 구사일생, 그리고 여전히 한 치 앞을 내다볼 수 없는 내 신세. 그런 것들이 열대여섯 살짜리에게 주변의 풍경을 제대로 주워 담을 수 있게 하지는 않았습니다. 그저 앞만 보고 걸었을 뿐입니다. 길이 목적지에 이르는 단순한 통로가 아니라 그 자체로도 무엇이 된다는 염 따위는 애초에 없었습니다. 과정이 사실은 전부라는 교과서적인 '성숙한' 인식 같은 것은 언감생심焉敢生心, 당시로는 꿈도 꾸지 못할 일이었습니다. 당연히 그 길이 '서울시 서대문구 정동 22번지'(나중에 중구로 이관)에 나오는 그 정동길이라는 것도 알 턱이 없었습니다. 그저 서소문 몇 번지 ○○빌딩(종친회 사무실 주소)으로 통하는 골목길로만 알았습니다.

한편, 저는 본의 아니게 오랫동안 '서울시 서대문구 정동 22

번지'에 시달려(?) 온 전력을 가지고 있습니다. 그것은 우리 가족의 본적지 주소입니다. 보통 본적지라면 '조상 대대로 살아오던 곳', 아니면 '아버지의 고향' 정도가 되는 것이 일반적입니다. 그 주소가 '긍지의 표상'이 된다면 금상첨화이겠습니다. 그런데 '정동 22번지'는 그런 원관념들과는 아무런 관계가 없는 기호였습니다. 이를테면 기의는 없고 기표만 남은 '텅 빈 시니피앙'이었습니다. 그러나 내용도 없는 것이 제게는 꽤나 위세를 부리곤 했습니다. 이를테면, 최초의 '시니피앙 등록'이라는 현상이 그것과 저 사이에 존재했던 것입니다. 영락없는 족쇄였습니다. 일이 있을 때마다 문서 따위에 매번 그것을 적어야 했는데(얼마나 많이 적었던가!), 그때마다 저는 꼭 '오페라의 유령'이 되는 기분이었습니다. 듣기는 좋지만 모종의 상처를 환기시키는 기표였습니다. 피난민, 가난, 정체불명, 소외, 불안… '서울시 서대문구 정동 22번지'와 함께 하는 그것들은 항상 저를 근원결락강박으로 몰고 갔습니다. 거기에 그치지 않았습니다. 시도 때도 없이 라디오나 TV를 통해 그것이 얼굴을 내밀 때마다 소름이 돋았습니다. 지금은 경향신문사 주소지만 그때는 문화방송 주소였습니다. '보내주실 곳' 등의 명목으로 거의 매일 그것과 대면해야 했습니다. 연전에 그 '서울시 서대문구 정동 22번지'에 얽힌 고사(?)를 적은 것이 있어 소개합니다.

그러니까 정동은 내겐 좀 특별한 곳이었다. 이를테면, 정동길은 한 때 내 고향이던 곳이었다. 정확히 말하자면, 한 때 내 고향의 이미지를 구성했던 곳이다. 유년기 때는 막연히 '본적'이라는 것이 고향을 뜻하는 것이라 여겼고, 사춘기 때는 종친회 장학금으로 나를 묶어둔 곳이었다. 그런 것을 두고 누구는, 원초적 억압에서 비롯된 최초의 시니피앙 등록(signifiant registration)이라고 했던가? 어릴 때 생성된 핵심적 기표들은 평생 동안 주체를 지휘 감독 간섭한다고 라캉은 말했다. 그래서 정동길은 지금도 나에게 만만치 않은 간섭을 행한다. 아버지가 거기서 어떻게, 무슨 생각으로 이남에서의 본적을 만들었는지 나는 알지 못한다. 그 무렵의 일에 대해선 오직 어머니의 간접진술밖에 기억에 남아있는 것이 없다.

"아침에 방 밖으로 나오니 옆에서 수군대는 소리가 내 귀에까지 다 들리더라. 홀애비 혼자 사는 집에 웬 색시냐는 거지. 내 그때처럼 황망할 때가 다시없었단다."

피난지 제주도에서 서울로, 살 근거지를 마련하겠다고 올라간 아버지는 1년이 다 되도록 편지 한통 없이 감감 무소식이었다. 어린 자식들을 데리고 혼자 버티던 어머니는 아이들을 이웃에 맡기고 서울로 올라갔다. 그때만 해도 제주에서 서울까지 가는 길은 그야말로 '엄마 찾아 삼만리'였다. 사흘 밤낮으로 물어물어 찾아간 서울 거리가 또 만만하지를 않았다. 전쟁이 막 끝난 직후라 아직 서른도 채 안 된 젊은 여자 혼자서 다니기에는 벅찬 거리였다. 어머니는 아버지를 찾아 온 서울을 헤매다 결국 만나지 못하고 밤길에 인천까지 가서 '판사 할아버지'가 혼자 기거하던 관사에서 하룻밤을 지내게 되었다. 외할아버지의 이복동생인 '판사 할아버지'는 외가 쪽에서는 유일하게 이남에서 현달한 혈육이었다. 나이차가 별로 없어서 어머니에게는 삼촌 겸 오빠였다. '판사 할아버지'의 도움을 받아 여기저기 수소문을 넣고 해서 간신히 어머니가 아버지를 만난 것은 사흘을 그렇게 헤매고 나서였다. 아버지는 양아치처럼 그 또래의 부랑자들과 함께 영국대사관 근처에서, 그러니까 지금의 정동길에서 천막을 치고 살고 있었다고 했다. 무엇을 하는지도 모르겠고 몰골도 험악하기 그지없어서 어머니는 울며불며 매달려 아버지를 데리고 제주도로 내려왔다. 그리고는 나를 낳았다.

어쩌면, 아버지가 부랑자의 모습으로, 그 쓸쓸하고 막연한 정동길에서, 1년여 동안 비바람을 맞으며 버틴 모진 세월의 그림자가 어떤 경로를 통해서든 나에게로 유입되지 않을 수 없었을 것이라는 생각이 든다. 문득 그런 생각이 든다. 그러면, 정동길에서 느끼는 내 감회는 좀더 연원이 깊다. 그것은 내 경험의 기원보다 더 오랜 역사를 가지는 것이다. 길바닥에 그냥 내려놓은 것치고는 너무 무겁다는 생각이 든다.

▶▶▶ 양선규, 「물텀벙 대동강」 중에서

위의 소회는 소싯적에 제게 소박을 맞았던 정동길이 노년(?)에 가로늦게 등장해 마치 본처 행세를 하는 듯한 기분(?)이 반영된 것이라 어느 정도는 동정적인 어조를 띠고 있습니다. 어떻게 보면 '몹쓸 물'이 빠진 뒤의 물색物色이 완연하다 할 수도 있을 것입니다. 어머니가 일찍 돌아가시고, 형의 몰락이 가시화된 후저는 아버지로부터 멀어지는 것이 오직 제가 살 길이라는 근거없는, 그러나 제어할 수 없는, 충동에 사로잡혀 있었습니다. 겉으로는 몰라도 속으로는 아주 냉혹(?)하게 '떠나자'라는 주문을 외우고 있었습니다. 아버지가 돌아가시고 결혼을 하게 되었을 때, 저는 아버지가 호주로 되어 있는 '서울시 서대문구 정동 22번지'를 기다렸다는 듯이 갖다 내버렸습니다. 본적을 신접살림 주소로 바꾸어 버렸습니다. 그게 꼭 30년 전의 일입니다. 그리고는 지금까지 그 주소를 잊고 살아왔습니다(몇 년 전에 그 근처에서 모종의 국가고시 출제에 참여하면서도 별다른 감회를 일으키지 않으려고 노력했습니다). '서울시 서대문구 정동 22번지'를 아예 내 기억 속에서 깨끗이 지워버리려고 애썼던 것입니다. 아, 한 번 살가운 정을 느낀 적이 있기는 했습니다. 동화은행이었던가, 이북5도민들에게 특혜가 되는 주식을 배당한다는 말이 있어서 그쪽으로 본적(원적) 조회를 한 번 한 적이 있었는데 그때 아마 얼핏 그 주소에서 '혈육의 정'을 잠시나마 느꼈던 것 같습니다.

몇 년 전, 모종의 공직 선거 관련이었지 싶습니다. 공문서를 한 번 작성할 일이 있었습니다. 본적지 적는 난이 공식 서류에 없어졌다는 말은 오래 전에 들어서 알고 있었습니다. 그런데 이름도 생소한 '등록 기준지'라는 게 있었습니다. 처음에는 그 뜻을 몰라 우왕좌왕 했었는데(그래서 저는 어이없게도 거기다 직장 주소를 썼습니다), 나중에 알고 보니 그게 옛날의 본적지 적는 곳이었습니다. 등록 기준지라니, 결국은 자신이 이 세상에 태어났을 때 자신을 최초로 붙들어 매었던 공간에 대해, 그 공간에 부착되어 있는 역사적 기록들에 대해 쓰라는 말이었습니다. 아마 그 '등록 기준지'라는 말이 결정타였던 것 같습니다. 오락가락하던 제 마음에 쐐기를 박는 계기가 되었습니다. 그 이후로 정동길이 대놓고 나대기 시작했습니다. 때 아닌 정동길 답사도 우정 치르게 했습니다. 제가 이 세상에 처음 등록된 곳을 다시 되찾아야겠다는 생각이 노골적으로 고개를 쳐들었습니다. '정동길'이라는 제목으로 이런 글을 쓰는 것도 결국은 그 억누를 수 없는 '용심'을 달래기 위한 한 마디 궁여지책일 것입니다.

소년병(少年兵)

단어 중에는 그 자체로 습기濕氣 찬 것들이 있습니다. 짜면 언제나 물이 나옵니다(영화 〈중경삼림重慶森林〉에서도 그 비슷한 표현이 나오지요). 그 단어를 두고 이야기하다 보면 꼭 언젠가는 눈물이 흐릅니다. 누구에게는 어머니, 누구에게는 아버지, 누구에게는 고향, 누구에게는 첫사랑, 누구에게는 '적두병(팥쥐?)', 누구에게는 조국, 그런 것들이 습기 찬 단어가 되는 경우가 있습니다. 소년병少年兵도 그 중의 하나입니다. 우리에게도 멀리 신라시대의 화랑 관창이나, 6.25 당시의 학도병 이야기가 있습니다만 대체로 혁명을 거쳐 나라를 다시 세운 곳에서 소년병에 얽힌 이야기가 많습니다. 유명한 것이 옆 나라 중국의 '소홍귀小紅鬼' 이야기입니다(소홍귀에 대한 자세한 이야기는 다음에 하도록 하겠습니다).『중국의 붉은 별』이라는 책에서 그들의 목숨을 건 항전을 읽고 한동안 흐르는 눈물을 주체하지 못한 경험이 있습니다. 아마 그때 저에게 그만한 나이의 아들이 있었기 때문인지도 모르겠습니다. 그래서 '제대로 된 소년병 이야기 하나 없는 나라는 나라도 아니다'라는 다소 과장된 생각, 혹은 망발(?)마저 들었던 적도 있었습니다. 언제 어디서고 소년병은 애처롭고 대견합니다. 우연히 오늘 아침 독서에서 소년병을 또 한 번 만났습니다.

오늘 아침에 만난 소년병 이야기는 배경이 좀 다릅니다. 혁명이 아니라 제국주의의의 보상 없는 희생물로 14살 때 소년병으로 끌려 나갔던 82세의 모오리 히토시毛利 平 씨 이야기입니다. ≪검도시대劍道時代≫라는 일본의 한 월간 검도전문지에 실린 것입니다. 그 책에는 존경받는 검도가劍道家나 검도 수행력이 있는 사회의 명사名士들에게 '내가 좋아하는 말'이라는 표제로 한 말씀 듣는 코너가 있습니다. 권두 연재라 그 책 안에서는 비중이 나가는 지면이기도 합니다. 주인공 모오리 씨는 명사의 자격으로 '한 말씀'을 하는 입장이었습니다. 고령이지만 현역으로 활동하는, 현재 일본의 한 사립대학의 학장이었습니다. 우리식으로는 총장입니다. 검도 실력은 교사敎士 7단, 전문 검도가가 아닌 이로서는 최고의 경지에 오른 이였습니다. 참고로 그쪽 풍속(?)에 대해서 조금 설명을 드리겠습니다. 검도계에서는 8단이 가장 높은 단위입니다. 어려서부터 평생을 검도에 바친 이들만 그 경지에 오를 수 있습니다. 단위로는 8단, 칭호로는 범사範士가 최고단과 최고 칭호가 됩니다. 마지막 단인 9단을 모두 사양하니 현재로는 8단이 최고 단위입니다(10단은 '귀신'에게만 수여합니다). 그와 연관된 한 가지 사이드 스토리를 소개합니다. 검도의 단과 칭호는 '윤허한다'라는 표현을 써왔습니다. 단증에 윤허允許라는 말을 적는 것이 좀 어색하다(시대착오?)해서 우리는 얼마 전에 그 앞에 이러저러한 수식을 붙여 '수여授與함'이라는 말로 바꾸었지만, 그 전에는 한일韓日 공히 단증에는 간단하게 '우右 윤허允許함'이라고만 적었습니다. 그 말의 우측에는 성명과 단이 명기됩니다. '윤허允許'라는 말은 보통 임금이 신하나 백성에게 무엇에 대해서 '허락'을 한다는 의미입니다. 봉건시대라면 몰라도, 주권 재민, 민주 민권 시대에 그런 표현이 사용된다는 것은 아무래도 적절치 않다는 건 누구나 인정합니다. 그렇지만, 윤허의 주체를 '사회 통념'으로 바꾸어 생각한다면 그도 그렇게 틀리는 것이 아니라고 생각할 수도 있을 것입니다. 그 표현은 칭호와 단은 통념이 허락하는 바를 거스를 수 없다는 것을 지키려고 애썼던 표현이라고 생각해 볼 수도 있는 것입니다. 언젠가 일본에서는 하시모토 전 총리를 위시한 국회의원 몇 명이 경호와 의전상의 문제를 빌미로, 따로 만들어진 특별 심사(6단 중앙심사)에 임했다가 크게 비난의 대상이 된 적이 있습니다. 하시모토 전 총리는 학창시절 검도 선수로도 활약을 한 알려진 검도인이었는데도 지위를 빙자해 특전심사를 받은 것은 무도정신에 크게 어긋난다는 것이었습니다. 그만큼 '사회 통념'이라는 것이 중요하다는 말씀입니다. 다시 본론으로 돌아가겠습니다. 모오리 씨는 명망 있고 나이든 검도가劍道家의 한 사람으로서 자신의 좌우명을 후배, 후손들에게 남겼습니다. 짧은 일어 실력이나마 끙끙거리며 그의 말을 몇 마디 옮기겠습니다.

그가 좋아하는 말은 '여수如水'입니다. '물과 같이'라는 뜻입니다. 14살 때부터, 공습으로 졸지에 어머니와 누이를 잃고 학도출진學徒出陳, 내일을 기약할 수 없는 총알받이 소년병으로 참전한 이후부터 지금까지 근 70년을, 그는 그 말에 의지하면서 살아왔다고 말합니다. 그 내용을 요약하면 다음과 같습니다.

물은 항상 자신의 진로를 찾아 멈추지 않는다.
물은 자신의 활동으로 남을 움직이게 한다.
드넓은 바다를 채우는 것도 물이요, 영롱한 것도 물이다. 그 본성에 변함이 없다.
물은 자신도 더러워지면서 남의 더러운 것을 씻어낸다.
장애물을 만나면 격하게 자신의 힘을 키워 극복해낸다.

물이라면 의당, 상선약수上善若水나 명경지수明鏡止水, 아니면 '흐르는 것이 어디 강물뿐이랴' 식의 '높거나 깊은(?)' 의미로만 생각해 온 사람들로서는 오히려 생경한 물의 의미였습니다. 저는 그의 좌우명을 대하는 순간 모종의 신선한 충격을 받았습니다. 앞서 든, 물의 이른바 '형이상학적' 차원에서의 의미가 아니라 그야말로 물성物性 그 자체에서 추출한, '형이하학적인' 교훈이었기 때문입니다. 물론 열네 살의 차원이었을 수도 있었습니다.

그러나 그 순진한 소년기 관념이 평생을 두고 한 인간의 행로를 안내했다는 게 신선하고 충격적이었습니다. 또 하나의 이유가 있었습니다. 그 좌우명을 보는 순간 문득 아버지가 생각났습니다. 어려서부터 저는 아버지에게서 그런 식의 '형이하학적인 것에 대한 존중감'을 줄곧 보아왔습니다. 모르겠습니다. 그것이 이른바, 식민지 하급 지식인들의 특성인지도 모르겠습니다. 사범학교, 상업학교, 농업학교, 공업학교 등 식민지 고등교육을 담당했던 직업학교들이 만들어낸 인간 유형인지도 모르겠습니다. '기능적 지식인 양성'의 한 결과일 수도 있었습니다. 식민지 교육은 창의적인 사고활동이나 보다 높은 차원에서의 자기실현보다는 주어진 과제에 성실하게 매진하는 도구적 인재 양성에 불과한 것이었다고 평가되기도 합니다. 저희들은 그런 '기능적 지식인'들에 의해서 키워진 어중간한 세대라는 생각이 들 때도 자주 있었습니다. 어쨌든 그런 '형이하학적인 태도'는 제게는 일종의 '향수'를 자극하는 그 무엇이었습니다. 식민지 때 학창 시절을 보낸 아버지 세대는 보다 구체적이고 실용적인 '지식의 활용'에 적극적이었습니다. 생활상의 모든 면에서 교훈을 찾는데 능숙했습니다. 지금 와서 정리되는 것이지만 그들 아버지 세대들은, 배운 이라면 항상 공동체를 위한 마음을 먼저 내세우고(공중질서 존중), 절차탁마切磋琢磨 일신우일신日新又日新, 늘 자신을 닦는 생활을 게을리하지 말아야 한다는 것을 하나의 생활신조로 삼기를 강박 당했던 것 같습니다. 그런 것을 그저 '알고 있는' 차원이 아니라 일종의 강박으로 가지고 살기를 강요당했던 것 같습니다. 그 동안 까맣게 잊고 있었던 '인간형'이었습니다. 이 나이에 어릴 때 겪은 '아버지의 삶의 태도'를 다시 이렇게 만나다니, 그 감회가 좀 이상야릇했습니다. 무언가 무궁무진한 것이 기다리고 있을 것 같았는데, 살아보니 인생은 어차피 조롱鳥籠 같은 것, 우리의 일생은 그 안에 갇혀 있는 한 마리 작은 새에 불과했다는 허무감마저 들었습니다.

모오리 씨는 물의 물성物性을 통해 인생을 살아가는 데 필요한 지혜를 구하고 있었습니다. 쿠로다黑田如水라는 이가 남긴 '수오水五'라는 교훈이라는데, 그 다섯 가지 교훈이 모두 어린 용사勇士에게 필요한, 자기수양과 희생, 용기와 개척정신을 북돋우는 내용들이었습니다. 스스로는 누가 강요해서 그것을 좌우명으로 삼은 것이 아니라 스스로 전기傳記나 군기軍記 등을 읽다가 얻은 것이라고 하지만 그들 세대들에게는 '하나의 커다란 에로스'로 작용하던 모종의 이데올로기였던 '형이하학적인 것에서 배워라'의 소산이었습니다. 기특한 소년병이었습니다.

사실은 저도 소년병 출신입니다. 누구처럼 '최후의 빨치산 소년병'이 아니라 엄혹한 생활전선生活前線의 소년병이었습니다. 어려서는 하루하루를 가혹한 전쟁터처럼 살아야 했습니다. 그때는 '비록 오늘 전투에서는 패할지라도 내일 전쟁에서는 반드시 이겨야 한다'는 것을 무언의 신조로 살았던 것 같습니다. 남루와 수치, 비굴과 배신을 밥 먹듯이 겪고 행하며 하루하루를 고군분투했습니다. 모오리 씨의 '물' 같은 것도 책상 앞에 많이 붙여야 했습니다. '바다에서 풍랑을 만나면 역풍을 순풍으로 바꿀 수 있어야 한다. 위기는 항상 기회다' 정도가 아직도 생각나는 그럴 듯한 좌우명입니다. 고등학교 때 써서 붙인 것들입니다. 모두가 살아남아야 한다는 절박감의 소산이었습니다. 만약 그때 제가 '내가 더러워지면서 남을 씻어내는' 물의 경지를 알았더라면 어떻게 되었을까요? 만약 그랬다면, 지금의 저는 어떤 모습이었을까? 부질없는 생각인지 알지만 문득, 그런 때늦은 후회가 들기도 하는 아침입니다.

노비 문서를 받다

얼마 전에 페이스북에 노비 문서 사진이 한 장 올라온 적이 있었습니다. 부기된 설명을 보니, 조상 대대로 가전家傳 보물로 여기고 간직해 오던 오래된 문서를 후대에서 그 내용을 모르고 〈TV 진품명품〉에 출품했다가 노비 문서로 밝혀져 출품자가 얼굴을 붉히고 돌아갔다는 내용이 적혀 있었습니다. 그 문서를 들고 나갔던 사람의 딱한 사정이 안쓰럽게 느껴졌습니다. 제법 떵떵거리며 살아온 집안이었던 모양인데 조상 대대로 중히 여겨온 가전 문서가 노비 문서였다는 것이 말이나 되는 소리였겠습니까? '세상은 요지경'이 아닐 수 없었습니다. 그러면서 한 편으로는 무언가 찝찝하다는 느낌을 속 시원히 지워낼 수가 없었습니다.

오늘, 전혀 예기치 못한 곳에서 그 비슷한 이야기를 또 듣게 되었습니다. 좀 과장해서 말한다면, 오늘 저도 그런 노비 문서 한 장을 받았습니다. 노비가 자신이 노비임을 증명하는 문서를 받았다는 것은 이제 비로소 그 신세에서 벗어나게 되었다는 것을 의미합니다. 노비 자신에게는 그만큼 중한 문서도 없겠지요. 제 경우에는 이를테면 노비적인 심성 하나를 버릴 수 있는 '면천免賤'의 기회를 오늘 받았습니다. 그래서 '노비 문서를 받았다'라는 표현을 쓴 것입니다.

노비 문서를 받게 된 경위는 이렇습니다. 『정감록, 역모사건의 진실게임』(백승종, 푸른역사)이라는 책을 보던 중이었습니다. 그 책을 보게 된 것은 그 유명한 정감록 감결鑑訣의 실체에 대한 궁금증 때문이었습니다. 도대체 어떤 글쓰기였을까? 도대체 무엇을 적었기에 그렇게 누대에 걸쳐 여러 사람의 기대와 원망에 부응했을까? 그 문서의 힘은 어디서 오는 것일까? 몇 년 동안 '인문학 수프'라는 '문서 적기'에 몰두해 오는 입장에서 그것이 무척 궁금했습니다. 그러나 정작 정감록 감결鑑訣은 저의 호기심을 충족시키지 못했습니다. 감결은 그저 장난에 불과했습니다. 진서眞書, 진인眞人에 대한 속신俗信이 만들어낸 '우상의 눈물'에 불과했습니다. 실망스럽기 그지없었습니다. 그러나 '닭 대신 꿩'(?)이라고, 때 아닌 특별 '속량미'를 받는 곳을 하나 발견할 수 있었습니다. 별다른 고된 노역도 없이, 거의 거저로 받는 은사였습니다. 역시 '노비 문서' 이야기였습니다. 그 대목을 읽고 나서 저는 분명하게 예전의 그 '찝찝함'의 실체를 목도할 수 있었습니다.

저는 비로소, 가전 보물로 전승되었다던 그때 그 노비 문서가 정말이지 〈TV 진품명품〉에 출품될 만한 '귀한 물건'이었음을 알게 되었습니다. 노비 신세에서 벗어나는 이들에게는 그것 이상의 보물이 없었습니다. 면천免賤의 기쁨보다 더한 것이 또 어디 있었겠습니까? 속량(돈을 주고 노비 신분을 벗어남)의 대가가 얼마였는지는 모르겠으나, 그 노비 문서의 가치는 그 일문一門의 입장에서는 천금을 주고도 바꿀 수 없는 것이었습니다. 세상 그 어떤 보물보다도 더 값나가는 것이 아닐 수 없었기에 그렇게 애지중지했던 것이었습니다. 그 자리에서 태워 없앨 수도 있는 것이겠습니다만 자손 대대로 그 '눈물의 역사'를 알게 하는 것도 제대로 된 부모의 마음일 수도 있었습니다. '사람과 그렇게 비슷하게 생겼으나', 결코 사람이 아닌 자들이 바로 노비였습니다. 그게 봉건 사회의 율법이었습니다. 무엇보다도, 그런 천형天刑을 자손에게 물려야 하는 부모 된 자들의 통한痛恨이 얼마나 깊었겠습니까? 내가 몸을 찢고 피를 토하는 일이 있어도 자식에게는 절대로 그것을 물리고 싶지 않은 것이 부모의 마음입니다. 그게 이 세상 모든 부모의 마음이기에 그래서 '면천 문서'는 더 귀하고 귀한 것이었습니다. 남이 알 수 없도록 일거에 불태우지 않고 두고두고 그것을 내렸을 부모들의 마음이 찡하게 가슴으로 읽혔습니다. 거듭 말씀드리지만, 이 세상 그 어떤 것보다도 귀한 것이 바로 그 '가전 노비 문서'였습니다. 그것을 알게 되었으니 언필칭, 저도 이제 노비 신세를 면케 되었다는 겁니다. 이제야 제대로 사람 행세를 할 수 있는 자격증을 하나 얻었습니다.

진실로 면천免賤입니다. 그것을 몰랐으면 여태 저도 옛날에 우리 가문에 금송아지가 몇 마리 있었다는 식의 '가문의 영광' 운운 하면서, 모자란 인간들이나 즐기는 쓸개 빠진 가문 자랑, 양반 타령이나 하고 있었을 것이 분명합니다. 정말이지 천만다행이 었습니다. 천행으로, 제게 노비 문서를 환급還給한 그 은사의 내 용을 소개합니다.

조선 후기에는 김영건과 비슷한 처지에 놓인 사람들이 적지 않았 다. 나는 경상도 단성현(경남 산청군)의 호적에 나오는 어느 노비 형제의 삶을 추적해본 적이 있다. 125년이라는 비교적 긴 세월 속에 서 노비 형제 홍룡과 홍종의 자손들은 많은 변화를 겪었다. 형인 홍 종의 자손들은 대대로 노비 신세를 면하지 못했으나, 아우 홍룡의 자손들은 대체로 상승 기류를 타고 있었다. 지역 사회에서 양반으로 공인될 정도는 아니었지만 지역특산품인 숫돌의 제작과 판매에 종 사해 마을에서 가장 부유한 사람도 나왔고, 신분을 위조해 서원에 출입하는 사람, 호장 가문과 혼맥을 맺어 중간층으로 자리잡은 경우 도 있었다. 홍룡의 후손 가운데 기업체 경영자도 여럿 나왔는데, 어 떤 연유에서인지 그들은 조선 전기 노비제를 강력히 옹호한 양성지 의 후손들을 자처하며 살고 있다.
노비 홍룡 일가는 단성현이라는 전형적인 농촌 지역에 머물러 있 으면서 서서히 성장해나갔다. 그에 비해 당시로서는 대도시나 다름 없던 남원으로 이주한 김영건 일가의 성장 속도는 훨씬 빨랐다. 그 때나 지금이나 도시는 기회의 땅이다. 그런데 문제는 외형적인 고속

성장, 즉 급속한 재산 축적이 그에 걸맞은 신분 상승을 보장해 주지 못한다는 점이었다. 이를테면 김영건 일가의 성장통은 단성의 노비 홍룡 일가의 경우보다 훨씬 심각했을 것이다.

▶▶▶ 『정감록, 역모사건의 진실게임』, 46~47쪽

영조 시대 김영건, 김원팔 부자의 역모사건을 다루면서 곁가지로 적은, 그 지역 노비 출신 부자의 한 예로 나온 것이 노비 홍룡 일가의 내력입니다. 그 이야기가 제게 흥미로웠던 것은 제가(저 역시 그들처럼) 양성지의 후손이기 때문입니다. 몇 년 전, 서울 간 큰아이가 전화를 했습니다.

"아버지, 양성지라고 아세요?"

"응, 우리 조상님… 왜?"

"교수님이 물으시길래."

"다음에 물으시면 같은 항렬이라고 말씀드려라."

"안 그래도 동생 이름은 말했어용."

저는 진즉에 그런 일이 벌어질 것을 짐작했습니다. 아이를 그 학교에 보내놓고 그 학과의 교수 명단을 보니 아랫대 항렬을 쓰는 분이 계셨습니다. 연배가 저보다 위였는데도 아래 항렬자를 쓰는 것을 보니 종가쪽으로 더 가까운 분이었습니다. 그런 분들은 대체로 경기도 북부에 원적지를 두고 있는 경우가 많습니다. 우리 일가는 황해도(봉산)로 넘어간 지파였으니 본문이 있는 경기도(김포, 양평) 쪽보다는 아무래도 자손들 항렬자가 더디 내려갔습니다. 그러나 가지가 더 뻗은 쪽과 비교할 때는 우리도 항렬자가 꽤 낮은 편이었습니다. 남쪽으로 내려가면 보통 우리 나이에 증조부 항렬이 되는 것이 다반사였습니다. 선친이 지파 종손이었고, 제가 종친회 1기 장학생 출신이어서 그 방면에 조금 관심이 있는 편이었습니다.

양성지 할아버지가 노비제를 강력히 옹호했다는 말은 상기 책을 보고 처음 알았습니다. 그러나 그런 역사적 내력 때문에 홍룡 일가가 굳이 양문梁門 중에서도 양성지의 후예를 자처했다고는 생각되지 않습니다. 다만, 그쪽 지역(산청, 함양, 남원)에서는 남원 양가가 흔한 성이었기 때문에, 본디 사람은 자기가 본 것 중에서 욕심을 낸다고, 그 성을 택했을 것이고, 기왕지사 양문 중에는 좀 더 현달한 편을 골랐을 수도 있었습니다. 아니면 또 남모르는 혈연적인 관계가 있었을 수도 있었습니다. 김영건의 홀어머니가 '경상도 하동 사는 김선비'가 너의 아버지라고 세상을 뜨기 전날 밤에 아들을 불러 이야기했던 것처럼 그들만 아는 그럴만한 이유가 있었을 수도 있다(책에서는 김영건이 실은 노비 막산의 아들이었지만, 어머니는 자식의 장래를 염려해 스스로 모욕을 감수하며, 이름도 모르는 김선비의 아들이라 거짓주장을 한 것이라고 적고 있습니다). 해방 후, 종친회에서 대동보를 편찬할 때도 그런 논의가 잠시 있었습니다. 어느 쪽은 어느 대 이전부터는 가계가 불투명하니 제외하자는 말들이 꽤나 무성했다고 합니다. 어린 제 귀에 들어올 정도였으니 꽤나 심각한 설왕설래가 있었던 모양입니다. 그러나 결론은 모두 한 핏줄이라는 것으로 났습니다. 그런 쟁명爭鳴은 양문梁門에 어울리지 않는다는 것으로 의견을 모았다고 합니다. 연암이, 박해를 피해 몸을 숨기다가 양가들의 도움을 얻고, 굳이 길지墓地를 애써 고르지 않고, 자손들이 늘 바라볼 수 있고 언제라도 가서 돌볼 수 있는 양지바른 곳에 조상의 음택을 쓰는 양가들을 보고 앞으로 크게 발전성이 있는 가문이라고 상찬을 했다는 이야기는 꽤나 유명합니다. 그런 양가의 후예들이 한 조상을 모시는 사람들을 핏줄이다 아니다 매정하게 가르는 것 자체가 전반적인 '가문의 전통'에 위배되는 것이었습니다.

죄송합니다. 은근히(드러나게?) 집안 자랑을 늘어놓은 꼴이 되어 버렸습니다. 어떤 장르의 글쓰기에서든 자기 자랑만한 불출이 없습니다. 근본천생이라 그렇게밖에 쓰지 못하는 이 불초 소생을 부디 독자 제현께서 용납해 주시기만을 빌 뿐입니다. 속죄의 의미에서 쓴 소리 하나를 덧붙입니다(다시 노비 신세로 전락하더라도 어쩔 수 없습니다).

젊어서 서울살이를 하며 처음 느꼈습니다. 초장에는 몰랐는데, 은연중 저를 보는 시선에서 '그놈 참 (사람이 아닌데) 꼭 사람같이 생겼네'라는 느낌을 받는 일이 날로 잦아졌습니다. 사람대접을 해주기는 해야겠는데 참 마음 내키지 않는다는 표정들이었습니다. 어떤 때는 "군인을 할려면 어디를 나오고, 공부를 할려면 어디를 나와야지(그렇지도 않은 것들이 왜 여기 와 있느냐)…" 하며 노골적으로 면전에서 박대를 하는 이도 있었습니다. 아니면 자기 출신을 밝힐 때 대학을 말하지 않고 과科 이름만 이야기해서 공연히 그 대학을 나오지 않은 사람들과의 차별을 두기도 했습니다. 그런 '노비' 느낌은 그 이후에도 지속되었습니다. 학계나 문단뿐만이 아니었습니다. 다른 데서도 그런 말이 자주 들렸습니다. 옛날 봉건 세도정치 시절의 '안동 김씨 가문'처럼, 아마 '메인 스트림'이라는 게 있어서 어디든 그런 풍조가 만연한 모양이었습니다. 참 우리 민족이 못난 족속이라는 생각이 들었습니다.

얼마 전, 페북에서도 그런 미면천아未免賤兒들의 이야기가 얼핏 비친 적이 있습니다. 어디서나 누구를 가르치려 하고, 말끝마다 '우리대학'을 연호하고, 자기들 말고는 모두 '사람 비슷하게 생긴, 그러나 사람 아닌 것들'로 여기는 근본 천생들 때문에 마음이 꽤나 상한다는 글이 올라온 적이 있었습니다. 십분 이해가 가는 말이었습니다. 본디 근본 천생인 것들이 돈이나 학벌이나 지연 같은 가짜 족보를 가지고 정치, 경제, 사회, 문화 어디에서든 양반 행세를 하려 하는 법입니다. 그럭저럭 이꼴 저꼴 다 보면서 살아본 입장에서 말씀드리는 것이지만, 그런 가짜들이 날뛰는 세상을 우리 후손들에게는 절대 물려줘서는 안 되겠습니다. 그러니 좀 성가시더라도 그들의 '면천'을 반드시 권고해야 합니다. 그냥 둬서는 안 됩니다. 우리나라, 우리 민족의 장래를 위해서도 절대 그냥 둬서는 안 됩니다. 이렇게 좋은 말로 면천할 기회를 주는데도 끝내 못 알아들으면 할 수 없습니다. 역모로 다스려야 합니다.

연암燕巖 박지원은 42세 때인 정조 2년(1778) 당시의 세도가 홍국영과 사이가 나빠지면서 황해도 금천의 연암협燕巖峽에 은거 했다가 양호맹의 개성 금학동의 별장으로 이주했다. 이때 박지원은 개경의 남원 양씨가 가까운 산에 조상의 분묘를 모시고 이를 지키는 분암의 이름을 "영원히 생각한다"는 뜻의 영사암永思菴이라고 지은 것에 깊은 인상을 받고 영사암기永思菴記를 지었다. 영사암기永思菴記에서 박지원은 친족들이 살아 있을 때에도 같이 사는 것이 좋고 죽은 후에도 한자리에 모시는 족장族葬이 좋은 데도 세상의 풍속이 무너지면서 '장지葬地가 화복禍福을 준다는 풍수지리설이 효도하고 공손하며 화목하고 서로 믿는 마음孝悌睦任之心을 능가하게 되어 각각 따로 산소를 두게 되었다'고 비판하고 있다. 박지원은 남원 양씨들이 분묘를 한 곳에 모신 것을 조상에 대한 효심이라며 '장차 그 씨족과 세대가 더욱 발전할 것을 볼 것이며 그런 뒤라야 세속의 이른바 풍수지리설이 장차 우리를 속이지 못할 것이다'라고 덧붙였다. [역사평론가 이덕일]

사람의 욕심

사람이 사는 일은 어쨌거나 자기 욕심을 채우는 일입니다. 욕심 없이 산다는 말은 언제나 모순 어법입니다. 남 보기에 '욕심 없이' 사는 것 같아도 결국은 '욕심 없이 사는' 그 욕심으로 사는 것이니 욕심 없이 사는 법은 없는 법입니다. 그나저나 사람 욕심 중에 가장 지극한 것이 사람 욕심입니다. 다른 말로 하자면 '사랑'입니다. 사람의 것인데 욕심을 내다보면 아주 끝이 없습니다. 편차도 큽니다. 어떤 이는 자신만을 위한 사랑을 하고, 어떤 이는 남만을 사랑합니다. 자기 한 몸에 그치는 사랑도 있고, 자기를 버리고 모두를 끌어안는 사랑도 있습니다. 같은 사람인데도 왜 그리도 욕심내는 게 다른지 알다가도 모를 일입니다.

藏巧於拙 用晦而明 寓淸于濁 以屈爲伸 眞涉世之一壺 藏身之三屈也
장 교 어 졸 용 회 이 명 우 청 우 탁 이 굴 위 신 진 섭 세 지 일 호 장 신 지 삼 굴 야

교묘한 재주를 서툰 솜씨 속에 감추고, 어둠으로써 밝음을 드러내며, 청렴하면서도 혼탁한 가운데 머무르고, 굽힘으로써 몸을 펴는 것을 바탕으로 삼는다. 이것이 곧 세상을 살아가는 안전한 길이요 몸을 보호하는 데 필요한 삼굴이다.

▶▶▶ 홍자성, 『채근담』 중에서

우리나라 배우 정우성과 홍콩 배우 양자경이 연상연하 커플로 열연한 〈검우강호〉라는 영화 이야기를 한 토막 하겠습니다. 영화 〈검우강호〉는 무협지의 몇 가지 공식, 이를테면 '불패의 가족주의', '악의 토벌', '발견을 통한 승리' 등의 주제와 형식을 고루 갖춘 정통 무협영화입니다. 인간은 결국 가족(사랑)을 통해 구원된다는 주제와 약하고 선한 주인공이 만난을 극복하고(천신만고) 끝내는 강하고 악한 적을 굴복시킨다는 무협지 구성의 전형성을 잘 보여줍니다. 그런 무협지적 구성의 한 핵심이 '발견을 통한 주인공의 승리'인데 〈검우강호〉에서는 위에 인용한 『채근담』의 네 가지 처세의 요결이 '발견의 진실'로 원용됩니다. 자신에게 무예를 전수한 전륜왕轉輪王을 물리치기 위해서 여주인공 세우細雨가 사용한 4가지 무예비법藏拙于巧 用晦而明 寓淸于濁 以屈爲伸이 바로 『채근담』에 나오는 그 네 가지 처세의 요결이었습니다. 저는, 순진하게도, 그것이 고래古來의 무공비급에 나오는 구절은 아니더라도 최소한 무예에 나름 식견이 있는 작가(혹은 무술감독)의

'근거 있는 창작'인 줄로 알았습니다. 그만큼 그럴 듯했기 때문이었습니다. 실전에서는 거리, 박자, 담력, 속도가 중요한데―眼, 二足, 三膽, 四力, 앞서 든 예의 그 4가지 요결(비법?)은 이를테면 주로 박자와 관련된 내용이었습니다. 대박자와 소박자, 그리고 엇박자의 운용이라고 보여졌습니다. 이를테면 허허실실, 상대가 예기치 못한 기회를 만들어 내게 유리한 승부를 내는 법이라고 할 수도 있었습니다. 그런데 우연히 인터넷 검색을 하다가 그게 아니라는 걸 알게 되었습니다. 오래된 전승이긴 했지만 여러 사람에게 널리 알려진 것은 『채근담』에 의해서였습니다. 말하자면 처세요령이었습니다. 그것을 사람이 죽고 사는 생사관문에 갖다 붙인 것이었습니다. 입맛이 씁쓸하기도 했지만 재미는 있었습니다. 결국 다 한 가지가 아니겠습니까? 사람이 사는 이치가 거기서 거기였습니다. 어쨌든, 저에게는 '천장지구天長地久'이래 최대의 '발견'이었습니다. 모로 가도 서울만 가면 된다고, 그 무예 비결에 대한 저의 궁금증은 깔끔하게 해소가 되었습니다. 이제야 비로소 용회이명(맞나?)이 되는 듯했습니다.

글 쓰는 자의 공통된 욕심 중의 하나가 좋은 말이 있으면 어디든 갖다가 다시 내 것으로 써먹는 것입니다. 저도 원전原典의 장교어졸藏巧於拙을 가져다 장졸우교藏拙于巧로 바꿔서 써먹었습니다. 나머지 것들도 조금씩 '내 식대로' 가져다 썼습니다. 장졸우교는 '못난 생각을 기교를 써서 감춘다'라는 뜻으로 썼고 우청우탁은 '흐리고 맑음이 둘이 아니다'. 용회이명은 '어둠 속에서 빛은 빛난다', 이굴위신은 '굽혀야 펼 수 있다'로 새겼습니다.

저는 그렇게 썼습니다만 〈검우강호〉에서 그것들이 사용된 문맥은 훨씬 의미심장합니다. 거기에 대해서 몇 마디 사족蛇足을 달아 보겠습니다.

불세출의 여자객女刺客 세우(양자경)는 암살집단 흑석파의 두목 전륜왕의 수제자입니다. 스승에 의해 살수殺手로 키워지는 그녀는, 그에게 복대검腹帶劍, 일명 벽수검碧水劍의 용법을 전수받습니다. 검신이 얇아서 허리띠로도 쓸 수 있는 칼입니다. 가벼워서 여자가 쓰기에 알맞습니다. 검신檢身의 굴신屈伸이 변화무쌍하여 많은 고수들이 그 칼 아래서 하릴없이 자기 무덤을 팝니다. 그러나 그 물 흐르듯 유연한 벽수검법碧水劍法에는 치명적인 약점이 있습니다. 역설적이게도 단검(작은 고추?)에 약합니다. 길고, 휘청거리는 칼에는 짧고 단단한 단검의 단도직입單刀直入, 변화무쌍 變化無雙, 자유자재自由自在가 치명적입니다. 작아서 상하의 움직임이 용이하고 짧아서 원간遠間을 요하는 긴 칼에게 거리를 내주지 않습니다. 작은 고추가 맵습니다. 그걸 '발견'한 이가 세우의 첫 연인 지혜대사입니다. 무예의 천재 지혜대사는 스스로 목숨을 바쳐서 세우의 회심回心을 이끕니다(그의 욕심은 '죽더라도' 남을 사랑하는 것입니다). 그리고 세우에게 그것을 깨는 네 가지 요령을 전수합니다. 그리고 회심을 권합니다. 만약 회심하지 않고 살수로 나대다가는 언젠가 그 약점 때문에 사지가 찢어지는 고통을 겪으며 비참하게 죽을 것이라고 가르칩니다. 그때 그가 전수한 그녀의 벽수검법을 깨는 네 가지 비법이 바로 〈장교어졸 용회이명 우청우탁 이굴위신〉입니다. 무기의 소용과 몸동작의 허실이 이루어내는 상호적인 작용과 상대의 박자를 깨뜨리는 요소요소의 기회(타이밍)를 그 네 가지 비결로 압축합니다.

　새로이 사랑하는 사람을 만난 세우, 이제 강호를 떠나 행복한 한 가정의 주부로 살고 싶은 세우가 자신의 앞길을 가로막는 전륜왕을 넘어설 수 있는 길은 무엇일까요? 그의 야망과 야욕을 제압하고, 그의 마수에서 벗어나, 사랑하는 남편과 함께 홀연히 강호를 떠날 수 있는 방법은 무엇일까요? 타협을 모르고 오직 전부 아니면 전무를 요구하는 그를 물리칠 수 있는 길은 하나밖에 없습니다. 그를 이겨서 죽이는 것입니다. '그놈 하나를 죽이지 못하면' 세우는 새롭게 태어날 수 없습니다. 그러나 그는 그녀를 만든 장본인이라 그에게 전수받은 솜씨로는 도저히 그를 이길 방도가 없습니다. 벽수검법에 치명적인 하자가 있다는 것을 전륜왕은 너무나 잘 알고 있었습니다. 길은 하나, 그가 나에게 가르쳐준 바로 그 벽수검법碧水劍法을 그가 쓰도록 하는 길밖에 없습니다. 그의 자만과 방심이 스스로를 궤멸시키도록 해야 합니다. 그렇게 해서 역으로 그 약점을 파고들어 그를 물리쳐야 합니다. 거기서부터는 세우의 '발견'입니다. 세우는 전륜왕의 자존심을 긁습니다. '고추'도 없는 주제에 무슨 전륜왕이냐며 그를 조롱합니다(암흑가의 제왕 전륜왕의 정체는 말직 내시였습니다. 그는 자신의 불구를 넘어서기 위해 달마의 시신을 구합니다). 천지를 모르고 스승을 능멸하는 못된 제자의 버릇을 본때 있게 가르치고픈 스승은 제자의 칼을 뺏습니다. '네 칼로 너를 치리라', 그렇게 용심을 부립니다. 제자가 모르는 걸 가르치고 싶습니다. 벽수검법의 극치를 써서 자존심도 회복하고 제자도 '보기 좋게' 가르치고 싶습니다(스승은 언제나 가르치고 싶습니다). 그러나 자만과 방심은 무사의 치명적인 아킬레스건입니다. 거기서 전륜왕은 무너집니다. 세우는 남편(정우성)의 몸에 미리 꽂아둔 남편의 단검으로(남편은 장검과 단검을 같이 쓰는 이도류 검법의 달인이었습니다. 전륜왕을 속이기 위해 세우는 남편을 가사상태로 만듭니다), 전륜왕을 궤멸시킵니다. 장교어졸, 용회이명, 우청우탁, 이굴위신이 차례차례 시연되면서 잔인하게 세상을 지배하던 거대 악은 '발견의 진실'을 아는 자에 의해서, 가족을 통한 구원을 욕심내는 자에 의해서, 무참하게 죽임을 당합니다. 자기만을 사랑하던 '그 한 놈'은 결국 죽게 됩니다. 세우는 '그 한 놈'을 죽이고 세상을 새로 얻습니다. 전륜왕은 그렇게 제 욕심 안에서 쓸쓸히 사라집니다.

그런 것 같습니다. 모든 것은 제 욕심 안에서, 스스로 만든 자신의 틀 안에서 생명을 얻기도 하고 죽임을 당하기도 합니다. 문제는 욕심입니다. 오직 그것만이 치명적입니다. 밖에서 부는 바람은 옷깃을 여미어 막을 수 있지만, 안에서 곪아터지는 것은 누구도 어쩔 수 없습니다. 욕심에는 나만을 위한 것도 있지만 남을 위한 것도 있습니다. "저는 돌다리가 되고 싶습니다我願化身石橋. 오백년 바람에 견디고受五百年風吹, 오백년 비를 맞고受五百年雨打, 오백년 햇볕에 쬐이고受五百年日晒, 그렇게 견딘 후에 그녀가 저를 밟고 건너가기만을 원합니다." 아난은 그렇게 자신이 발견한 '욕심(사랑)'의 경지를 설파했습니다. 그걸 알면 세우細雨고, 모르면 전륜왕轉輪王입니다.

차라리 마술을

뼈 하나는 쥐야

'몸 공부'에 한 번 재미를 붙이면 도끼자루 썩는 줄 모르는 게 인지상정인 모양입니다. 제 경우도 몇 번 그런 경우가 있습니다. 도박, 바둑, 테니스, 검도 같은 것들이 '몸 공부'의 주된 수강 과목들이었습니다. 도박이 어떻게 몸 공부에 속하느냐고 반문하실지도 모르겠습니다. 생활의 활력을 돋우기 위해서 삶의 중심 도락으로 카드나 화투, 마작놀이를 할 때에는 언제나 심신의 조화가 요구됩니다. 실전에서는 언제나 '공부의 효과'가 확연히 나타납니다. 물론 타고난 성정이나 체력적인 자질이 우선적이긴 합니다. 그것들이 공부보다 승부에 우선합니다만 공부가 중요하다는 것을 부정할 수는 없을 것입니다. 제가 해 본 몸공부 중에서는 역시 검도가 가장 좋았습니다. 막신일호, 그것이 사회성 저하에 한몫 단단히 했다는 것 빼고는 다 좋았습니다. 커다란 무게 추 하나가 내 몸과 마음속에 깊이 자리 잡은 느낌입니다. 대만의 101층 건물에는 고층 부분에 건물의 중심을 잡아주는 커다란 추가 매달려 있습니다. 건물이 흔들릴 때마다 이 추가 반대 방향으로 움직이면서 무게 중심을 잡아주는 역할을 합니다. 검도를 통해서 꾸준히 심신을 추스르다 보니 언제부턴가 그런 무게 추 하나가 제 안에서 수시로 작용을 한다는 것을 느낍니다. 다른 몸 공부에서는 얻지 못한 소득이 아닌가 싶습니다.

불광불급不狂不及, 일취월장日就月將, 미치지 않으면 미칠 수 없고, 실력이 느는 것이 하루하루가 다르다는 것을 검도 공부를 시작하면서 알게 되었습니다. 늦바람은 아무도 못 말린다더니, 늦게 시작한 검도 재미에 하루하루가 어떻게 흘러가는지 모를 지경이었습니다. 1년도 채 되지 않아서, '내게도 이런 '칼 본능'이 있었나?' '발견의 기쁨'을 느꼈습니다. 굼뜨기 짝이 없던 종전의 제 몸에서 일진광풍—陣狂風이 일기 시작했습니다. 휘두르는 죽도에서 칼바람이 일기 시작했습니다. 얼마 전까지 선배입네 텃세를 부리던 젊은 친구들이 슬슬 제 눈치를 보기 시작했습니다. YMCA 체육위원이나 체육지도자로 활약하던 태권도 사범, 권투 선수, 축구부 출신의 막강한(?) 동료들이 주 타깃이 되었습니다. 연습이든 시합이든 끝까지 물고 늘어졌습니다. 백전백승, 일

별백계, 그 동안의 설움(?)을 마음껏 풀었습니다. 안 맞으려고 용쓰는 그들을 이리 몰고 저리 몰고 머리 치고 손목 자르고 허리 때리는 재미가 꽤나 솔솔했습니다. 한 번씩 손목을 제대로 맞고 아파 죽겠다고 비명을 지를 때면 온몸이 짜릿짜릿 했습니다. 의기양양, 기고만장, 조만간에 주변 10리 안을 일망타진할 기세였습니다. 그런데 하루는 한 달에 서너 번 지도 차 방문하는 큰 사범이(평소에는 큰 사범의 제자인 작은 사범이 지도했습니다) 제가 하는 꼬락서니를 보더니 한 마디 했습니다. 이른바 속가 제자들을 그날따라 사정 두지 않고 실컷 두들겨 패고, 찌르고, 다리 걸어 넘기고, 죽도 쳐서 떨어뜨리고, 온갖 모멸감을 다 주더니 제게도 한 가르침을 내렸습니다.

"차라리 마술을 하지, 검도는 왜 배우노?"

마술이면 마술, 검도면 검도, 하나만 하라는 말씀이었습니다. 무슨 말이냐 하면, 명색이 도道를 배운다는 사람이, 검도가 요구하는 자세, 타격법, 예절은 도외시하고 그저 한 대 때리고 도망 다니기에 바쁜, 소위 '안 맞는 검도'에만 그렇게 열중해서야 되겠냐는 것이었습니다. 만약 한 대도 안 맞고 때리기만 하는 것이 있다면 그건 마술이지 검도가 아니라는 거였습니다. 그 말씀이 가슴에 딱하고 와 닿았습니다. 하수下手 몇 사람 혼내는 것으로 내 검도가 시종한다면 그건 도가 아니었습니다. 내 안에 있는 '큰 놈' 하나를 잡아낼 수 있어야 그게 도가 되는 것이라는 생각이 불현 듯 들었습니다. 일단 큰 사범처럼 멋있는 검도를 하려면 좀 더 길고 먼 목표가 필요하다는 생각도 들었습니다.

머리를 잘 맞아야 비로소 상대의 허리를 볼 줄 알게 되고, 허리를 잘 맞아야 좋은 머리를 칠 수 있으며, 내가 머리 칠 때 상대가 내 손목을 노리는 것을 두려워해서는 절대로 공격의 기회를 몸으로 익힐 수가 없다는 것을 알게 된 것은, 당연히 그 이후의 일이었습니다. 제대로 맞아보지 않고서는 제대로 때릴 수 없다는 것을 확실히 알게 되었습니다. 큰 사범의 훈계를 접수하고 더 이상 마술에 재미를 붙이지 않게 된 이후에 알게 된 것이 물론 그것뿐이었던 것은 아닙니다. 덤으로 알게 된 것이 또 있었습니다. 세상만사 거저 되는 게 없다는 것, 적어도 내 뼈 하나는 줘야 상대의 머리를 가져올 수 있다는 것도 그때 비로소 알았습니다.

나이에 맞게

저만 그런 줄 알았는데 그게 아니었습니다. 그게 다 '나이 든 고충'에 속하는 거였습니다. 페북에서 자주 뵙는 검도계 선배 한 분(고려대 김한겸 교수)이 우리 나이의 검사劍士들이 겪는 '나이 든 고충'을 소상하게 밝혔습니다. 허락 없이 옮겨 싣습니다.

또 하나의 난관: 새해를 맞아 운동을 열심히 하리라 맘먹고 모처럼 죽도를 잡았다. 근데 오른손을 들 수가 없어서 근육경련이려니 하고 무심코 지나치려는데 세수도 못하겠고 칫솔질도 어렵다. 재활의학 윤준식교수가 초음파를 곁들인 진료를 했는데 bursitis with synovial hyperplasia라고 한다. 운동은커녕 안정하라라며 약과 트라스트를 처방해줬다. 19년 전에는 아킬레스건 파열로 거의 일 년 동안 제대로 걷지도 못하고 고생한 적이 있는데다 10년 전에는 무릎연골 파열로 수술받았는데 이번에는 팔꿈치관절이 고장났네ㅠㅠ 나이탓일까? 아님 과도한 사용으로 인한 고장일까?? 그렇다고 여기서 멈출 수는 없지! 올해는 재활을 위한 왼손잡이 훈련을 열심히 해야겠다.

2주일 동안의 휴가가 끝나고 지난주부터 검도교실이 다시 문을 열었습니다. 남녀노소, 채 열 명도 못 채울 때가 많은 단출한 가족이지만 입화자소入火自燒, 몸을 불태우는 열기로 도장은 늘 뜨겁습니다. 그 열기에 취해서 함께 어울려 신나게 죽도를 휘둘렀는데, 무인지경無人之境에 인과응보因果應報라, 제게 맞은 이들의 고통이 다 제게로 전가되었는지 그날 이후로 오른쪽 팔뚝이 계속 아픕니다. 지난해에도 봄부터 대여섯 달 계속되던 통증인데 가을 이후로 좀 괜찮더니 다시 재발했습니다. 상대를 배려하지 않고 칼을 마구 휘두르는 난켄亂劍 한두 명 다스린답시고, 몸을 덜 넣고 뻣뻣이 선 자세로(상대의 움직임을 보고 제때 아프게 응징하려고) 팔뚝을 좀 과하게 썼던 모양이었습니다. 준비 운동도 제대로 챙기지 않았던 것도 원인 중의 하나지 싶습니다. 수삼 년 전만 하더라도 무슨 작태를 부려도 아무런 이상이 없었는데 요즘 들어 이런 노화현상이 자주 보입니다. 옛날 나이 드신 선생님들이 그저 슬렁슬렁, 오락가락, 토닥토닥 하시던 까닭을 이제야 알 것 같습니다. 어디서든 나이는 못 속입니다.

무엇에든 나이에 맞게 임하는 것이 중요하다는 생각이 듭니다. 스물에는 스물의, 서른에는 서른의, 마흔에는 마흔의 용약정진勇躍精進이 필요하다면, 쉰에서 예순으로 넘어가는 때에는 노회순정老獪純正의 경지가 필히 요구된다는 것을 비로소 알겠습니다. 공자님이 마흔에 불혹不惑이요, 쉰에 지천명知天命, 예순에 이순耳順이라 한 곡절도 속속들이 이해가 됩니다. 귀가 순해진다는 것이 남의 언행에 너그러워진다는 뜻만 있는 게 아니라 제 안의 '욕심의 소리'에도 덤덤해진다는 뜻이라는 걸 비로소 알겠습니다. 검도는 몸 공부인 터라 생각보다 먼저 몸이 그걸 가르칩니다.

제 경우에는 스물에(20대) 가정을 꾸리고 서른에 생애의 직職을 얻었습니다. 마흔에 입화자소의 길에 들었고, 쉰에 세상으로 나서기를 욕망했습니다. 그러나 이제하 선생이 '모란동백'에서 노래했듯, '세상은 바람 불고 덧없고 고달픈' 곳이었습니다. 그 고달픔의 변방을 떠돌다 비로소 찾은 '어느 나무 그늘 아래'가 지금의 저의 글쓰기입니다. 입화자소, 새벽마다 죽도를 매고 도장을 향하던 그때의 심정으로 매일 같이 자판 앞에 앉아 노회순정老獪純正, 이순耳順의 경지를 고대하지만, 아직 요원하기만 합니다. 그것을 바라보는 마음의 팔뚝들만 여전히 아플 뿐입니다. 글쓰기 역시 검도처럼, 오직 '나이에 맞게' 해야 된다는 것을 언젠가 제 몸이 가르쳐 줄 것으로 믿습니다.

몸 넣기

오래 전, 유명한 검도가劍道家 한 분이 방송에 나왔습니다. 검도 바람이 불어서 여기저기서 도장이 우후죽순처럼 생길 때였습니다. 범사 8단 선생과 그의 제자들을 불러다 검도 묘기도 선보이면서 이리저리 재미있게 검도를 소개했습니다. 그 와중(?)에, MC가 물어서는 안 될 것을 묻고 말았습니다. 선생에게 '싸움 잘 하시느냐?'고 물었습니다. 누가 보더라도, 명색이 평생을 도道 닦는 일에 바친 사람에게 던질 질문은 아니었습니다. 그 방송 프로그램의 성격상 대중의 호기심을 어느 정도 고려하지 않을 수 없다는 점을 이해 못 하는 건 아니었지만, 혈기왕성한 젊은 이에게 묻는 것도 아니고, 노회순정의 경지에 든 선생에게 그런 걸 묻다니, 검도 초짜였던 제가 들어도 저건 아니다 싶었습니다. 선생도 조금 당황스럽다는 표정을 지었습니다. 그러나 어쩌랴, 방송에 나왔으니, 그 나라의 법을 따를 수밖에 없습니다. 이렇게 선생이 답했습니다.

"어떤 무도의 고수라도 싸움꾼에게는 당할 수 없습니다. 싸움꾼은 모든 걸 버리고 덤비거든요. 모든 걸 버리고 덤비는 자가 제일 강한 법입니다."

이번에는 MC가 당황했습니다. 그런 대답은 '검도가 호신술이다'라는 세간의 상식을 만족시키지 않는다는 거였습니다. 그래서 또 어거지를 썼습니다. 이번에는 한술 더 떴습니다. 경험담을 이야기해달라는 거였습니다. '바람의 파이터'와 같은 무용담

이나, 아니면 이누야샤의 요괴 퇴치담 같은 걸 꼭 듣고 넘어가
야겠다고 졸랐습니다. 이번에도 선생이 양보했습니다. 방송에
나온 대가였습니다.

"고등학교 때, 동네 깡패들이 삥을 뜯으려고 둘러싸는 걸 물
지게 작대기를 뽑아서 쫓아버린 적은 한 번 있습니다."

더 이상의 대답은 난망難望이라는 걸 알았는지 MC도 그제야
물러섰습니다.

원래 무용담武勇談이란 것들은 과장되어 전해지는 것이 상례입
니다. 주로 1 대 17입니다(기천문의 초대 종사가 그 이상의 적들을 해
운대에서 궤멸시킨 것은 역사적 사실이라고 합니다만). 그래야 듣는 이
들이 재미있어 합니다. 그렇지만, 무도를 수련하는 사람들에게
그런 이야기를 듣겠다는 건 미개未開한 생각입니다. 그런 욕구는
〈이누야샤〉나 〈바람의 파이터〉 같은 걸 보고 해소해야 합니다.
그게 원칙입니다. 무도는 싸움질을 배우는 일이 아닙니다. 자기
와의 싸움이라면 모르겠습니다. 검도는 그때만 '싸움질'입니다.
남과는 싸우지 않습니다. 다만, 검도를 배워본 이라면 다 아는
사실이지만, 검도 초단쯤 되려면 '신체의 재구성'이 반드시 이루
어져야 합니다. 근력이나 지구력, 호흡이나 순발력이 보통 사람
의 서너 배는 족히 강화되어야 유단자가 될 수 있습니다. 호구
를 쓰고 대련을 하다 보면 자연히 그렇게 됩니다. 그런 걸 두고
'검도 초단만 되면 서너 명 몫은 거뜬히 해 낸다'라고 말할 수
있을 것입니다. 그 차원에서라면 검도도 유용한 호신술입니다.
그 이상도 그 이하도 아닙니다.

검도에는 '몸 넣기'라는 말이 있습니다. 한자로는 입신入身이라고 씁니다. 사신搶身이라는 말도 많이 씁니다. 비슷한 의미입니다. 몸을 던져 넣어서 상대를 치거나 몸을 버리는 기분으로 공세를 취하라는 뜻입니다. 몸이 들어가야 칼이 길어집니다. 몸을 빼면 칼도 짧아집니다. 같은 조건이라면 긴 칼이 이기는 게 당연한 이치입니다. '몸 넣기'는 비단 '몸'에만 해당되는 교훈이 아닐 것입니다. 실제로도 검도에서는 '몸'보다 '마음'이 먼저입니다. 자기를 버리고, 모든 것을 뒤로 하고, 상대 쪽으로 뛰어들 수 있어야 '이기는 칼'이 될 수 있습니다.

어제 수련 시간에 시합을 시켰습니다. 3단, 4단 수준의 동년배들이 짝을 지어 열전을 벌였습니다. 그런 시합은 심판 보는 일도 재미가 있습니다. 잠시도 한눈을 팔 수 없는 긴장이 흘러넘칩니다. 한 곳에서 같이 수련을 하다 보면 보통 이기는 사람과 지는 사람이 정해져 있을 때가 많습니다. 그 서열을 바꾸는(뒤집는) 일은 상당히 어렵습니다. 제가 해 봐서 아는데, 거의 천지개벽 차원이라고 보면 됩니다. 과정도 그렇고 결과도 그렇습니다(수제자가 바뀌고 헤게모니의 향방도 함께 바뀝니다). 그런데 최근에 우리 도장에서 그런 '서열에 변화'가 조금씩 보이기 시작했습니다. 꾸준하게 입신과 사신을 행해 오던 친구가 언젠가부터 발군의 실력을 보이기 시작했습니다. 늘 지던 친구에게 우위를 점하면서 비겨낼 때가 많아졌습니다. 다음에는 곧 이길 기세였습니다. 그걸 보면서 생각했습니다. 비단 검도에서만 그렇겠는가, 인생만사, 가진 것에 연연해서 '몸 넣기' 없이 그냥 버티다가는 발

군拔群하는 후진들에게 자리를 넘겨주어야 하는 것이 당연한 이
치일 것이다, 그런 생각이 들었습니다.

추억의 비중

완연한 봄입니다. 봄비도 내리구요. 장사익이 부른 '봄비'를 어느 분이 페북에 올리셨군요. 듣기가 참 좋습니다. 지난 겨울 동안 다 죽어 있던 기운들이 그 노랫가락을 타고 새롭게 살아 돌아오는 느낌입니다. 그 노래를 들으며 아내에게 새로 우리가 먹은 나이에 대해서 이야기하곤 저도 모르게 껄껄 웃었습니다. 너무 많다는 느낌, 어느새 너무 멀리 나갔다는 느낌 때문이지요. 아내가 위로의 말을 전합니다. "그래도 당신은 젊어 보인다잖아, 얼굴도 팽팽하고, 몸도 탄탄하다고." 그러면서 자기 친구 중한 사람이 그러더랍니다. 네 신랑 몸을 한 번 만져보고 싶다고요. 킥, 웃음이 터져 나오는 걸 막을 수 없더군요. 젊어서는 꿈도 꾸지 못할, 그런 웃기지도 않는 도발적이고 선정적인(?) '낯설게 하기'라도 하면서 살아야 하는 나이가 되었군요. 나이 들면서 곧잘 하는 일이 지나온 날들을 되돌아보는 것입니다. 누군가 노인老人의 기준이란 결국 '추억의 비중'에 달려 있다고 말했던 것이 생각납니다. 그러면 영락없이 저는 노인입니다. 앞으로 무엇을 할지를 궁리하는 일보다 과거를 추억하는 일에 더 많은 시간을 보내고 있으니까요. 생각해 보면, 길지 않은 인생살이였지만 꽤나 다사다난했습니다. 좋은 일도 많았고요. 고비고비 어려운 일들 앞에서는 앞이 캄캄하기만 했던 때도 종종 있었습니다. 그러나 지내놓고 보니 다 잘 해결되었습니다. 한 번도 끝까지 절망했던 적은 없었습니다. 그저 감사할 따름입니다. 이제 조금씩이나마 그 감사한 마음을 세상에 돌리는 일만 남은 것 같습니다.

문학을 전공하고 창작에도 관심을 가져왔던 터라 문학적 예지나 예술적 감수성의 효용을 전혀 모르는 바는 아니었습니다마는, 요즈음 젊은 작가, 예술인들의 작품이나 활동들을 대하다 보면 깜짝깜짝 놀랄 때가 한두 번이 아닙니다. 생활에 안주하면서 나이만 먹은 제가 이미 속인이 다 되어 있었구나 싶을 정도로 저를 놀라게 하는 젊은이들이 많습니다. 젊은 시인, 작가들의 뛰어난 작품들, 그리고 한류니 K-Pop이니 하는 활기 넘치는 대중문화, 그런 것들을 볼 때면, 청출어람 정도가 아니라 완전한 신인류를 대하는 느낌입니다. 그들을 볼 때마다 저의 삶을 송두리째 흔드는 힘을 느낄 때도 많습니다. 그럴 때마다, 문학이나 예술을 통해 꽃피우는 인간의 상상력이 정말이지 대단한 것이라는 생각을 다시금 새롭게 하지 않을 수 없습니다. 꿈을 가진 인간이야말로 진정 아름다울 수 있다는 생각을 다시 해봅니다.

인간의 상상력은 꿈에서 나옵니다. 꿈이 없이는 어떠한 창조도 없습니다. 앞날에 대한 기대가 있는 자는 마음껏 꿈꿀 수 있는 자유가 있습니다. 저도 젊은 시절 단 한 시간도 꿈꾸는 자유를 포기한 적이 없었습니다. 크게 이룬 것도 없이 이런 말씀을 드리는 것이 부끄럽습니다만, 그 꿈이 있었기에 절망을 피할 수 있었습니다.

화제를 좀 바꾸겠습니다. 꿈꾸는 자는 미래를 예측하지 못합니다. 생의 길은 늘 끝을 보여줄 것 같으면서도 종내 자신의 끝을 보여주지 않습니다. 그래서 꿈꾸는 자의 미래는 언제나 예측을 배반합니다. 희노애락이 그 배반의 혀끝에서 춤춥니다. 즐거운 배반도 물론 있습니다. 다산 정약용 선생의 〈유수종사기遊水鐘寺記〉라는 글이 재미있습니다. 수종사水鐘寺는 선생이 어린 시절 과거 시험을 준비하며 공부하던 곳입니다. 이를테면 청운의 꿈을 품고 미래를 준비하던 곳입니다. 뜻을 얻고 난 뒤에 다시 그곳에 들른 소회를 적은 글입니다. 저는 이 대목을 보면서 '꿈을 가진 자는 미래를 예측하지 않는다'라는 이 글의 주제를 생각해 내었습니다.

어린 시절 노닐던 곳을 어른이 되어 오는 것이 한 가지 즐거움이고, 곤궁할 때 지나갔던 곳을 뜻을 얻어 이르는 것이 한 가지 즐거움이며, 혼자서 갔던 곳을 좋은 벗을 이끌고 이르니 또 한 가지 즐거움이다.

내가 어릴 적에 처음으로 수종사에서 놀았고, 일찍이 책을 읽기 위해 두 번을 놀았다. 매번 몇 사람과 짝이 되어 쓸쓸하고 적막하게 돌아오곤 했었다. 건륭 계묘년 봄에 내가 경의(經義)로 진사가 되어, 장차 초전으로 돌아가려 하니 아버지께서 말씀하셨다.

"이번 길은 서두르지 말고 친한 벗들을 두루 불러 함께 가되 크게 흥을 돋구어라."

▶▶▶ 정민, 『미쳐야 미친다』에서 재인용

다산 선생은 과거에 급제한 후 친한 벗들과 함께 옛날 '곤궁한 시절'을 보냈던 곳으로 가 흥겨운 잔치를 벌입니다. 다산 선생에게 수종사는 공간과 관련된 세 가지의 즐거움을 모두 담아내고 있는 곳입니다. 어릴 때 놀던 곳을 어른이 되어 다시 찾는다는 것은 공간 인식의 재정립이라고 할 만큼 감회가 남다른 경험이지요. 공간이 그렇게 달라질 수가 있나 싶을 정도로 달라져 있습니다. 마치 장난감 도시에 온 듯한 느낌이지요. 곤궁할 때 살던 곳을 형편이 나아져서 다시 찾았을 때는 도저到底한 성취감에 또 남다른 감회를 느낍니다. 그 장소에서 겪었던 어려움만큼의 강도로 삶의 만족감을 느끼지요. 마지막으로 좋은 벗들과 좋은 것을 서로 나누는 장소가 내게 있다는 것 또한 인생의 중요한 한 낙樂이라 할 것입니다. 내가 가진 것을 나누면서 벗들의 탄성 소리를 들을 때 삶의 최고 열락을 경험합니다.

군이 아날 학파의 견해를 빌리지 않더라도 인간은 자신이 태어나 성장한 자연 환경의 영향력을 떠나서는 정체성 형성을 도

모할 수 없습니다. 공간은 그만큼 중요하지요. 위대한 종교 사상이 배태된 곳의 자연환경과 위대한 예술이 창성한 곳의 자연환경은 다를 수밖에 없을 것입니다. 인간은 늘 변화하며 진보하는 것 같지만, 그것은 어디까지나 변화의 경계를 넘어 존재하는 불변의 환경적 토대, 즉 자연의 위대한 기획 안에서의 작은 출렁임일 뿐입니다. 그러나 그 작은 출렁임은 꿈을 먹고 자랍니다. 다산 선생에게 유종사는 바로 자신의 꿈, 그 출렁거리던 기대의 공간적 표현이었던 것입니다.

저는 지금 이 글을 쓰면서 지나온 저의 한 평생을 돌아다보고 있습니다. 소년 시절의 끝 모를 빈곤貧困과 비굴, 젊은 날의 무모無謀와 무치無恥, 장년기의 탐심貪心과 과욕過慾 같은 것들이 목에 걸린 가시처럼 종내 저를 아프게 합니다. 큰 밥덩어리라도 한입 그냥 삼켜서 그것들을 쑤욱 내려 보내고 싶습니다만 잘 되지 않습니다. 그렇지만 그것들이 없었으면 또 현재의 제가 있을 수도 없었을 것이라는 생각도 듭니다. 그렇게 위안을 삼습니다. 한가지, 분명한 것이 또 있습니다. 그 많던, 어린 시절의 꿈, 젊은 날의 기대는 늘 허황된 것들이었습니다. 생각대로 된 것은 하나도 없습니다. 작거나 크거나 좋거나 나쁘거나 늘 배반이 있었습니다. 그래서 매번 그 시절의 '꿈'이 미처 예측하지 못했던 곳에 지금 제가 서 있다는 것을 확인합니다. 돌이켜 보니, 인생은 언제나 예측할 수 없는 고차 방정식으로 전개되었던 것 같습니다. 내 뜻대로 되는 것은 어디에도 없었습니다. 저는 그저 작은 변수 하나만 공식에 대입하였을 뿐입니다. 결과는 당연히 제

소관이 아니었습니다. 공식은 제가 모르는 어떤 곳에서 작동되고 있었습니다. 그것이 서운할 때도 있었습니다. 그러나 이제야 알겠습니다. 그래야 '꿈'이 있는 거라고. 그래서 '돌아봄'도 있을 거라고. 그런 생각이 듭니다. 그렇습니다. 그것이 바로 우리가 인생을 '돌아볼 수 있는 이유'이기도 할 것입니다. 예측한 것이, 한 치도 어긋남 없이 그대로 실현된다면, 그래서 인생이 늘 우리의 기대와 바람 안에서 존재하는 것이라면, 굳이 우리가 그것을 다시 돌아볼 필요도 없을 것이기 때문입니다.

새 봄을 맞이하면서, 주제넘게, 분수에 넘치는 한 말씀 드리겠습니다(저보다 한 살이라도 젊은 분들께만 드립니다). 늘 스스로의 예측을 빗나가게 하는 인물이 되세요. 그래서 '돌아보는 자의 아름다움'을 보여주는 사람이 되십시오. 건강하시구요. 시골무사 양자호 배상

네 편의 영화, 혹은 멜로 편력

어제 점심 때 들은 이야기입니다. 딸 가진 부모 중의 한 사람이 한 마디 했습니다. "요즘 남자 아이들은 여자 얼굴밖에 안 본다." 모두 긍정했습니다. 결혼하기 전, 아이들이 얼굴에 바치는 열정이 거의 광기(?)에 가깝습니다. 그런데 생각해 보니 그게 어제 오늘의 일이 아닙니다. 지금만 그런 것이 아닌 듯싶었습니다. 본디 그랬습니다. 고래로 남자들은 색色에 약했습니다. 물론, 좋아하는 색色의 양태에는 개인차가 있기는 했습니다. 어릴 때부터 친한 친구 중의 한 사람이 제게 했던 말이 오래 기억에 남습니다. 결혼을 앞두고 있을 때였습니다. 무슨 이야기 끝에 그 친구가 "너는 여자 인물 안 보니까 말할 필요도 없고…"라고 말하면서 저를 예외적 인간 취급을 했습니다. 저는 본다고 봤는데 친구들 사이에서는 전혀 인정을 받지 못한 모양입니다. 이이야기는 오늘 처음 하는 것입니다만 누가 알면 좀 서운할지도 모르겠습니다. 그렇지만 크게 걱정을 하지는 않습니다. 며칠 전 다른 친구 부부와 저녁을 같이 했는데 자리에 앉자마자 그 친구가 여자 인물 이야기를 꺼냈습니다. "누구 엄마는 갈수록 예뻐지시네요."라고요. 그 말을 듣고 저도 흘깃 곁눈질을 해 보니 그 말이 딱히 공치사인 것만은 아닌 것 같기도 했습니다. 그때서야 옛날 친구들의 험담(?)에 제가 정색하고 반발했던 것이 다시 생각났습니다. 그때 제가 했던 말도요.

"나도 여자 인물 많이 본다."

그 말이 공연한 반발심에서 나온 게 아닌 것이 요즘 증명이 되고 있습니다.

광무제에게는 '호양'이라는 과부누이가 있었습니다. 일찍 과부가 된 호양공주는 광무제가 아끼는 신하 '송홍'에게 몸이 달아 있었습니다. 그러나 송홍에게는 엄연히 처자식이 있었습니다. 그러자 호양공주는 광무제를 졸랐습니다. 송홍이 부인과 이혼하고 자기와 결혼하게 해달라고 동생에게 압력을 넣은 것이지요. 그래서 광무제가 송홍에게 넌지시 말했습니다.

"남자란 본디, 돈을 벌면 친구를 바꾸고, 지위를 높이면 마누라를 바꾸는 법이다. 니가 개천에서 나서 지금 용이 되었으니 늦었으나마 지금이라도 마누라를 바꾸는 것이 어떠냐?"

그러자 송홍이 대답했습니다.

"빈천지교는 불가망이고 조강지처는 불하당貧賤之交 不可忘 糟糠之妻 不下堂입니다."(가난할 때 사귄 친구는 잊어선 안 되고 젊어서 고생을 같이 한 아내는 버려선 안 됩니다.)

그 한 줄 대답으로 광무제의 압력 행사를 가볍게 물리쳤답니다. 우리가 많이 쓰는 '조강지처'라는 말이 거기서 나왔답니다.

조강지처 말씀은 이미 드렸고, 제 빈천지교 중에는, 앞서 든 친구들 말고도, 몇 편의 '홍콩 영화'들이 있습니다. 그 영화의 주인공들은 지금 봐도 늘 반갑습니다. 양조위, 왕정문, 임청하, 주윤발, 양자경, 장국영, 유덕화, 장만옥… 결혼해서 신혼을 보낼 때부터 최근가지 제가 좋아했던 배우들입니다. 저희 때는 홍콩이나 대만의 영화배우들이 인기가 있었습니다. 재미있게 본 영화, 인상적이었던 다른 배우도 많았습니다만 결정적으로 영화 속으로 저를 끌어당긴 사람들은 위에 열거한 사람들인 것 같습니다. 취생몽사醉生夢死, 거의 저를 그들과 함께 영화 속에서 살게 했습니다. 그때 아이들이 쓰던 표현을 빌리자면 이른바 저의 팔대천왕八代天王들입니다. 양조위와 왕정문은 〈중경삼림〉에서, 임청하는 〈동방불패〉, 주윤발은 〈영웅본색〉, 장국영은 〈동사서독〉, 장만옥은 〈화양연화〉, 유덕화는 〈천장지구〉, 양자경은 〈검우강호〉, 대충 그런 식으로 저와 막역하게 교우했습니다. 그 중에서도 〈영웅본색〉, 〈동방불패〉, 〈중경삼림〉, 〈검우강호〉는 좀 더 특별했습니다. 돌이켜 보면, 그 빈천지교들은 제 인생의 곡절曲折과 함께 하는 것들이었습니다. 그 빈천지교를 한 번 되짚어보는 것도 재미가 있을 것 같습니다.

〈영웅본색英雄本色〉(1986): 의리 없는 놈은 인간이 아닙니다. 그래서 영웅본색은 삼국지의 1980년대식 버전입니다. 더도 덜도 아닌 그저 삼국지입니다. 의리보다 '나'를 먼저 앞세운 놈들은 당연히 응징을 받습니다. 중국 한국 일본, 동아시아의 민초들은 쌓인 게 많습니다. 그래서 늘 그런 빈천지교의 승리에서 혹은 '의리'에서, 구원을 찾습니다. 그렇게 하지 않으면 도저히 복수할 기회를 얻지 못합니다. 당시 '복수'할 일이 많았던 저에게도 〈영웅본색〉의 시원스러운 결말은 도저한 위안을 주었습니다. 의리담론과 오자서의 '일모도원日暮途遠(해는 저물고 갈 길은 멀다)의 탄식'은 결국은 이음동의어라고 누군가 말했지만(의리를 찾는 사람들은 주로 현실에서 대세를 잃은 사람들이라는 뜻인 것 같습니다), 상처투성이의 삼십대에 저를 위무한 건 바로 그 '의리'였습니다. 그것과 함께 제 나름의 '젊은 날의 초상'을 그려 나갔습니다. 삼십의 나이는 제가 세상에 태어나 처음으로 온전한 '내 것'들을 '내 손'으로 만들 수 있었던 때였습니다. 가족이라는 것, 사회적 위상이라는 것, 물질적인 기초라는 것들을 모두 제 손으로 만들어갔습니다. 더 나이를 먹고 더 넓은 세상을 향하며 나가려 했을 때 드디어 세상의 상처가, '영웅의 본색'이, 제게도 찾아왔습니다. 생각보다 세상에는 '상처'들이 많았습니다. 함부로 자신의 '상처'를 건드리면 가차 없는 복수가 날아왔습니다. 주윤발이 후배 이자성의 상처를 건드리고 후일 그 대가를 톡톡히 치르듯이 저도 그 비슷한 대가를 혹독하게 치러야 했습니다. '영웅본색' 시절에는 여자가 보이지 않았습니다. 의리를 말하는 데에는 여자가 필요 없었습니다. 제가 닮고 싶었던 주윤발의 '마초'만이 빛났습니다. 단정 온순한 그의 원原 페이스이미지가 마초적 이미지로 바뀌고(총을 들고 성냥개비를 씹습니다), 그가 성聖스러운 폭력을 폭발적으로 불러낼 때(그의 권총에서는 총알이 떨어지지 않습니다), 무진장의 쾌를 느꼈습니다. 저도 그처럼 그냥(대책 없이?) 쏘고 부수고 없애고(복수하고?) 싶었습니다. 오래 동안 그를 가까이 두고 살았습니다.

〈동방불패東方不敗〉(1992): 여러 가지를 알게 해 준 영화였습니다. '여자는 옷을 보고 남자는 얼굴을 본다'는 것도 이 영화를 통해 알았습니다. 명작 〈동방불패〉를 두고 웬 뜬금없는 소리냐고 하실지도 모르겠습니다. 불패不敗의 비너스 임청하의 중성미, 이제 중년을 바라보는, 세상에 지친 한 남자의 물 오른 아니마anima, 비너스와 아도니스의 완벽한 공존, 천 년에 하나 나올까 말까한 황금률의 양성적兩性的 페이스face, 그런 것이 먼저 이야기되어야 할 것입니다. 물론 저도 그런 것에서 큰 위안을 받았습니다. 그때는 그 이상 저를 위무할 수 있는 것이 이 세상 어디에도 없었습니다. 그렇게, 거의 하루에 한 번씩, 수 백 번 동방불패를 보는 남편이 신기했던 모양입니다. 저희 집의 동방불패인 아내가 물었습니다. "그렇게 재미있어요?" 그래서 같이 보자고 했습니다. 한참을 같이 본 후 아내에게 물었습니다. "어때?" 그러자 아내가 대답했습니다. "그 여자 입은 옷이 멋있네!" 그뿐이었습니다. 대단하다까지는 아니더라도, 괜찮은 영화네요, 볼 만한

데요, 정도는 기대했었는데 고작 한다는 말이 동방불패의 옷이었습니다. 이거 영 남자를 모르는구먼, 속으로 그런 빈정이 일었습니다. 그런데 그 얼마 뒤 반전이 찾아왔습니다. 어디선가(미용실?) 차례를 기다리던 중 영화잡지를 보게 되었습니다. 거기, 특집으로 실린 임청하와의 인터뷰 기사가 있었습니다. 당연히 영화 〈동방불패〉에 대한 질문이 많이 던져지고 있었습니다. 거의 한물 간(?) 임청하라는 배우를 세계적인(?) 배우로 만든 것이 바로 그 영화였기 때문입니다. 임청하 본인은 '동방불패 캐릭터'에 대해서 어떻게 생각하느냐고 기자가 물었습니다. 대답이 걸작이었습니다. "동방불패는 촬영할 때 힘이 많이 들었던 영화예요. 그리고 그 옷이 참 멋있었잖아요?" 기자도 더 이상 다른 이야기를 꺼내지 않았습니다. 그때 저는 확실히 알았습니다. 남자는 얼굴을 보지만 여자는 옷을 본다는 것을요.

〈중경삼림重慶森林〉(1994): 인생은 짧은 한 편의 연애담입니다. 오직 한 편의 멜로드라마일 뿐입니다. "인생 뭐 별 것 있어요? (영화배우 김희애가 〈꽃보다 누나〉에서 한 말입니다)", 그것 빼고는 다 헛것입니다. 그것을 빼면, 그냥 식어 버린 우거지국입니다. 따근한 맛 없이 미지근하게 목구멍을 넘어가는 얼큰한 국물일 뿐입니다. 그것이 머무르던 때야말로 진짜 인생이었습니다. 제가 〈중경삼림〉을 본 것은 영화 개봉 후 한참 뒤의 일이었습니다. 그런 영화가 있다는 걸 애초에는 몰랐었습니다. 아마 5, 6년은 족히 지났을 때였습니다. 철 지난 한 문예지에서 그 영화를 두고 누가 죽는 소리(?)를 해대는 걸 보았습니다. 여성작가(평론가?)였는데 386 운운하면서 새로운 세대의 고절감孤絶感을 그 영화 이야기(실은 양조위 이야기)를 하면서 늘어놓고 있었습니다. 그의 말로는 이 영화가 '아주 그냥 죽여줘요'라는 거였습니다. 마치 제가 〈동방불패〉를 열독했듯이 그녀도 〈중경삼림〉을 열독하고 있다는 거였습니다. 그 정돈가? 그래서 DVD를 구해서 봤습니다. 과연 좋았습니다. 영화로 봤으면 더 좋을 뻔했다는 생각도 들었습니다. 아쉬운 대로 질릴 때까지 책상 위에서 틈날 때마다 봤습니다. 〈중경삼림〉에서는 왕정문(왕비王菲, Faye Wong)이 압권이었습니다(누구 젊을 때와 아주 비슷한 이미지였습니다). 여자가 어떤 때 사랑스럽고 어떤 때 연민을 느끼게 하는지 왕가위 감독은 정확하게 짚어내고 있었습니다. 오랜만에 좋았습니다. 완연히 농염했던 초 중년의 아니마(임청하)는 이제 중重 중년으로 들면서 물이 많이 날라 빈티지의 여리고 청순한 모습(왕정문)으로 나타났습니다. 약간의 남성미가 흐릿하게 남아 있긴 했지만 왕정문은 가녀린 여성미 쪽으로 확실히 기울어져 있었습니다(거기서 아내의 젊은 시절과 많이 겹쳤습니다). 정작 본인은 흘낏 훔쳐보더니 "너무 말랐잖아?"라고, 자신의 청춘을 그대로 복사한 아비兒菲를 한 방에 날려보냈습니다. 노래도 좋았습니다. California dreaming은 그전에도 많이 듣던 노래였는데, 거기서 빵 터졌습니다. 꿈과 음악, 그것을 가운데 둔 두 청춘의 조우, 흑심을 감춘 여자의 도발적인 몸매(춤?)와 가장된 무관심의 깜찍스런 앙상블, 진지하고 외로운 젊은 영혼들의 내면 탐색, 그리고 홍콩의 불투명한 장래, 그런 것들이 한데 어우러져 멋진 한 편의 멜로를 만들어 내고 있었습니다. 그리고 그 한 가운데에 '떠나는 자들의 로망'인 캘리포니아 드리밍이라는 노래가 있었습니다. 그래서 이 영화는 진정한 의미에서의 멜로드라마였던 겁니다. 멜로디가 만들어내는 공명共鳴이 타의 추종을 불허했습니다.

〈검우강호劍雨江湖〉(2010): 〈검우강호〉는 화려한 수식을 피합니다. 그저 기본에 충실한 무협영화입니다. 중국 시장을 의식한 거북스런 중화주의中華主義도 없습니다. 줄거리는 간단합니다. 누구나 원하는 보물이 있습니다. 재물도 있고 명예도 있고 권력도 있고 건강도 있습니다. 물론 가족 안에서의 안식도 있겠지요. 그리고 그것을 가졌으니 피가 피를 부르는 강호를 떠나고 싶은 사람도 있습니다. 그러나 한 번 강호에 들어오면 쉽게 빠져나갈 수 없는 것이 '강호의 율법'입니다. 만약 거기까지만 이야기했다면 그 영화는 〈와호장룡〉입니다. 만약 거기에서 그치지 않고 끝내 악을 응징하고 최후의 승자가 되거나 사랑을 쟁취하거나 가족을 지키면 〈의리의 사나이 외팔이〉가 됩니다. 최근의 〈무협武俠〉(2011)이라는 영화는 그래서 〈의리의 사나이 외팔이〉의 동생입니다. 어쨌든 그것들은 모두 정통파 무협영화입니다. 〈검우강호〉는 거기에 종교적 희생과 구원救援이라는 보편적 주제를 첨가합니다. 악의 응징, 최후의 승리, 가족의 보전, 희생과 구원, 그런 필수 모티프leit-motif를 두루 내함하면서 영화는 '종합예술(?)'로 내달립니다. 이 영화에는 중성미 넘치는 물오른 여자의 얼굴도,

그녀의 화려한 옷도, 말라깽이 귀여운 여인도, 그녀와 함께 하는 흥겨운 멜로디도 없습니다. 그런데 양자경이 좋습니다. 꼭 지금의 아내와 같습니다(아침부터 너무 아부가 지나친 것이 아닌가도 싶습니다). 그녀는 오랫동안 여성미와는 담을 쌓고 지냈던 배우였습니다. 〈와호장룡〉에서도 그녀는 그걸 충분히 보여주지 못했습니다. 여성미는 장쯔이에게 양보해야 했습니다. 누이까지는 될 수 있었는데 연인은 되지 못했습니다. 그런데 이번에는 한 칼 보여줍니다. 비로소 그녀도 불패(불망?)의 여자가 되고 있었습니다(아내는 어머니의 이미지까지 소유합니다). 액션에서도, 멜로에서도, 확실한 주연 여배우 역할을 감당해 냈습니다. 중년의 양자경이니까 가능했다는 생각이 나중에 들었습니다. 그래서 사람은 누구에게나 다 때가 있다는 걸 알게 해줍니다. "나는 돌다리가 되겠습니다. 오백년 비에 맞고, 오백년 바람에 쓸리고, 오백년 햇볕에 쬐인 후 그녀가 나를 밟고 건너가기를 원합니다." 그리고 양자경의 '장교어졸'. 50대 중반, 쓸쓸한 초로初老를 맞은 한 시골무사에게는 때 아니게 찾아온 따뜻한 위로였습니다.

제 빈천지교들, 네 편의 영화가 서른 전후부터 지금까지의 저의 '멜로 편력'(?)을 단계적으로 비춰볼 수 있는 거울이 되고 있습니다. 글로 써놓고 보니 더 그렇습니다(팔불출 아내 예찬?). 늙어가면서 아내에 대한 아부의 농도도 한층 더 깊어지고 있음을 알 수 있습니다. 늙은 남자에게 꼭 필요한 것들이 부인, 아내, 마누라, 와이프, 애 엄마 등등이라고 하니 어쩔 수 없습니다. 조강지부糟糠之夫도 불하당不下堂이라는 것을 알아주기만 바랄 뿐입니다.

신데렐라는 어려서

『백설공주는 공주가 아니다?!』(이양호, 글숲산책, 2008)를 재미 있게 읽었습니다. 그림 형제가 모은 전래동화(Märchen, 작은 이야 기)를 동화童話(아동용 이야기)로 옮기는 과정에서 '필요 없는 덧붙 임'이 이루어져서 원본과는 아주 다른 이야기가 만들어진 과정 을 질책하고, 그러한 반성 위에서 보다 원전에 가까운 번역을 시도하고 있는 책이었습니다. '새하얀 눈 아이(Sneewittchen)'를 '백설공주'로, '그 못돼 먹은 여자'를 '왕비'로 옮기고 '눈처럼 새 하얀', '피처럼 붉은'이라는 표현을 '눈처럼 하얀 살결'과 '피처 럼 붉은 입술'로 바꾼 것, 그리고 몇몇 잔혹한 묘사 장면들을 고의로 삭제한 것들이 원전의 문학성을 크게 해치는 것이라고 지적되고 있었습니다. 이를테면 성인용이 아동용으로 개작되면서 이루어진 일종의 '적응과 순화'가 원작의 의의를 많이 잠식하고 있다는 것이었습니다. 쉽게 이해되는 어법이나 구성(인물, 사건, 배경), 그리고 독자가 몸 담고 사는 곳의 문화나 금기를 반영하는 것이 '적응과 순화'입니다. 쉽게 가는 것이 '적응'이고 자연스럽게 가는 것이 '순화'입니다. '새하얀 눈 아이'가 '백설공주'로 바뀌는 과정은 그 '적응과 순화'의 과정이므로 보기에 따라서는 오히려 '쉽고 자연스러운' 개작이라고 해도 될 듯합니다.

그림 동화가 잔혹 동화의 속성을 보여주고 있다는 것은 이미 널리 알려져 있습니다. 그것을 아이들에게 그대로 보여줄 것인가, 아니면 순화시켜 보여줄 것인가를 결정하는 것은 어른들의 아동관兒童觀에 따라서 결정될 수도 있는 문제입니다. 아이를 보는 눈은 크게 둘로 나뉩니다. 천사 아니면 악마입니다. 보통, 자기 아이는 천사일 공산이 크고 남의 아이는 악마가 될 공산이 큽니다. 또 순진무구한 동심을 이야기할 때는 전자 편에 서고, 욕심꾸러기 말썽쟁이를 말할 때는 후자 편에 서게 됩니다. 우리도 아이 시절을 다 겪었습니다만, 사실은 그 양 극단을 오락가락 하는 것이 아이들의 인생인데, 유독 부모가 되면 아이들에게 어느 한 쪽만을 보고 싶어 합니다. 내 아이가 잘못되면 반드시 다른 아이들의 탓으로 돌리고 싶어 합니다. 어른이든 아이든, 상황에 따라, 혹은 상대에 따라, 착한 인간도 되고 악한 인간도 되는 게 인지상정입니다. 그게 정상입니다. 아이들에게만, 특히 내 아이에게만 늘 선한 인간으로 남아 있으라는 것은 그들에게 인간이기를 그치라는 것과 같습니다. 제 경우를 보자면, 어린 시절은 거의 악마(?)에 가깝습니다. 거의 사탄의 서자(?) 역할에 충실했습니다(자세한 범죄 사실은 약하겠습니다). 환경이 그렇게 몰고 갔습니다. 사춘기가 오면서 악마의 보병步兵에서 한 걸음 비켜서게 되었습니다. 한 번씩 그의 지휘를 대놓고 거부했습니다. 서서히, 오락가락하면서, 어른이 되어 가면서, 사회화의 과정을 밟으면서, 차차 슈퍼에고의 명령에 좀 더 귀를 기울이게 되었습니다. 그렇게 보면 순자의 성악설이나 브루노 베텔하임 식의 정신분석적 관점이 동심을 이해하는 데에는 훨씬 더 타당성이 있는 것 같습니다(물론 제 경우입니다). 만약 훈육(위협과 공포)도 없고, 사랑(보살핌과 보상)도 없다면 인간은 야수로, '자연自然스럽게' 성장해 나갈 것입니다. 대놓고 본능이 안내하는 대로 사는 존재가 됩니다. 그렇게 사회화에 대한 요구가 기승을 부리는데도 방종과 일탈(사회화의 관점에서 본다면)이 끊이지 않고 넘쳐흐르는 것을 보면(소위 사회지도층만 보더라도) 그 사실을 부정할 수 없게 됩니다. 인간은 다만 '대놓고' 짐승처럼 살 수 없을 뿐입니다. 속으로는 모두 짐승인 것입니다.

위협이든 보상이든, 훈육이든 사랑이든, 어른들은 반드시 무언가 아이들에게 베풀어야 합니다. '베푸는 것'이 있어야 아이들은 악마의 지휘를 받지 않습니다. 베풀지 않아도 저절로 아이들이 선한 인간이 되고, 가르치지 않아도 스스로 도덕심을 길러낼 것이라고 믿는 것은 잘못된 생각입니다(그런 생각이 바로 악입니다). 인성은 본디 선한 것이고 그것은 '타고나는 것'이어서 일체의 가공이 역기능을 할 분이라고 강변하는 사람들은 악마의 지휘를 받고 있는 '악의 보병'입니다. 그들부터 퇴치해야 합니다. 우리가 아이들에게 돈을 주지 않으면 무언가를 지불해야 할 때 가진 것 없는 아이들은 할 수 없이 악마에게 영혼을 팔 수밖에 없습니다. 단, 여기서 그저 머리에 머무는 지식이나 문자 그대로의 돈은 악마와의 거래에서 '화폐 가치'가 없습니다. 그것들은 오히려 악마의 것입니다. 악마가 아이들에게 주는 돈입니다. 그것 이외의 것을 우리는 아이들에게 주어야 합니다. 베텔하임의 『신데렐라』 설명을 보면 우리가 아이들에게 무엇을 베풀어야 하는지를 잘 알 수 있습니다. 그의 저서 『옛이야기의 매력』에서 필요한 부분만 골라서 살펴보겠습니다.

『신데렐라』에서 주목해야 될 것은 자매/형제 사이의 경쟁심리(sibling rivalry)다. 자매들 사이 경쟁심리는 소원성취, 보잘것없던 인물의 신분상승, 누더기로 가려진 진가의 인정, 권선징악, 외디푸스적 갈등(이야기 속의 모든 계모는 친모다) 등의 다른 주제보다 더 주목을 받을 필요가 있다. 그것이 세상의 모든 고통이 시작되는 원천이기 때문이다. 신데렐라가 겪는 여러 가지 고생과 소외는 일견 과장된 것으로 보일지도 모르지만, 자매/형제 사이의 경쟁심리로 고통받는 어린이에게는 실제의 현실일 수 있다. 어떤 이야기든, 사실성과는 별개로, '진실'이라는 정서적 특질을 얻을 수 있는 것만이 '실제의 현실'로 인정된다.

경쟁심리란 원인과 느낌이 복잡하게 얽힌 심리상태를 이르는 말로, 실제 상황과는 엄청나게 동떨어져 있다. 주관적 요소의 개입이 심하게 작용한다. 모든 어린이는 때때로 경쟁심리로 큰 고통을 받는다. 그들의 심리상태는 객관적으로 판단하기 어렵다. 그들의 감정이 과대하게 고양된 상태에서는 거의 불가능하다. 이성적으로는 자기가 실제로 신데렐라처럼 취급받고 있지 않다는 것을 '알지만', 그럼에도 불구하고 어린이들은 마치 자신이 신데렐라처럼 구박받는다고 '느낀다'. (…중략…)

『신데렐라』에는 어린이 자신의 의식적, 무의식적 죄책감의 원인들이 잘 표현되어 있다. 어린이는 이 시기의 '거부당한다는 느낌'과 '무가치하다는 느낌'을 떨쳐버리려고 죄의식과 불안감의 정체를 필사적으로 파악하려 한다. 더 나아가 어린이는 그런 곤경에서 벗어날 수 있다는 의식적, 무의식적 안도감이 필요하다. 아이들은 신데렐라를 통해 자신이 자신의 불우한 처지를 훌륭하게 이겨낸 것이 자신의 노력과 인간성 덕분이었다고 '알게' 된다.

▶▶▶ 브루노 베텔하임, 김옥순 역, 『옛이야기의 매력』 중에서

『신데렐라』가 오이디푸스적 불안을 해소하는데 큰 기여를 하고 있다는 베텔하임의 해석이 재미있습니다. 계모 이야기에서는 흔히 친부親父의 역할이 축소되거나 '판단불능자'로 묘사되는 경우가 많습니다. 가장 큰 '불안의 근원'은 늘 그렇게 가려져 있거나 의도적으로 무시됩니다. 그것을 대놓고 건드리기엔 아직 자아가 너무 약하기 때문입니다. '자매/형제 간 경쟁심리'라는 핵심 주제도 신데렐라 이야기에서 너무 간과되고 있다는 지적

도 재미있습니다. 보통 신데렐라 이야기에서의 '경쟁심리'의 주제는 '배고픔의 주제'와 '계모의 주제'에 밀려서 마치 '3등 열차석'처럼 취급되곤 합니다만 베텔하임은 그 부분에서의 '쉬운 접근'을 분명하게 경계하고 있습니다. 아이에게 가장 큰 불안의 핵심은 '자매/형제 간 경쟁'이라는 것을 잊어서는 안 된다는 것입니다. 그 부분에 대해서는 저도 「적두병」이라는 자전 소설에서 누누이 강조했습니다. 저는 그것을 '팥쥐 이야기'로 대유했습니다. 가장 큰 행복감과 불행감은 가장 가까운 존재(들)와의 비교에서 비롯된다는 것을 말하고 싶었습니다. 그것이 삶(창조)의 동력(의의)이고 죽음(파괴)의 명분(좌절)이라는 것을 '우청우탁'하고 싶었습니다.

아이들은 어떤 식으로든 자신의 가족관계를 타인들과의 사회적 관계 속에 투사합니다. 그래서 재수 없이 그 아이(어른 속의 변치 않는 작은 존재)의 '나쁜 경쟁상대'로 찍히게 되면 그 어떤 노력을 해도 '나쁜 놈' 신세를 면할 수가 없습니다. 그 아이가 '악마의 프리즘'을 버리지 않는 한 그것은 영원합니다. 외부의 어떤 영향에도 자신의 굴곡을 결코 포기하지 않습니다. 수 십 년 동안 이것저것 남의 집 아이들을 가르치면서 알게 된 사실이 있습니다. 반드시 아이들의 언행에서 제 부모의 그것이 그대로 나타난다는 것입니다. 그게 아이들입니다. 아이들은 미숙해서 언제나 자신이 알고 있는 것 이상을 말합니다.

혜자의 눈꽃

이제 머리가 좀 길었습니다(빡빡머리 신세는 어느 정도 면했습니다). 사람들이 두 번 쳐다보는 일도 눈에 띄게 줄어들었습니다. 식구들도 잘 적응하고 있습니다. 아내고 아이고, 처음에는 모두 제 얼굴을 볼 때마다 피식거렸습니다. 낯익은 것의 낯선 모습은 기존의 '매개된 시각'들을 모두 전복하지요. 당연히 '매개된 시각'이 가져다주던 고정관념들도 함께 흔들립니다. 마치 빈 속에 생마늘을 씹는 듯한 거북함을 느끼지 않을 수 없습니다. 그렇게 보면 고정관념이 꼭 나쁜 것만은 아닙니다. 모든 관습적 이성은 결국 그 고정관념들로부터 생산되는 것일 테니까요. 미루어 짐작하거나 척 보면 아는, 그 관습적 이성의 활동이 없으면 우리

생활도 보통 불편하지 않을 겁니다. 30년 전 광주보병학교 시절이 생각납니다. 미국 유학에서 돌아와 막 결혼을 하고 신혼 시절 중에 입대한 동기가 있었습니다. 중매결혼이었던 모양입니다. 한 달 동안의 기초군사훈련이 끝나고 처음 면회가 허락된 날이었는데 신부가 면회장에서 신랑의 짧은 머리와 검게 그을린 얼굴을 몰라보고 한참을 헤매던 모습이 생각납니다. 신랑이 자기 팔을 붙들고 당겨도 완연히 "당신 누구세요?"라는 표정을 짓던 그 모습이 지금 생각해도 웃음을 자아내게 합니다. 그 동기생이 한 말이 더 재미있었습니다. 하루 종일 이곳저곳(회포부터 풀고) 시내를 돌아다니며 같이 보냈는데, 서울로 올라갈 때까지 신랑의 변한 모습에 끝내 적응을 못하더랍니다. 종내 서먹서먹한 표정이더랍니다. 생긴 게 그렇게 중요한 모양입니다. 그게 그렇게 섭섭했는지 그 친구는 시간 날 때마다 그 이야기를 리바이벌하곤 했습니다. 그 이야기를 듣던 동기생 한 사람이 눈치도 없이(?) '쥐 좆도 모르면서'라는 고사성어故事成語의 내력을 거기에 덧붙이면서 같은 내무반 동료들이 모두 포복절도한 일까지 있었습니다.

살면서 만나는 '낯선 것'들은 대체로 세 가지의 감정을 유발합니다. 놀라움, 즐거움이나 슬픔, 그리고 두려움입니다. 문제가 되는 것은 물론 '즐거움이나 슬픔'입니다. 낯선 것이 즐겁지 않고 슬픈 감정을 유발한다면 문제일 것입니다. 제 경우는 대체로 즐거움을 많이 만나는 편입니다. 낯선 것들을 만나는 즐거움이 없다면 인생은 얼마나 지루한 것이 될까라는 생각을 지금도 완전히 버리지 못하고 있습니다. 놀이나 스포츠는 물론이고, 직장도 그렇고, 집도 그렇고, 차도 그렇고, 가구도 그렇고, 신발도 그렇고, 가족 빼고는 항상 '낯선 것들과의 조우'에서 즐거움을 찾습니다. 이를테면 모험을 즐기는 편입니다. '모험'은 물론 제 입장에서이고, 아내 입장에서 볼 때는 일종의 '고질병'입니다. 그 고질병을 같이 앓아야 하는데 그게 쉽게 잘 안 되는 모양입니다. 큰 무리 없이 주변을 온통 새롭고 낯선 것으로 바꾸는 데는 가장 손쉬운 것이 이삽니다. 한꺼번에 확 바꿀 수 있습니다. 그래서 습관적으로, 주거住居 환경이 눈에 좀 익을 만하면 언제나 새로운 땅, 새로운 공기가 있는 곳으로 이사할 것을 궁리해 왔습니다. 지금까지 봤을 때, 평균 주거기간이 채 4년을 넘기지 않습니다. 1~2년짜리도 숱합니다. 젊어서 타지에서 직장 생활을 할 때는 2년 사이에 네 번이나 이삿짐을 쌌습니다. 언젠가 큰아이가 말했습니다. '내 학창시절은 전학의 역사였다'라고요. 큰아이는 초등학교 1·2학년을 여섯 군데 학교에서 다녔습니다(자세한 사정은 약합니다). 제게는 큰 아이의 고등학교, 대학교 시절이 '드라이버(라이딩)의 역사'입니다. 심지어는 가정교사 아르바이트 갈 때도 다 제가 실어 날랐습니다. 초등학교 때의 그 상처의 역사에 대한 보상이었습니다. 아이한테는 그 역사가 큰 상처였습니다. 도무지 자식들 생각을 안 하는 부모, 자식들에 대한 투자에 인색하기 그지없는 부모라는 것이 아이의 평가였습니다. 할 말이 없지만 큰아이 때의 일은 곡절이 좀 있었습니다. 그런 역사(?)까지를 모두 저의 신기新奇 취미에 포함시킬 수는 없지만, 어쨌든 그 와중에서도 제게는 '낯선 것들이 주는 즐거움'이 분명히 있었습니다. 지금은 루마니아풍 이삼층집을 지어서 새로운 주거 환경을 창출할 일에 기분이(기분만!) 들떠있습니다. 시시때때로 집터를 물색하러 다닙니다. 모르는 이들은 그냥 말로만 떠드는 것이라고 생각할지도 모르겠습니다. 그러나 역사적 전례(?)를 볼 때, 그 일도 반드시 성사되리라 믿습니다. 제 살아온 인생행로가 그걸 장담(?)합니다.

낯선 것을 만났을 때 슬픔이나 두려움이 전혀 없다는 말은 아닙니다. 그것들도 가끔씩은 찾아듭니다. 낮잠을 자고 일어났을 때나, 어떤 건물에서 오래 있다 나와서 순간적으로 방향 감각을 잃고 전혀 방향을 찾지 못할 때, 슬픈 감정과 두려운 느낌에 간혹 노출됩니다. 낮잠에서 깨어났을 때가 제일 심합니다. 그때는 세상이 무척 낯설게 느껴집니다. 온통 무거운 기운이 저를 짓누릅니다. 마음뿐만이 아닙니다. 몸까지 무겁습니다. 그럴 때마다 저는 프로이트가 유년기 경험을 높이 평가한 것을 존중합니다. 여전히 제 안의 '작은 아이'를 확인할 수 있기 때문입니다. 제 안의 '작은 아이'는 조금도 나이를 먹지 않습니다. 그 아이에게는 서너 살에서 열두어 살까지의 인생만 있습니다. 더 이상 자라지 않습니다. 꿈은 언제나 그 아이의 영토입니다(꿈의 영토는 그 아이가 '실효적으로 지배'하고 있습니다). 언젠가 그 '작은 아이'에 관해 쓴 글이 있어 소개해 올립니다.

금요일 저녁, 오래된 친구의 음성을 들었다. 어떻게 연락처를 알아서 안부 전화를 했다. 중학교 졸업하고 처음이니 40여년이나 훌쩍 건너 뛴 만남이다. 퇴근길의 차 안에서 마침 지인으로부터 선물 받은 '가고파'를 듣고 있었다. 무학산(舞鶴山)과 합포만의, 그 남쪽 바다, 눈에 어리는, 잔잔한 물결을 생각하며 죽마고우들을 그리워했다. 그런데 마치 무슨 운명처럼 그 친구에게서 전화가 왔다(이것도 융의 동시성?). 신통인지 우연인지 모르겠다. 요즈음 들어 부쩍 그런 '운명'들과 많이 만나는 것 같다.

친구와 대화를 나누는 동안, 학창 시절 친구의 집에서 보낸 따뜻한 시간들이 염분기 진하게 묻어나는 바다 바람처럼 내 뺨을 어루만졌다. 거의 매일 찾다시피 했던 그 친구의 집은 학교 운동장을 내려다보는, 무학산 자락의 송림(松林) 언덕 안에 있었다. 아름다운 해송 군락지였는데, 돌산의 급격한 경사가 한풀 꺾이는 완만한 산중턱의 그 부분에만 그렇게 송림이 울창했다. 한 학년 인원 정도는 소풍 와서 놀만한 공터를 사이에 두고, 드문드문 주택들이 올라와 있었다 (지금은 아파트들이 올라와 있다).

나는 그 시절을 몇 가지 그림과 함께 기억한다. 젊은 시절 언젠가 천승세 선생의 「혜자의 눈꽃」이라는 소설을 읽고 때 없이 눈시울을 붉힌 적이 있었다. 아마 무슨 문학상 수상 작품집이었던 것 같다. '엄마가 오줌 누고 나면 표 안 나게요, 눈꽃을 만들랬어요...'라고 말하던 혜자가 지금도 눈에 선하다. 물론, 모든 눈물은 여러 가지 원천(源泉)을 함께 사용하기 때문에 그 소설 하나에만 그 탓을 돌릴 수는 없는 일이다. 혜자가 엄마 뒤를 바짝 따라 걸으며 그려내는 눈꽃 하나만 두고 내가 눈물을 글썽인 것은 아니었다. 그 시절 그 송림(松林)도 함께 생각났기 때문이었다. 아직은 젊었던 어머니를 여의고, 마치 낯선 여행지에서 예고 없이 안내자로부터 버림받은 어린 길손처럼, 나는 늘 허망한 마음으로 그늘진 곳들을 피해 다녔다. 때 없이 추위에 시달렸고, 양지바른 곳만 보면 얼른 그 안으로 찾아 뛰어 들어갔다. 그때마다 어린 시절, 그 송림의 양지바른 언덕이 떠올랐을 것이다. 언제나 양지바르고 따뜻했던 그 송림이 나를 울렸을 것이다.

▶▶▶ 양선규, 『풀어서 쓴 문학이야기』 중에서

「혜자의 눈꽃」은 아들의 '어머니에 대한 애틋한 정서'를 노래하고 있는 소설입니다. 그 경지는 한국 소설이 이룩한 보기 드문 쾌거라 할 수 있습니다. 아마 이청준 선생의 「눈길」과 함께, 현재로는 '어머니 소설'의 최고봉을 이루는 소설이라고 할 수 있을 것입니다. 천승세의 「혜자의 눈꽃」이나 이청준의 「눈길」을 십분 이해하려면, '어머니의 위대한 사랑'에 못지않은 '아들의 사랑'을 잘 찾아 읽어야 합니다. 서로 다른, 두 개의 상반된 어떤 원형적인 모성애(아들의 어머니에 대한 판타지)를 이 두 소설은 성공적으로 드러내고 있습니다. 두 소설의 텍스트 무의식이 그려내는 어머니는 공히 '그레이터 마더'인데 아들이 그 어머니를 대상화하는 방법과 방향은 서로 상반됩니다. 제게도 그런 어머니들이 있어서 쉽게 알아볼 수 있었습니다. 저도 언젠가는 그런 좋은 '어머니 소설'을 한 편 쓰고 싶지만 불가능하다는 것을 저는 압니다. 글감을 충분히 삭힐 수 있는 시간과 기회를 갖지 못했습니다. 어머니와 너무 일찍 헤어졌기 때문입니다.

'어머니 소설'이라는 말이 나오니 오정희 소설의 '모성 콤플렉스'도 떠오릅니다. 그러고 보니 오정희 선생도 '어머니 소설'의 대가입니다. 위악적인 화자가 아버지와 벌이는 모의쟁투를 그리고 있는 「저녁의 게임」도 따지고 보면 '어머니 소설'의 한 변종입니다. 그 소설의 실제 주인공은 '보이지 않는 어머니'입니다. 그러나 앞의 두 작가의 그것과는 사뭇 다릅니다. 작가의 성性 정체성도 다르고, 오정희 소설(특히 초기 소설)이 지니고 있는, 유아살해나 영아살해를 통해 드러나는, 이른바 '아자세 콤플렉스'의 존재도 유별나서 앞의 두 작가와는 아무래도 많이 다른 것 같습니다.

이야기가 조금 샛길로 흘렀습니다. 다시 「혜자의 눈꽃」으로 돌아가겠습니다. 작중 화자인 주인공 청년이 혜자와 혜자의 어머니를 만나는 들창, 눈밭 위에 그려놓은 혜자의 '눈꽃'을 내려다보는 들창을 보는 순간 저는 그 친구 집의 송림 쪽으로 난 들창을 떠올렸습니다. 그리고 너무 일찍, 당신에게나 어린 아들에게나 너무 이르게, 세상을 버린 어머니를 생각했습니다. 그래서 그 이후로는 어머니가 생각날 때마다 「혜자의 눈꽃」도 동시에 생각하게 되었습니다. 그때 제가 떠올리는 어머니라는 기호는 늘 '불쌍한 혜자의 어머니'라는 기의記意를 동반합니다. 제가 어머니를 만나는 '들창'은 아직도 그 무학산(학봉) 아래의 송림을 향해 나 있습니다.

내 아이의 모든 것

오해가 있을지도 모르겠습니다만 아무래도 요즘 아이들 세태와 관련해서 꼭 짚고 넘어가야 될 것 같아서 과거지사를 중심으로 몇 자 적겠습니다. 무슨 사심私心이 있어서가 절대 아닙니다. 우리가 가진 '오해와 편견'을 틈날 때마다 불식시켜야만 때 묻지 않은 거울에 우리 스스로를 비추어볼 수 있을 것이라는 선한 목적에서 드리는 말씀입니다. 일모도원日暮途遠, 해는 저물고 갈 길은 멀어 이것저것 가릴 여유가 없습니다. 정말 아이들 문제가 심각합니다. 무엇이든 털어놓고 같이 고민해야 할 때가 아닌가 싶습니다. 부모된 입장에서 내 아이에 대해서 한 번 솔직하게 생각해 볼 때인 것 같습니다. 다음 인용문에 등장하는 '아이들'

중에 내 아이가 없으라는 법이 있을까요?

　나는 씨발년이다. 그걸 잘 몰랐는데 내가 가르치는 아이들이 그걸 알게 해 주었다. 수틀리면, 선생 면전에 대고 "에이, 씨발년이…" 하는 대드는 아이들이 내 아이들이다. 남자들이 간혹 생리하는 것은 알았어도, 어떤 여학생은 365일 생리한다고 핑계대는 것을 올 해 알았다.

　나는 "역이용"이란 말도 아이들을 통해 배웠다. 수업 시간에 교실 문 앞뒤로 들랑거리는 아이들을 제지하면, "왜 지랄이야?"(그게 50분 수업에 10명이 그런다고 하면, 선생이 카리스마가 없어서 그런다고 하시겠는가?) 수업이 시작된 뒤 매점에 가겠다고 분위기 선동하는 아이, 물 마시러 간다고 해놓고 15분이나 지나서 와서 타이르려 들면 고개 빳빳이 들고 악악대며 대드는 아이들, 소리가 나서 제지시키러 온 남자 선생님(학생 어깨와 목을 살짝 밀었다고 한다)에게 "남자 선생님이 내 몸에 손을 댔어요." 고소하겠다고 하는 아이들…. 나는 그 순간에 핸드폰으로 그 상황을 다른 여자 선생에게 알린 아이의 행태에 주목한다. "보라, 세상 죄를 지고 가는 어린 양이로다…"가 생각나는 것은 왜일까?

▶▶▶ 유희경, 페이스북, 2013.12.3

　젊을 때 일입니다. 저희 집이 5층인데 4층집 간난아이가 콩콩거리는 것을 그 아래층 3층집 사람들이(나이든 분들이었습니다) 좀체 견뎌내질 못했습니다. 아래층에서 "도무지 젊은 사람들이 배려심이 없다"는 거친 콤플레인이 오고 위층에서 "꼭 아이 한 번 안 키워본 사람처럼 말한다"는 대꾸가 가고 하다가 쌍욕이 오고 가는 큰 싸움이 일어났습니다. 관리사무소에서 긴급출동까지 해서 말렸지만 도통 진정시킬 수가 없었습니다. 마침 4층집 남자가 저와도 '알만한' 사람이었습니다. 그 일을 계기로 알고 보니 꽤나 가까운 인연도 있었습니다(군대 시절 잠깐 동안 같이 근무한 적도 있었던 사이였습니다). 그 이후로 그 집 아이를 저희 집에서 놀게 했습니다. 뛰어봐야 자기 집 천정이니까 걱정할 게 없었습니다. 저희는 그때 큰 아이 하나만 키우고 있을 때라 공간적으로도 여유가 있었습니다. 마침 아이 봐 줄 사람도 있어서(처가 관련 어른이 한 분 같이 사셨습니다) 저희 부부가 다 밖으로 나돌아도 크게 염려할 바가 없었습니다. 그렇게 그 아이가 유치원에 들어갈 때까지 3~4년을 저희 집이 어린이집 구실을 해냈습니다. 간혹 시간이 맞으면 제가 그 아이를 데리고 동네 산책도 나가기도 했고 어쩌다가 이것저것 군것질도 시킬 때도 있었습니다. 잘 모르는 이웃들은, "저 집 아빠가 딸만 있고 아들이 없으니까 저렇게 아래층 아이한테서 대리만족을 찾는다"라고 수군거리기도 했습니다. 그러다가 저희 집이 직장 관계로 멀리 이사를 가게 되었고, 그즈음에 둘째가 태어났습니다. 그렇게 헤어졌는데, 우연히 몇 년 뒤 다시 또 한 아파트에서 같이 살게 되었습니다. 제가 다시 귀향해서 새 아파트 단지로 이사했는데, 뒤이어 그 집도 그리로 이사를 왔습니다. 인연이 있는가 보다 싶었습니다. 자연스럽게 그 집 아이가 저희 집에 자주 놀러오게 되었습니다. 어릴 때 편하게 놀았던 기억이 좋았던지 이물 없이 편하게 드나들었습니다. 저희 집 늦둥이도 그 아이를 잘 따랐습니다. 나이 차가 좀 있는데도 그 아이는 꼭 친구처럼 깍듯하게(?) 저희 집 아이를 대했습니다. 그러면서도 친동생처럼 잘 데리고 놀았습니다. 얼핏 보니 거의 동생에게 모든 걸 다 양보하는 스타일이었습니다. 그러니 저희 집 아이도 형, 형, 하면서 그 아이를 졸졸 잘 따라 다녔습니다. 저희들이 보기에는 그지없이 좋은 풍경이었습니다. 아이가 순하고 반듯하게 잘 자라 있었습니다. 우리가 젊어서 베풀었던 작은 호의가 저렇게 아이들에게 좋은 인연을 맺어주었구나, 그런 생각도 들었습니다.

그런데 그 아이가 열 살 정도, 저희 집 아이가 대여섯 살 정도 되었을 때였습니다. 휴일이었는데 밖에 나갔던 집사람이 얼굴이 붉으락푸르락, 화가 머리끝까지 나서 들어왔습니다. 아이도 얼굴이 딱딱하게 굳어져서 그 뒤를 따라 들어왔습니다. 왜 그러느냐고 물었더니 아내가 너무 충격을 받아서 말이 잘 안 나온다는 거였습니다. 사연인즉슨 이랬습니다. 그 아이와 저희 집 아이, 두 아이가 아파트 놀이터에서 같이 놀고 있었습니다. 잘 놀다가 성질이 개구진 저희 집 아이가 모래를 집어서 그 아이에게 뿌렸습니다. 그게 그 아이의 눈에 튀었던 모양이었습니다. 그 아이가 울음을 터뜨렸고 그 광경을 우연히 그 아이의 엄마가 보게 되었습니다. 화가 난 그 아이의 엄마가 "이 버르장머리 없는 놈!" 하며, 저희집 아이의 등짝을 후려갈겼습니다(아내의 표현임). 저희집 아이가 몇 미터나 날아가 모래사장에 그냥 코를 박고 꼬꾸라졌습니다(상동). 마침 그 장면을 아내가 목도했습니다. 그 다음 상황은 상상에 맡기겠습니다.

그 뒤로 그 아이는 저희 집 출입이 금지되었습니다. 전화로 엄마끼리 두어 번 가시 돋친 설전이 오고가는 것 같았습니다. 명색이 두 집 다 체면이 있는 터라서 쌍욕은 가급적 삼가는 눈치였지만 평생 의절義絶을 서로 공언하는 듯했습니다. 그리고 실제로 두 집은 의절이 되었습니다(최근에 다시 한 통화하는 걸 봤습니다). 그러다가 금방 또 풀리겠지 했는데, 그 집이 몇 년 뒤 처가가 있는 서울로 이사를 가는 바람에 그럴 기회를 영영 잃고 말았습니다. 지금은 이십대 후반, 서른 살이 다 되어 갈 나이일 건데 그 아이가 어떻게 성장했을지 가끔씩 궁금할 때가 있습니다. 공부를 잘해서 좋은 대학에 들어갔다는 소식까지는 들었습니다.

얼핏 들으면 어느 한 쪽이 나쁜 집이 될 것도 같습니다. 나머지 상황은 모두 생략되고 한 사건만(이 사건은 그 아이의 엄마에게 아주 불리한 정황만을 보고합니다) 전경화되고 있으므로 '오해와 편견'을 제공하기에 아주 적합합니다. 당연히 그 아이의 엄마 이야기에도 귀를 기울여 봐야 합니다. 그 아이의 엄마는 자기 아이가 개와 고양이를 서너 마리 키우고 있던 저희 집을 자주 들락거리는 것이 싫었습니다. 원인 모를 피부병도 옮아올 때도 있었습니다. 뼈대 있는 집안의 장손이 근본 모르는 집에 들락거리는 것이 썩 내키는 일도 아니었습니다. 아이를 버릇없이 키우는 집, 훈육은 없고 방종만 있는 공간에서 받은 영향으로(저희 집 노인은 아이들의 응석을 하나 남김없이 받아주었습니다) 아이는 점점 나약, 나태해지고 있었습니다. 이제는 가지 말라고 몇 번 주의를 주었는데도 그 아이가 종내 말을 듣지 않았습니다. 너다섯 살이나 어린 동생하고 노는 것도 마음에 들지 않았습니다. 점점 유아기로 퇴행하는 것 같기도 했습니다. 정 그렇게 동생하고 놀고 싶다면, 동생을 가르치면서 놀아야 할 텐데 동생한테 맞고(모래흙을 던진 것을 그렇게 이해했습니다) 울고 있었습니다. 그래서 그 엄마는 일벌백계의 심정으로, 김유신이 천관녀의 집 앞에서 말의 목을 치는 심정으로, 응징을 내리지 않을 수 없었습니다. 버릇없이 자란 저희 집 아이를 나무라지 않을 수 없었던 것입니다. 자기 부모가 훈육하지 않으면 다른 부모라도 나서야 되지 않겠느냐 싶어서 살짝 밀었던 것입니다. 그런데 그놈이 중심을 잃고 비실거리더니 엎어졌고요. 등짝을 후려갈겼다고 우기는 걸 보면 정말이지 어이가 없었을 수도 있습니다.

예상되는 부작용(?)을 충분히 감안하면서도 부득불 오래된 과거지사를 재구성(범죄의 재구성?)한 까닭은 다른 데 있지 않습니다. 우리 자신을 되돌아보자는 취지입니다. 우리는 우리 아이가 학교에서 왕따 당하고 폭행에 노출되는 것에 분노합니다. 우리 아이에게 불리한 학습 환경과 열악한 교우 관계가 주어지는 것을 견디지 못합니다. 혹시 그렇게 될까 노심초사합니다. 그러나 사실 먼저 해야 하는 일은 우리 아이가 혹시 원인 제공자가 되고 있는 것은 아닌가를 먼저 살펴야 한다는 것입니다. 우리 아이가 누구의 나쁜 환경이 되고 있지는 않은가를 먼저 따져봐야 한다는 것입니다. 우리 아이가 자의든 타의든 다른 아이들의 '나쁜 환경'이 되고 있는 것은 아닌가, 찬찬히 우리 아이를 관찰하고 평가해 볼 일입니다. '내부 점검'이 항상 먼저입니다. 그런 내부의 문제점들에 대해서 먼저 걱정하고, 그 이후에 시선을 밖으로 돌려야 합니다. 남의 집 아이들만 무조건 악마시 해서는 안 되는 것입니다. 그런 '역지사지' 없이는 절대로 지금 우리가 겪고 있는 이 무도한 교육환경을 개선해 낼 수 없을 것입니다.

물론, 역지사지만으로는 당면 문제를 해결할 수 없다는 것도 자명합니다. 요즘의 학교 폭력 문제는 더 이상 두고 볼 수 없을 정도로 심각한 지경에 이르고 있습니다. 전반적으로 우리가 가진 시스템을 재정비할 때라고 생각합니다. 모두 다 아는 일일 것이기에 자세한 언급은 약하겠습니다. 이제는 정책적 차원에서, 학교 안에 법法을 집행하는 기구를 반드시 설치해야 합니다. 교사들에게만 맡길 수 없는 '폭력'이 존재하는 것이 현실입니다. '폭력의 발생'을 근원적으로 제거하는 일은 어쩌면 불가능한 일인지도 모르겠습니다. 불가능한 처방은 제외하고 '노력'으로 가능한 몇 가지를 생각해 봤습니다. 물론 두서는 없습니다.

제안 0: 혼전에 부모 교육을 실시한다(부모교육 이수 시 저리 자금 대출, 세금 공제).
제안 1: 학교에서 무도(武道) 교육을 활성화하는 것도 한 방안이다 (입시 가산점 부여).
제안 2: 가해 학생의 부모에게 반드시 사법적 책임을 물어야 한다

(인적 사항 공개).

제안 3: 피해 학생에게는 경제적으로 피해보상을 한다(충분히).

제안 4: 대통령을 잘 뽑아야 한다(나라 전체의 분위기가 도덕적으로 바뀌어야 합니다).

제안 5: 입시 위주의 교육이 사라지도록 해야 한다(대학 서열화를 막아야 합니다).

제안 6: 초등학교 고학년 때부터 세칭 '일진'에 대한 감시를 철저히 해야 한다. 수시로 "옆의 건물이 완성되면 반을 하나 더 신설한다고 한다. 새로 신설되는 반으로 우리 반에서도 한두 명을 보낸다면 누가 가는 것이 좋겠는가?"라는 식으로 물어서 미리미리 발본색원한다(이 문구는 제가 중1때 겪었던 일을 토대로 작성한 것입니다. 아이들이 모두 저를 적어 넣는 바람에 교무실에 불려가서 하루 종일, 눈두덩이 퉁퉁 부어서 앞을 볼 수 없을 정도로 얻어맞고, 다음 날 아버지가 소환되어서 휴학을 권고 받았습니다).

소통이라는 슈퍼키

좀 오래된 이야기입니다. 한 번은 연구실 열쇠를 집에 두고 출근을 했습니다. 수위실에 연락을 했더니 경비 보는 아저씨가 올라왔습니다. 수위실에 있는 슈퍼키super-key로 연구실 문을 열어줬습니다. 그때 안 사실입니다. 세상의 열쇠에는 두 종류의 열쇠가 있습니다. 자기 것 하나만 열 수 있는 것과 이것저것 모든 방문을 다 열 수 있는 것이 있습니다, 그렇게 열쇠에도 타고난 신분身分이 있습니다. 50개의 방문을 다 열 수 있는, 제왕적인 하나의 슈퍼키와 50개의 방문 각각만을 열 수 있는 50개의 평범한, 서민적인 열쇠가 있습니다. 그런 무소불위의 제왕적 슈퍼키라는 것이 있을 수도 있다는 걸 그때 처음 알았습니다. 열쇠집 아저씨들이 갖고 다니는 '만능키'와는 또 다른 개념이었습니다. 그것보다 기능상으로는 한 단계 아래인 것 같았지만 어디까지나 공인된 시스템의 하나로 존재하는 것이었습니다. 아는 이만 알고 있는 '숨겨진 공공연한 비밀'로 존재하는 것이었습니다. 이를테면 갑을관계에서 갑에게만 부여된 '소통의 시스템'이었습니다. 을에게는 불통일 때 갑에게는 소통이 가능한 시스템이었습니다. 방의 주인인 저도 모르는 또 다른 내 방의 열쇠가, 공식적으로, 그렇게 나도 모르는 사이에 타자(갑)의 손에 들려 있다는 것이 왠지 서늘한(?) 느낌을 선사했습니다. 그때까지 감쪽같이 그 사실을 모르고 있던 제가 좀 불쌍하다는 생각마저 들게 했습니다. 꼭 그일 때문은 아니었지만, 그 뒤로 방마다 보조키를 다는 게 일반적인 관행이 되었습니다. 요즘은 지문 인식으로나 번호를 눌러서 여는 전자식 도어락을 개별적으로 설치하는 이도 생겼습니다(슈퍼번호가 없으리란 보장도 없겠습니다만). 주로 젊은 동료들 사이에서 많이 보이는 행태입니다. 어쨌든 순진한(?) 제게는 그때의 슈퍼키가 좀 충격적이었습니다. 늘 바닥 근처에서 사는 '가재미의 눈'으로는 볼 수 없었던 높은 곳에서의 풍경인 것 같았습니다.

요즘 들어 '소통'이라는 말이 우리 시대의 슈퍼키 노릇을 하고 있습니다. 그것 없으면 아무 것도 안 됩니다. 소통의 원뜻은 '서로 막히지 않고 잘 통함'입니다. 그것을 모르는 사람은 없습니다. 그 '소통'이 지니는 당대의 맥락적 의미는 아마 '역지사지 易地思之'일 것입니다. 서로를 이해하려면 가장 먼저 구비되어야 할 것이 '남 일을 내 일 같이 여기는 마음'입니다. 항상 입장을 바꾸어서 생각할 수 있는 능력, 그것이 우리 시대가 요구하는 '소통'의 전제 조건인 것입니다.

생각해 보면, 요즘 들어서 갑자기 '소통'이 등장한 것도 아닙니다. 알게 모르게, 우리 사회에서는 '소통'의 중요성에 대해서 줄곧 강조해 왔습니다. 다만, 그 모든 사례 중 현재 그것이 사용되는 경우가 좀 모질고 맹랑하다는 느낌이 든다는 것입니다. 비유하자면, 과거 왕조시대에서 정적政敵을 매도할 때 가장 많이 사용되던 '역모逆謀'라는 단어가 하던 역할을 지금의 '소통(불통)'이 하고 있다는 느낌이 들 때도 있습니다. 지금 여기서 '소통이 안 된다'라는 말은 왕조시대의 '역당逆黨이옵니다'라는 말과 같은 뜻이라는 겁니다. 그런 현실이 어떻게 보면 '소통'의 본질과는 많이 어긋지고 있는 것이라는 생각이 들 때가 종종 있습니다. 그렇게 무지막지한 '소통'은 사실 '소통'이라는 말의 의미와 서로 '소통'하고 있는 것이 아니기 때문입니다. 오늘은 우리에게 '소통'이 어떤 의미여야 하는지에 대해서 한 번 생각해 보겠습니다.

'큰 그릇이 되라'는 말 속에는 내 바깥의 것을 담아서 내 것으로 만들어 가는 자질이 강조되는데, 이는 인간 발달 이론으로 말하면 이른바 '동화(同化)와 조절'의 과정이라 할 수 있겠다. '큰 그릇'으로 자라기 위해서는 동화와 조절의 경험과 그 역량이 중요하다는 교육적 시사가 들어 있는 셈이다.

'동화와 조절'이 인간에 대한 가치중립적 관찰이라면, '큰 그릇'의 사상에는 인간의 존재와 행위에 대한 윤리적 통찰이 스며들어 있다고 할 수 있다. '큰 그릇의 인물'이란 그가 지닌 권세나 명예나 부(富)로 결정되지는 않는다. 오히려 사람이 담아낼 수 있는 지혜의 총체가 어떠한지에 따라 그릇의 크고 작음을 논해야 할 것이다.

정신적 가치를 중시하는 동양에서는 사람됨의 이상(理想)을 그가 '담아낼 수 있는 능력'으로 보았다. 그 어떤 것이나 모두 지혜롭게 변별·포용하여 받아들이고, 그것을 유익하게 변용할 줄 아는 인격에 두었다. 이는 인격과 소통이 밀접한 구도로 연계되어 있음을 보여주는 것이라 할 수 있다. '큰 그릇'이 담아내는 가치 속에는 인간의 아름다움을 존중하고, 사람 모여 사는 공동체의 공동선을 추구하려는 윤리적 이상이 함께 담겨 있는 것이다.

'큰 그릇'의 의미는 현대사회를 살아가는 사람에게 적용하여도 그 본질은 변함이 없다. 말과 삶과 배움이 서로 상통하여 사람과 사람 사이에, 사람과 일 사이에, 그리고 일과 일 사이에 원융과 화합을 가져오는 사람이 큰 그릇이다. 특히 현대사회가 대단히 다양한 가치체계와 복잡한 소통의 환경을 가지고 있다는 것을 고려한다면, 현대사회가 요구하는 '큰 그릇'은 현대사회의 여러 관계 속에서 '소통의 질을 높여주는 사람'이라고 정의할 수 있다.

소통의 질이란 만만치 아니한 개념이다. 여기에는 윤리성과 생산성과 세계관과 인간관이 함께 관여한다. 소통은 사람과 사람의 관계를 가치 있게 증진시킨다. 또 일과 일의 관계를 생산적으로 결합시킨다. 그리고 사람과 일의 관계를 보람 있게 형성시켜 나간다. 사람과 사람, 일과 사람, 일과 일의 관계 층위 속에서 '소통의 질을 높여 주는 사람'이야말로 현대사회가 실용의 차원에서나 교양의 차원에 서나 이상적 인격으로 추구할 만하다.

'큰 그릇'이 되기 위해서 소통적 경험이 잘 형성되어야 한다. 그 소통적 경험이란 자아가 자아 바깥의 세계와 소통을 통해, 새로운 인간과 현실에 대한 인식의 지평을 자꾸 넓혀가는 경험이다. 여러 층위의 소통을 수반함으로써 자신의 사람됨을 조절하고, 그런 과정 을 통해서 꾸준히 '큰 그릇'을 지향하는 것이다.

▶▶▶ 박인기, 「상생화용(相生話用)과 '큰 그릇'론」 중에서

우리가 전통적으로 '소통'을 중시해 온 것은 그것이 '큰그릇' 이 되는 중요한 통로이기 때문이라는 설명입니다. 또 '소통의 질을 높여주는 사람'이 필요한 것 역시 그런 '큰 그릇'의 삶이 사회의 질을 높여주기 때문이라고 윗글의 필자는 말하고 있습니다. 그저 입에 발린 감언이설로 해결도 없는 위로나 일삼고, 몇 푼 되지 않는 돈으로 가난한 자의 환심이나 사고, 실현될 가능성도 없는 무지갯빛 미래상으로 청년들을 속이는 그런 식의 '소통'은 없습니다. 흔히 정치판 같은 곳에서 남발되는 '슈퍼키' 로서의 '소통'에 대한 설명은 찾아볼 수가 없습니다. 오히려 그 반대입니다. 남의 방문을 어떻게 열까를 궁리하기보다는 나의 소통적 경험을 어떻게 축적해나갈 것인가를 고민하라고 가르칩 니다. "그 소통적 경험이란 자아가 자아 바깥의 세계와 소통을 통해, 새로운 인간과 현실에 대한 인식의 지평을 자꾸 넓혀가는

경험이다."라고 강조합니다.

진정한 소통이 아닐 경우 늘 소통은 불통을 동반합니다. 마치 동전의 양면과 같습니다. 한쪽을 뒤집으면 다른 쪽이 나오게 되어 있습니다. 이쪽에서 보면 소통이지만 저쪽에서 보면 자기만의 소통일 때가 많습니다. 또 하나, 분명한 것이 있습니다. 작은 그릇이 큰 그릇 안으로 들어가는 것이 소통이지, 작은 그릇이 큰 그릇더러 깨어져서 자기 안으로 들어오라고 요구하는 것은 소통이 아닙니다. 우리 민족에게도 역사적으로 '소통의 질質을 높여주는 사람'들이 꽤 있었습니다. 대체로 그들은 살아생전, 작은 그릇들에게 많은 저항과 핍박을 받았습니다. '자기들이 원하는' 소통이 없다고 질시와 지탄을 많이 받았습니다. 그러나 그들 큰 그릇들은 결코 스스로를 깨서 파편이 되지 않았습니다. 인기나 연명延命을 위해서 결코 작은 그릇 안으로 들어가는 무지스런 소통을 꾀하지 않았습니다. 지금 우리에게 필요한 것은 무엇인가? '소통'이라는 말이 마치 슈퍼키 행세를 하는 작금의 세태를 보며 문득 그런 생각이 듭니다. 진정한 '큰 그릇'의 소통, 우리시대의 진정한 슈퍼키가 요망되는 때가 아닌가 싶습니다..

애정남의 조건

한 때 '애정남'이라는 말이 유행한 적이 있습니다. '애매한 것을 정해 주는 남자'라는 뜻이랍니다. 그러니까 '애정愛情남'이 아니라 '애정曖定남'이라는 말이었습니다. 젊은 사람들의 재치가 재미있습니다. 모임을 하다 보면 어디서든 '애정남'이 한둘 있습니다. 무엇이든 자기 식으로 정의내리고 평가하지 않으면 성이 풀리지 않는 사람들이 있기 마련입니다. 제가 현재 나가는 한 월례회에도 그런 이가 있습니다. 누구도 그의 칼날 같은 비판에서 자유로울 수가 없습니다. 전제를 세우는 것이 늘 독단적이긴 하지만 그런 사람 덕분에 모임이 좀 활력(?)이 돋을 때도 가끔 있습니다.

최근에 '우리나라가 처한 입장이 구한말 때보다 더 어렵다'라는 말을 해서 장안의 화제가 된 한 사회학자도 그런 애정남인 것 같습니다(일종의 확대된 '안보 논리'로 들려서 듣기가 좀 거북했습니다). 그는 늘 단정적으로 사태를 요약합니다. 같이 군대생활을 조금 한 적이 있는데 젊어서도 항상 그랬습니다. 간혹 하나마나 한 이야기를 너무 진지하게 해서 실소를 자아낼 때도 있었지만 그는 타고난 훈수꾼입니다. 그러고 보니 지금껏 그는 그 역할을 잘 수행해 내고 있습니다. 시시때때로, 사람들이 잘 아는 것이든 모르는 것이든, 명쾌하게 풀어서 일목요연하게 정리를 해줍니다(얼마 전에는 우리 세대가 '소리 내어 울지 않는 세대'라고 요약하기도 했습니다). 젊어서 제가 무슨 상을 하나 받고 처음 소설가가 되었을 때도 그가 한 마디 했습니다. "좀 약하더라, 그지?" 그는 그렇게 말했고 저는 피식 웃어넘겼습니다(고개도 끄덕였었나?). 그는 대학시절 학내 문예공모전에서 문학평론으로 입선한 경력도 가지고 있어서 문학 쪽에서도 그렇게 애정남 행세를 하는 것이 전혀 부자연스럽지 않았습니다. 그때 그가 제게 한 말은 두 가지 정도로 해석될 수 있는 거였습니다. 문학적 형상화의 수준이 기대에 못 미치고(이전에 그 상을 받은 이문열, 한수산 같은 선배 작가들에 비해 '묘사력'이 덜하다는 것이고), 당대의 시대적 문제를 적확하게 집어내서 애정남 행세를 제대로 하고 있지 못하고 있다는 거였습니다. 저는 그렇게 알아들었습니다. 프라자파티의 제자가 아니더라도 그 정도는 알아들을 수 있었습니다.

문학적 형상화는 그때나 지금이나 저의 영원한(?) 고민입니다. 아마 재주가 부족한 탓일 겁니다. 여태 저는 그쪽 기준으로는 영락없이 '소년병' 신세입니다. 꾸준히 쓰다 보면 언젠가는 수준 높은 '비유의 세계'를 몸소 실천할 날이 반드시 있을 거라는 믿고는 있습니다만 그날이 언제가 될 것인지에 대해서는 일말의 확신도 없는 상황입니다. 묘사描寫의 성과를 차곡차곡 쌓아나가는 것은 아직 언감생심이어서 일단 직사포든 곡사포든 서사敍事의 곡진함으로 예술성의 부족함을 메꾸어보자는 게 현재의 제 솔직한 심정입니다.

작가의 '발언' 문제도 제겐 쉽지 않은 문제였습니다. 그때는 군인 신분, 그것도 현역 장교의 입장에서 소설을 쓰다 보니 그야말로 그쪽 '애정남'에게 물어볼 일이 많았습니다. 특히 제가 관심하는 분야가 분단문학 쪽이어서 여러 가지 장애물(자기 검열 포함)이 속출했습니다. 요즘도 사회역사적 '발언'이 검열을 받을 때가 가끔씩 있습니다만 그때는 제약 없이(?) 각종의 검열이 횡행했습니다(자세한 것은 약하겠습니다). 소설가도 따지고 보면 자칭 '애정남' 중의 일인입니다. 주제넘게 늘 선두에 서서 대중에게 '판단'을 제공해야 할 일이 많습니다. 그래야 된다는 강박에 늘 시달립니다. 요즘의 세간에서는 그런 '강박'이 좀 덜 중요한 것으로 취급되는 것 같기도 합니다만 왕년에는 A급과 B급을 나누는 기준 중의 하나가 그 '강박'에 대한 태도였습니다. 당연히 '살아남은 자들'의 입장에서, 어떤 작가든 그 잣대 앞에서는 늘 죄책감을 느껴야 했습니다.

서론이 좀 길었습니다. 사람이 늙으면 '옛날 이야기'에 매달릴 수밖에 없는 것 같습니다. 오늘은 '너무 많거나 너무 적다'라는 것에 대해서 한 말씀 드릴까 합니다. 프로이트가 많이 받는 비판 중 하나가 '그가 기준 삼은 오이디푸스 이야기의 한계'와 관련된 것입니다. 프로이트 이론의 핵심(출발점)이 그렇게 자주 비판받는 이유는 그 이야기를 세우는 데 필요한 내용들이 '너무 많거나 너무 없다'는 것 때문이었습니다. 자기의 논리를 세우는 일에 소용되는 것은 항상 과도한 비중으로 가지고 들어오고, 자기 논리에 배치되는 것은 아예 못 본 척하고 만다는 것입니다.

"그러나 알다시피 이 모든 것은 너무 많거나 너무 없다. 그의 분석 이론은 소포클레스의 극(劇)에서 근거점을 얻었으며, 그것은 그의 이론이 여전히 자기 모색을 하고 있던 시기에 많은 도움을 주었다. 그러나 신화로서는 너무 '없다'. 신화 자체는 실제로 프로이트에 의해 해석되지 않았다."

소포클레스의 『오이디푸스 왕』에서 프로이트는 자신의 가설에 대한 확증을 찾아냅니다. 그러나 실제적인 원전인 오이디푸스 신화에 대해서는 제대로 된 분석작업을 행하지 않은 상태에서였다는 겁니다. 한 비판가의 말대로 프로이트는 "나는 오이디푸스와 같다"에서 "오이디푸스는 그러니까 우리다"로 바로 옮겨갑니다. 논리의 비약입니다. 선전포고도 없이 먼저 '선빵'부터 날리는 격입니다. 한 대 맞으면 정신이 없어서 그저 '들리는 대로' 생각하기 십상입니다. 그렇게 상대방의 얼을 빼앗아놓고 천천히 나중에 가서 소포클레스의 『오이디푸스 왕』으로 억지 입막음을 한다는 것입니다. 그가 실제의 신화적 영웅이 아닌 소포클레스의 인물을 가지고 유추를 한 것은 다른 이유에서가 아닙니다. 자기가 내고 싶은 그런 비약적 결론(서사)이 그 '신화적 영웅'으로는 불가능했기 때문입니다. 그런 식으로, 모든 '비극(悲劇)'들은 신화의 잘못된 정보에 기초하고 있는 경우가 많다는 겁니다. 부친살해와 근친상간은 신화적 영웅으로서의 오이디푸스와는 아무런 관계가 없는 일일 수도 있었습니다. 왜냐하면 그는 모든 것을 자신이 모르는 사이에 행하기 때문입니다. 결과적으로 소포클레스의 극의 전개과정과 프로이트의 정신분석의 전개과정은 서로 친연성을 보이고 있다는 것이 확인됩니다. 프로이트의 오이디푸스는 프로이트 자신이지 다른 그 누구도 아닌 것이었습니다.

▶▶▶ 아리안 에슨, 류재화 옮김, 『신화와 예술』 중에서

그러니까 애정남에게 필요한 것은 무엇보다도, 자기에게 필요한 것을 아전인수, 거두절미, 침소봉대, 견강부회, 후안무치하게 끌어다 쓰는 능력입니다. 프로이트가 '오이디푸스 논리'를 세울 때 사용한 방법처럼, '너무 많거나 너무 없는' 식으로, 이야기를 능숙하게 구성할 수 있어야 합니다. 그런 능력이 없이는 자기가 잘 모르는 일에 굳이 나서서 애정남 행세를 할 수가 없습니다. 우리가 애정남들의 이야기를 '한쪽 귀로 듣고 다른 한쪽 귀로 흘려버려야 하는' 까닭도 바로 그것 때문입니다.

불안의 대상화

요즘 '무섭다, 안 무섭다'라는 말이 화제입니다. 한 사람이 '무섭다'라고 말하니까, 다른 또 한 사람이 '나는 안 무섭다'라고 말했습니다. 그게 신문이나 SNS를 타고 널리 퍼지니까 많은 사람들이 스스로 '나는 무서운가, 무섭지 아니한가' 자문합니다. 그렇게들 불안해합니다. 그러면서 또 익숙한 '불안을 대상화'하는 신경증적 활동에 나섭니다. 늘 불안한 제가 보기에도 좀 안쓰러운 상황입니다.

사람마다 불안不安을 다루는 방법이 다릅니다. '불안의 대상화'라는 심리기제는 개체마다 각각 다르게 발달합니다. 이를테면, 많이 먹거나 돈을 많이 쓰거나 운동을 과하게 하거나 시도 때도 없이 싸움의 대상을 찾거나 무엇이든 수집하는 일에 혈안이 되거나합니다. 사람마다 다양한 스타일의 '(자기와의) 싸움의 기술'이 있습니다. 저의 첫째 방법은 글을 쓰는 것입니다. 글쓰기는 고전적으로 인정받는 대상화 방법입니다. 자기를 드러내는, 그래서 싸움의 대상을 자기 안에서 특정하는, 검증된 효과적인 방법 중의 하나입니다(물론 나르시시즘을 완전히 극복하지 못한 글쓰기는 그저 '앞으로 이기고 뒤로는 지는' 일종의 자기기만에 불과한 것이지만요). 스스로를 객관화하는 글쓰기는, 이드id의 영토에 자아ego를 보내는 일종의 파병派兵 행위라고 볼 수 있습니다. 겉으로는 원주민들이 진주군에 고분고분한 것 같지만 어두운 곳에서는 항상 테러의 위험이 존재합니다. 어리숙한 에고는 총도 뺏기고 옷까지 벗겨집니다. 바른 글쓰기는 어두운 곳을 밝게 비추는 단순한 '조명 효과'를 뜻하는 게 아닙니다. 평화유지군의 역할을 다하려면 숨어 있는 테러분자들, 이드라는 복병伏兵을 찾아내고, 그와 맞서 싸우고, 결국은 그를 일망타진할 수 있어야 합니다. 끝까지 자기를 발가벗기려는 투철한 '의지와 노력'을 요구합니다. 그야말로 '전쟁 효과'를 추구해야 합니다. 잘못된 체제와 관습을 완전히 말소시켜야 합니다.

검도 수련 역시 저의 전쟁터입니다. 상대는 눈에 보이는 적이고 제 자신은 그의 뒤에 숨어 있는 보이지 않는 적입니다. 가상의 적을 향해 공격성을 배출하지만 효과적인 공격을 위해 참을 수 없는 지경까지 자신을 몰아넣는 극기克己 행위를 자작 가집니다. 그것을 통해 '자신감'의 실체를 배양합니다. 자신감이라는 관념이 아니라 그것의 실체를 몸으로 감지합니다. 불안은 자신감을 가장 싫어합니다. 완전한 상극의 관계입니다.

저는 또 모자에 집착합니다. 운동모자, 털실모자, 도리구찌, 중절모, 아마 다 꺼내 놓으면 수십 개는 족히 될 듯합니다. 그것이 제 나름 '불안을 대상화'하는 행태의 일종이라는 생각이 든 것은 최근의 일입니다. 제 아내는 저와 좀 다릅니다. 가방이나 지갑에 집착하거나, 자극적인 멜로드라마를 보거나, 장시간 장거리 전화를 걸거나(미국 같은 곳에 있는 친지와의 전화는 그야말로 무목적인 '순수한 대화'를 가능케 합니다), 시도 때도 없이 고함을 지르는 것으로(저와 아이는 깜짝 깜짝 놀랍니다) 자신의 내부에서 암약하는 불안을 대상화합니다. 그 덕에 저는 발에 차이는 아내의 가방들과 동거하며, 그녀의 통화에 방해되지 않도록 소리를 죽여 글을 쓰거나, 대책 없이 깜짝깜짝 놀라거나 하면서 삽니다. 그게 좋아서인지 아내는 가방에 더 집착하고, 더 길게 전화하고, 더 크게 소리칩니다. 아이는 어떨까요? 아이에게는 게임과 판타지 소설을 읽는 것입니다. 제 방에 틀어박혀 밤새 게임을 하거나 책을 읽습니다. 그 안에 무엇이 있는지 저는 모릅니다. 아이는 점점 제가 모르는 제국의 신민으로 살아가는 중입니다.

우리들은 우리 시대의 타자들의 '불안을 대상화하는 방법들'에 대해서 서로 놀라고, 혐오하고, 불편해 하며 살아가고 있습니다. 서로 자기를 표현하는 것에 당당하면서도 서로를 인정하는 방법에 대해서는 거의 모르고 삽니다. 아마 30~40년 내에 이루어진 우리 사회의 한 급격한 변화양상인 것 같습니다. 종래 우리가 해 오지 않던 방식에 대면하고 있습니다. 타자의 존재방식에 대해서 거부감을 드러내는 방식도 다양합니다. 막간다, 체면이 없다, 천박하다, 엄숙성이 없다, 교양이 없다, 마초다, 의식이 없다, 조급증이다, 하수도 문화의 범람이다 등등, 거부감의 표현도 다양하게 '범람'합니다. 그러나 세상의 절반을 이미 점령한 아이들의 상태는 더욱 심각합니다. '모태 불안'일까요? 그들에게는 사회적 요인의 불안이 거의 생래적인 것처럼 고착되어 있습니다. 자신을 바라보는 시선 자체에 냉소적입니다. 우리 '어른'들의 강박증이 만들어낸, 어쩌면 자기들만의 '불안을 대상화하는 방법'에 대한 집착에서 비롯된, 시대착오적인 히스테리(히스트리오닉 성격장애)를 아이들은 선천적으로(?) 가지고 태어나는 것 같습니다. 모르겠습니다. 우리가 없어지면, 전폭적으로, '아이'들의 세상이 오면, 원인조차도 알 수 없게 되어, 우리가 앓던 히스테리아와 같은 '원인 모를 병'들은 이 세상에서 아예 없어질지도 모릅니다. 그들의 세상에서는 풀지 못할 갈등을 안에 두고 남모르게 낑낑대며 그것을 키워낼 어떤 이유도 없어질지도 모르겠습니다. 갈등은 '풀 수 없는 것'을 뜻합니다. 그것은 모든 것이 조화를 추구하는 코스모스 지향의 세계에서나 발생하는 것입니다. 하나의 강압이 우리의 삶을 온통 '홈 패인 공간'으로 만들 때만이 가능한 것입니다. 아이들의 세상에서는 그런 '홈 패인 질서'가 완전히 사라져 '갈등' 자체가 의미를 잃는 날이 올지도 모르겠습니다. 어차피 카오스인 세상에서는 갈등이 존재할 수 없으니까요. 화이부동和而不同, 만물이 병발倂發할 뿐, 정正과

반反도, 중심과 주변도, 아예 존재하지 않는 그런 세상이 와서 우리의 아이들은 우리처럼 늘 '불안을 대상화'하는 피로에서 벗어나기를 바랄 뿐입니다.

참고사항

히스테리아: 히스테리아의 어원은 '자궁'이다. 초기에는 여성에게만 한정된 병으로 취급되었다. 1859년 프랑스 의사인 Paul Briquet가 히스테리아의 증상을, '신체적인 원인이 없는데도 갑자기 팔이 마비된다든지, 눈이 갑자기 보이지 않는다든지 하는 여러 가지 극적인 신체적인 증상이 나타나는 경우'로 정리하면서 한동안 'Briquet 증후군'으로 불리기도 했다. 그 후 19세기 말 Frued는 마음의 갈등이 이러한 증상을 설명하는데 중요하다고 생각했다. 그런데 지금은 Freud가 언급한 '히스테리아'라는 용어는 사용되지 않고 있고 그 양상에 따라 갑작스러운 감각이나 근육기관의 마비를 주 증상으로 하는 '전환 장애'와 특별한 신체적인 원인이 없는데도 여러 가지 불편한 신체적인 증상을 호소하는 '신체화 장애' 그리고 '히스트리오닉 성격장애' 등으로 구분하여 사용하고 있다. '신체화 장애'는 주로 여성에게서 많이 발견된다.

세 상자의 주제

프로이트의 글 중에 「세 상자의 주제」(1913)라는 것이 있습니다. 여기서 주로 논의되는 것은 셰익스피어의 두 작품 『베니스의 상인』과 『리어왕』입니다. 재미있는 얘기가 많지만 개중에서 눈길을 끄는 것이 '3이라는 숫자의 상징성'입니다. 전형적인 프로이트식 해설입니다. 프로이트에게 인상적이었던 파블라는 '3개 중에서 선택되는 하나'였습니다. 옛이야기에는 그 '3개 중에서 선택되는 하나'에 대한 여러 가지 버전이 있습니다. 우리에게 가장 익숙한 것은 나무꾼과 금도끼, 은도끼, 쇠도끼 이야기입니다. 『베니스의 상인』에서는, 여주인공 포샤가 구혼자들에게 자신의 초상화가 들어 있는 것을 찾으라고 요구하는, 금·은·납으로 된 세 상자였습니다. 아시다시피 이런 선택 문제에서는 답은 항상 마지막 세 번째의 '가치 없어 보이는 것'입니다. 당연히 답은 납 상자입니다. 포샤는 가장 가치 없어 보이는 납 상자 안에 많은 재산의 상속녀인 자신의 초상화를 넣어두었습니다. '이야기의 진실'을 진즉에 알고 그것을 알아맞히는 총각에게만 결혼의 기회가 주어집니다. 물론, '눈에 보이지 않는 삶의 진실'을 아는 이가 진정한 권리자이겠습니다만, 그보다 더 중요한 것이 '이야기의 진실'이라는 것이 프로이트의 견해입니다. 아름답고 능력있고 현명한 신부를 차지할 수 있다는 것은 '세상에서 승리하는 자'가 될 수 있다는 것입니다. 프로이트는 '이야기의 진실'을 아는 자만이 세상에서 승리할 수 있다고 주장합니다. 많은 이들이 '이야기들은 원래 그래요'라고 말하고 넘어가곤 하는 것을, 프로이트는 짐짓 심각한 표정으로, '이야기의 진실이 무엇인지 아세요?'라고 묻습니다. 그가 꺼낸 자신의 심중 이야기는 인간들의 '죽음에 대한 무의식적 반응'입니다.

제가 갑자기 노사老師 프로이트의, 마치 '애정남'의 행투와 유사한, 듣기에 따라서는 엉뚱하고도 기발한 착상을, 뜬금없이 소개해드리는 것은 작금에 '3'이라는 숫자가 자주 눈에 띄어서 입니다. '왜 3인가?'라는 말이 여기저기서 자주 들려옵니다. '1도 아니고 2도 아니고 왜 3인가? 그 안에 무엇이 들어 있는가?'라는 말들이 '이야기의 진실'을 찾아서 헤매는 이들의 주된 관심사가 되고 있는 느낌입니다. 그래서 찾아본 것이 '세 상자의 주제'입니다. '세 상자의 주제'를 읽다 보니 또 한 가지의 동기도 첨가되었습니다. 문득 제 주변의 나이 든 미혼의 친구들이 생각이 났습니다. 그들은 한상 '금상자'만 찾고 있었습니다. '이야기의 진실'은 명백하게 '납상자'를 권합니다. 납상자 안에 '상속녀의 초상화'가 있다는 것은 이미 모든 이야기들이 증거하는 것입니다. 그런데도 불구하고 그들은 반드시 '금상자'를 엽니다. 껍데기에 집착합니다. 제 주변에는 친 조카, 친 형제(남매)처럼 지내는 골드 미스, 골드 미스터가 몇 사람 있습니다. 그들을 볼 때마다 일말의 죄책감마저 느낍니다. 인생의 선배로서 주어진 책임을 다 하지 못한 죄가 매우 크다는 염이(통석의 염?) 들 지경입니다. 그들에게 '이야기의 진실'을 제대로 설파하지 못하는 저의 우둔함과 게으름이 못내 부끄럽습니다. 이 글도 그런 자책감 소산이 분명합니다(웬 프로이트식 어조?). 일단 프로이트의 설명부터 들어보겠습니다.

여기에 나타나 있는 주제는 도덕적 해석의 대상일 수 있다. 이것은 희곡에서 납 상자를 선택한 구혼자가 자신의 선택을 정당화하는 말 자체에서 암암리에 드러난다. 납은 찬란한 겉모습으로 본성을 숨기려 하지 않으며 따라서 소박·겸손·진술을 상징하는 금속이기 때문이다. 그 젊은이는 이러한 품성을 존중한다는 사실로 인하여 눈부시게 아름다운 상속녀와 결혼하도록 지명된다. 그의 말에 의하면 진정한 아름다움은 금이나 은으로 미화할 필요가 없다. 그래서 가장 보잘것없는 겉모양, 곧 납 상자의 겉모양이 가장 마음에 들었던 것이다. 프로이트는 이러한 해석을 피상적이고 재미없는 것으로 여겨 제쳐놓는다.

프로이트는 또한 천체와 연결 짓는 해석도 받아들이지 않는다. 그러한 해석은 동일한 주제에 기반을 둔 세 상자 이야기와 몇몇 전설을 겹쳐 본 결과로 생겨난 것이다. 그 전설들에 따르면 각각의 상자는 어떤 특별한 천체계에 대응한다는 것, 이를테면 금은 태양의 세계에, 은은 달의 세계에, 그리고 납은 별들의 세계에 상응한다. 프로이트는 작업 방식을 거꾸로 바꾸어야 한다고 말하면서 이 해석을 거부한다. 천체와 관련된 주제에 의해 신화를 설명하려고 할 때, 실제로는 이미 인간적 사연의 반영인 어떤 것이 인간의 이야기에 투영된다. 왜냐하면 천체 신화란 인간의 모습이 투영된 것에 지나지 않기 때문이다.

그에 의하면 주제의 인간적 의미, 다시 말하자면 한 남자가 세 여자 중에서 한 여자를 고르는 선택에 주목하는 것이 중요하다. 왜냐하면 꿈속에서 상자·보석함·바구니 따위는 대개의 경우 여자를 상징하기 때문이다. 세 여자 중에서 한 여자를 선택해야 하는 이 상황은 세 여신 중에서 최고로 아름다운 여신을 고르도록 요청받은 파리스(그리스 신화에 나오는 트로이의 미남 영웅. 스파르타의 왕 메넬라우스의 부인 헬레네를 납치한다) 신화를 비롯한 여러 신화에서, 또한 세 자매 중에서 가장 볼품없고 가장 천대받던 처녀를 왕자가 선택한다는 신데렐라 이야기에서도 찾아볼 수 있다.

셰익스피어의 다른 희곡 『리어왕』에서도 매우 흡사한 상황이 발견된다. 이 희곡에서는 아내가 될 여자를 고르는 구혼자가 아니라 세 딸 중에서 하나를 선택하는 아버지가 등장한다. 늙은 왕은 세 딸이 그에게 보여줄 사랑의 정도에 따라 재산을 분배하기로 결심한다

(그래서 세 딸 가운데 두 명이 상속을 받게 된다). 두 언니가 요란스럽게 사랑의 맹세를 늘어놓는 반면에, 사실 가장 사랑이 깊은 막내딸 코델리아는 계속 말이 없고 언니들처럼 야단스런 사랑의 표시를 내보이지 않는다. 겉모습에 속은 리어 왕은 두 언니에게 왕국을 나누어준다. 그 결과 자기 자신뿐만 아니라 모든 이의 불행을 초래하게 된다.

▶▶▶ 막스 밀네르, 이규현 옮김, 『프로이트와 문학의 이해』(문학과지성사) 중에서

그렇게 길게 서론을 늘어놓은 프로이트는 엉뚱하게도 '3이라는 숫자의 상징성'을 '죽음'에서 찾습니다. 세 번째 상자인 '납'은 '창백하고 말 없음'의 표상으로 죽음을 뜻한다는 것입니다. 그의 말대로라면, 죽음 안에 가장 고귀한 것이 들어 있다는 겁니다. 리어 왕의 셋째 딸 코델리아도 마찬가집니다. 그녀는 가장 아름답지만, 가장 조촐한 모습을 보이고 가장 겸손하다는 겁니다. 왜냐하면 죽음의 상징인 '3', 즉 셋째 딸이기 때문입니다. 그들 '아름답고, 상냥하고, 바람직한 여성'들이 하필 '죽음'과의 친연성을 가지는 것, 그래서 '죽음'이 미화되는 까닭을 프로이트는, '반동형성'으로 설명합니다. '욕망이 낳는 반대의 것에 의한 어떤 것의 대체에서 생겨나는 효과'로 설명합니다. 인간은 자신이 필연적으로 죽을 수밖에 없다는 것을 압니다. 그러나 그 앎은 '현실의 저항'을 불러옵니다. 그래서 그것에 대한 반동으로 죽음을 표상하는 여자를 가장 아름답고 가장 바람직한 여자로 만든다는 겁니다. 기발하긴 했지만, 상당히 궁색한 설명이었습

니다. '포샤'와 '코델리아'는 '절대적인 아버지의 딸'로서 비슷한 인물이 아니라, 아주 상반된 인물(캐릭터)이었음에도 그 둘을 하나로 묶느라 이것저것 견강부회가 많았습니다. '반동형성'도 그렇습니다. 기왕에 '거부할 수 없는 무의식적 충동'을 끌어올 량이었으면 '죽음의 충동'이 훨씬 설득적일 수도 있었습니다. '죽음의 충동'을 프로이트가 만약 이 시기에 발견했었더라면(개발했더라면) '반동 형성' 같은 어설픈 설명으로 '사랑을 나타내는 여성과 죽음을 나타내는 여성이 하나의 심상으로 동일화되는 문제'를 굳이 장황하게 설명할 필요가 없었을 것입니다.

프로이트는 자기가 보고 싶은 것만을 보았습니다. 그는 인문학자로서 '죽음'에 대한 인간의 무의식적 반응을 알고 싶었습니다. 그래서 '3'에서 그것을 찾았습니다. 그 작업에 자신의 의지와 관계없이 동원된 것이 '포샤'와 '코델리아'였습니다. 그들과 함께, 수많은 다른 이야기들이 그 작업에 필요한 '문화적 매개'의 역할을 성실하게 수행하였습니다. 프로이트는 가공된 이야기들로 또 하나의 가공된 이야기를 만든 것입니다. 이를테면 통조림 같은 '가공된 식료품'을 사용한 '편의적인 한 끼 식사'를 만들어놓고는 그것이 '식재료의 풍미를 그대로 살린 일품 요리'인 것처럼 내놓았던 것입니다. 발상도 재미있고, 설명도 그럴듯하지만 아무래도 너무 '가공된' 스토리텔링이라는 느낌을 줍니다. 그런 식이라면, 그런 식의 '이야기의 진실'이라면, 인간의 이야기 본능 자체가 죽음에 대한 저항일 수도 있는 것이었습니다. 그리고 흔히 '예술적 틀'로 차용되는 이야기 속의 모든 '죽음'들은 일종의 '반동 형성'에 대한 또 하나의 '반동 형성'입니다. 대체로 주인공의 죽음은 작품의 결말을 알려주는 기호가 됩니다. 그 많은 작품 속의 '주인공의 죽음'은 무엇으로 설명될지 궁금합니다.

그러니까, 프로이트 자신이 행한 대로, 그의 정신분석적 해석 역시 도덕적 해석, 천체와 연결짓는 해석 등과 함께 그 누군가의 '해석'에 의해 거세될 운명에 놓인 것입니다. 저는 '3'이라는 숫자가 '다多'의 다른 이름이라는 견해에 동조합니다. 그리고 결과는 늘 의외의 것으로 다가온다는 인생의 진리를 '3'이라는 숫자가 담고 있다고 생각합니다. 그것 이외의 화소話素들은 어쩔 수 없이 '첨가되고 혼합되어, 복잡하고 재미있게 만드는 요소'에 불과하다는 해석을 지지합니다. 어쩌면 '3'이라는 것 자체가 이미 '첨가되고 혼합된' 이야기 요소일지도 모릅니다. '3'이라는 숫자는 결국 반전에 또 한 번의 반전을 가미한 것이기 때문입니다. '인생은 네가 예상한 대로는 절대로 이루어지지 않는다. 그게 바로 인생이다', 포샤든 코델리아든 모두 그 이야기를 전달하기 위해 기용된 '연기력 좋은' 배우들이었다는 겁니다. 저는 그 해석이 좋습니다.

살다 보면, 우리 앞에도 가끔씩 '세 상자의 선택'이 주어질 때가 있습니다. '나의 포샤'가 나타나 그녀의 아버지의 유언에 따라 내게 금·은·납으로 만든 세 개의 상자 중에 자신의 초상화가 들어 있는 상자를 선택하라고 말합니다. 어떻게 보면 우리는 모두 그런 날이 오기를 기다리며 삽니다. 그럴 때면, 내일 당장

죽더라도, 할 수만 있으면 '금'을 택할 것이라고 굳게 마음먹고 기다리고 있습니다. 인생 뭐 별 것 있겠습니까? 금으로 된 상자를 안고, 그것이 주는 행복이 하루든 일 년이든, 멋지게 한 번 꼭대기에 앉아보는 것이 내 소원이라고, 그렇게 다짐합니다. 부평초 같은 한평생, 산다는 게 결국은 '음식남녀', 식색에 대한 욕망의 충족 아니겠습니까? 보통 그렇게 생각합니다. 그래야 정상입니다. 인생은 짧고, 할 일은 딱히 없습니다. 실제로 현실에서 '금'을 두고 '납'을 고른다는 것은 변태일 공산이 큽니다. 그것들은 사실 상 '이야기 속에나 있는 것'들일 공산이 큽니다.

제 경우는 두 가지쯤으로 요약되는 것 같습니다. 일단 '세 상자의 선택' 자체가 주어지지 않았던 것 같고요(늘 한 개밖에 없었습니다), 어쩌나 눈에 무엇이 씌어서 '세 상자의 선택'인 줄 알고 덤벼들었다가 지뢰밭에 들어간 경험밖에 없는 것 같습니다. 저 정도 살아본 분이라면, 그리고 이 글을 읽는 분 정도라면, 그런 느낌이 저에게만 드는 것이라고는 생각하지 않으실 것입니다. 그렇지는 않을 거라고 믿습니다. 사는 게 결국은 오십보백보니까요. 그러니, 혼기를 늦추고 있는 미혼의 남녀들은 '상자 고르기'에 시간과 정열을 낭비할 필요가 없을 듯합니다. 어차피 내 상자(모자?)는 언젠가 혼자서('세 상자'일 때는 거의 없습니다), 스스로 뚜껑을 연 채로, 나를 찾아올 것이기 때문입니다. 그때 그냥 눈 딱 감고 그 안에 들어가기만 하면 되는 겁니다. 그 안에 포샤도 있고 코델리아도 있습니다. 명심할 게 있습니다. 그들은 절대 상자 밖으로는 나오지 않는다는 것.

일본은 있다

연 이틀, 사범 연수다 뭐다 해서 여기저기 차를 몰고 다녀오는 무리한 일정을 소화해낸 탓으로 초저녁부터 이불 속에서 비몽사몽, 꿈속을 헤매고 있는데 누군가 정문頂門에 일침을 놓았습니다. TV 속에서 하는 말이었습니다. 쇳소리를 내는 음성을 가진 패널 한 사람이 열변을 토하고 있었습니다. 고전음악이나 동서양 미술 등을 다루는 문화 예술 관련 교양 프로그램이었던 모양입니다. "일본을 무시하는 나라는 우리나라밖에 없습니다. 중국은 일본을 싫어하지요(무시하는 것은 아닙니다)." 얼마 전에 이런저런 이야기로 '일본을 무시한' 전력이 있었던(감언이설甘言利說, 도깨비 이야기) 저로서는 귀가 번쩍 뜨이는 말이었습니다. 들어보니 일본의 우키요에浮世繪 이야기였습니다. 예의 그 패널 중의 한 사람이 목소리를 높여 그 일본 특유의 판화에 대해서 설명을 이어나가고 있었습니다. 우키요에는 일본색의 한 정형을 보여 주는 판화 그림을 지칭하는 말입니다. 일본(풍) 음식점에 많이 걸려 있는 미인도나 무사도, 후지산이나 파도 그림 같은 것들이 바로 그것입니다. 흔히 일본 하면 떠오르는 것 중의 하나입니다. 누가 봐도 일본을 대표하는 상징성을 가진 문물 중의 하나입니다. 판화이기 때문에 여러 번 인쇄가 가능해서 특정 지역의 기행기록이나 신문의 삽화, 그림 달력絵曆 제작에도 많이 이용되었다는 그림입니다.

제가 그 이야기에 귀가 솔깃했던 것은 젊어서 한 때 우키요에에 매료된 적이 있었기 때문입니다. 어떤 잡지에서 한 장 오린 것을 책상 앞에 붙여놓고 몇 년을 보낸 적이 있었습니다. 미인도였습니다(지금은 어디 갔지?). 여자의 뒷덜미를 특히 강조했던 그림이었습니다. 여자의 신체 중에서 그쪽이 그렇게 매혹적이라는 걸 그때 처음 알았습니다. 제대로 한 번 페티시즘을 겪은 셈입니다. 저에게 또 감명(?)을 준 것은 '보이는 대로 그리지 않고 원하는(생각나는) 대로 그린' 화풍이었습니다. 현실에는 없지만 언젠가(꿈?) 제 곁에 있었던 듯한 여자의 얼굴이 거기에는 있었습니다. 흐릿하지 않은 확실한 그림체와 대담한 구도, 그림자 표현이 없는 단순하고 선명한 윤곽, 미감을 자극하는 도발적인 채색, 대상의 완벽한 재현이 아니라 주체의 깊은 욕망을 거리낌 없이 묘사해내겠다는 인간의 의지(화가? 시대?), 그런 것이

좋았습니다. 한편으로는 또 그 화려하지만 자신을 끝내 다른 것들과 하나로 만드는 조화롭고 선명한 색감에 많이 도발되었습니다. 분홍과 자주 사이의 보라에 가까운 간색間色과 마치 고향 바다와 같은 깊은 정감을 선사하는 짙은 청색(남색에 가까운)이 특히 좋았습니다. TV 속의 이야기를 들으니, 그들이 주로 사용하는 자극적인 색채 중의 하나가, 바로 그 딥블루deep blue, 藍色(독일에서 처음 만들어진 인공안료 베로아이ベロ藍)였다고 합니다. 서양의 물감을 수입해 사용한 것이라고 했습니다. 제가 매혹된 그 색감이 서양 물감이었다니 꽤나 의외였습니다.

'우키요浮世'라는 말은 본디 부박한 세상이라는 뜻입니다. 그러니까 우키요에는 우리의 단원이나 혜원이 보여준 풍속화의 일본판이라고 보면 됩니다. 그들의 '의식'에 일본식의 가공이 덧보태어진 것이라고 보면 되지 싶습니다. 지금의 도쿄에 해당하는 관동의 에도나, 구시대의 중심이던 관서의 오사카, 교토 등지의 도회지 이곳저곳에 퍼져 있던 현대풍의 새로운 문화들도 우키요에 안에 많이 포착되고 있습니다. 혹자는 이 말의 유래가 똑같은 발음의 다른 말인 '우키요憂き世', 즉 '근심어린 세상'이라는 말이라는 주장도 펼칩니다. 불교의 극락정토와 대비되는 생로병사가 전개되는, 꺼리고 멀리해야 할 근심스럽고 걱정스러운 세상이라는 뜻이라는 겁니다. 만약 그런 의미가 노골적으로 인식되고 있었다면 우키요에는 단순한 풍속화가 아니라 무엇인가를 뛰어넘으려는 (역설적인) 초월의 의도가 짙게 배어 있는, 일종의 세속성화世俗聖畵로도 해석될 수 있는 것입니다.

어쨌든, 그 TV 패널의 말대로 우리는 너무 일본을 무시하는 것 같습니다. 『일본은 없다』라는 책이 베스트셀러가 된 배경에도 그런 집단적인 회피심리가 있었던 것 같습니다. 어제 있었던 전국 검도 사범 연수회 때의 소감도 그랬습니다. 검도계 원로 선생님들의 강의는 주로 일본 타파를 주제로 할 때가 많습니다. 우리의 검법이 세계 최고最高의 것임을 증거하는 일화나 젊은 시절 세계대회 때의 무용담이나 일본에 가서 그들을 압도한 이야기들이 주종을 이룹니다. 한 선생님이 비교적 사실적으로 말씀을 하셨습니다. 일본과 우리의 세력을 비교해 보면 대략 15대 1 정도라는 말씀과 개인적으로 보면 누구하나 우리에게 뒤지는 인품이 없다는 말씀을 하셨습니다(그런데 국가 간 대결만 벌어지면 야비하게 바뀐다는 것도 강조하셨습니다). 우리 선수들을 이끌고 일본 경시청 검도 특련特鍊을 초토화시킨 무용담도 재미있었습니다. 경시청은 일본 검도(자기들은 세계 검도라고 여깁니다)의 총본산입니다. 지금도 스스로 무도 정신의 수호자라고 자처합니다. 거기를 쳐들어가 경시총감이 보는 앞에서 평생 검도만 하는 검도 특련원들과의 시합을 승리로 이끌었다는 것은 누가 봐도 대단한 성과입니다. 시합에 진 뒤 그들이 30분 동안 눈물을 흘리며 감독의 정신훈화를 듣고 있더라는 이야기도 재미있었습니다. 그런데 선생님이 연로하신 탓인지 사람 이름을 통 기억하지 못하셨습니다.

"거 왜 있잖아, 퉁퉁한 친구, 경시청 주석 사범하던…"

그러시고 우리한테 도리어 물으십니다.

"하마자키濱崎요?"

"아니, 두 자야, 두자."

"엔도遠藤요?"

"그래, 맞아 엔도. 그 친구가…"

이런 식입니다. 두어 번을 더 선생님의 치매성 물음에 그런 식으로 이름을 댔더니 좌중이 다 저를 쳐다보고 웃었습니다. 모르는 이들은 이 노부老父를 아마 친일파로 여겼을지도 모르겠습니다. 저는 단지 "나를 알고 적을 알면 싸워도 위태하지 않고, 나를 알고 적을 모르면 반타작, 나도 모르고 적도 모르면 매번 깨지게 되어 있다知彼知己 百戰不殆 不知彼而知己 一勝一負 不知彼不知己 每戰必敗" 는 말씀을 나름 좀 깊게 새겼을 뿐이었습니다만.

일본은 있습니다. 무시해서는 안 될 존재입니다. 우리에게는 마치 '강물의 악어'와 같은 존재입니다. 그들 포식자들이 있어야 강물 생태계가 조절되듯, 일본이 가까이 있어야 우리가 좀 더 긴장합니다(덤으로 악어가죽도 공급이 됩니다). 가제본 된 『일본은 없다』를 보고 "최소 50만부는 팔리겠네요"라고 말했더니 마침 저희 집에 놀러왔던 그 출판사 사장님이 깜짝 놀라며 "만약 그렇게만 된다면 당신 책을 낼 때 광고를 무한정 내주겠다"고 공언했습니다. 언젠가 여기서 말씀드렸던 적이 있지만 그때(1990년대 초)는 모종의 어떤 '흐름'이 있었습니다(응답하라 1994?). 당시에는 당시의 '황금 풍뎅이'가 있었습니다. 남도소리(회복되어야 할 가치), 양김 시대(문민정부와 국민의 정부), 전통회복(우리 것이 좋은 것이여!), 심청가(아이고 아버지!), 눈물(회한어린 의례), 서편제(오래된 약속) 같은 동시대의 기표들은 그냥 주어진 것들이 아니었습니다. 일종의 '동시성의 원리'로 해석되어야 할 것들이었습니다. 모두 '황금 풍뎅이'였습니다. 거기에 딱정벌레 하나가 편승한 것입니다. '일본은 없다'라는 허위전환이 그 틈새를 공략한 것이지요. 안에서나(서편제) 찾던 것을 밖에서(일본은 없다) 억지로 찾은 것입니다. 우리 것에 대한 '미친 자부심(정체성 재인식에 대한 맹목적인 열망)'이 그런 엇박자를 내게 한 것입니다.

그 '광고 약속' 때문만은 아니었지만, 어쨌든 그 자극에 촉발되어 나온 것이 저의 검도수련기 『칼과 그림자』였습니다. 이를테면 그 '약속의 말씀'이, 마치 우키요에처럼, 저에게 묘한 이국적 느낌을 주며 모종의 도발을 해 온 것이었습니다. 부박한 세상을 그렇게라도 뛰어넘어야지, 그런 생각도 들었는지도 모르겠습니다. 물론 그 책은 전혀 팔릴 책이 아니었습니다. 다른 것은 다 차치하더라도, '검도'하면 '일본'이기 때문에, 부득불 '일본은 있다'라고 주장할 수밖에 없는 책을 그 시절에 누가 사서 보겠습니까? 그냥 내 안에 있는 것만으로, 손 안 대고, '나'를 인정받고 싶었던 때에 '너를 바꿔라'라고 권하는 것은 환영받는 코드가 아니었습니다. 그 시대의 황금 풍뎅이가 아니었습니다. 다 아는 사실이었습니다. 그렇지만, 고교시절 검도를 배웠다던 그 출판사 사장님은 그 '무한정 광고 약속'을 지켰습니다. 제 친구의 친구였던 그는 지금 생각해도 좋은 친구였습니다.

우키요에는 일본의 대중문화의 일부이며, 현대의 미술 전시처럼 액자에 넣어서 멀리서 감상하는 형태가 아닌, 손에 들고 살펴보며 즐기는 형태였다. 개중에는 그림을 오려서 가지고 노는 형태의 그림도 있다. 우키요에는 17세기의 후반에 들어와, 히시카와 모로노부의 단색 그림 작품들을 필두로 많은 인기를 끌었다. 초창기에는 인도 묵만이 사용되었으며, 나중에 붓으로 색상을 덧입힌 형태였으나 18세기에 스즈키 하루노부가 비단에 여러 색상을 사용한 니시키에를 발명하면서부터 본격적으로 발전하게 된다.

우키요에는 대량생산이 가능했다. 그 이유로 부유하지 않아 원화를 고가에 구입할 수 없었던 도회지의 서민들에게 많이 환영받았다. 우키요에는 처음에는 마을의 일상생활, 특히 유곽의 어여쁜 창부들, 스모 역사들과 유명한 가부키 배우들의 초상화나 특별한 예술 공연 등의 모습이나 특정한 장면을 많이 담았다. 이후에는 풍경화도 널리 제작되었다. 정치적인 주제 혹은 권력층의 모습은 그다지 많이 등장하지 않는다. 섹스 또한 공공연히 다루는 주제는 아니었으나, 적지 않은 우키요에 작가들은 따로 춘화春画를 내기도 하여, 때로는 이 때문에 벌을 받는 경우도 있었다.

우키요에 자체는 메이지 시대에 들어와 사진 · 기계인쇄 등의 기술의 발전으로 인해 쇠퇴하였으나, 당시 유럽인들에게 주목을 받아, 특히 프랑스의 인상파 작가들에게 영향을 주기도 하였다. 우키요에의 기법은, 여러 분야에 전해 내려졌으며, 일본의 만화 및 애니메이션에 영감을 주었다.

만지는 것의 즐거움

저만의 느낌은 아닐 거라고 생각합니다. 나이 들수록 만지는 것의 즐거움이 남다릅니다. 옛날에는 그저 무심히 만지던 것들도 요즘은 가급적 '느끼면서' 만지려고 노력합니다. 만약 이런 촉수觸手의 축복이 없었다면 인생이 얼마나 허전했을까라는 생각도 막(?) 듭니다. 그래서인지 요즈음은 천직인 '가르치기'도 일일이 손으로 만져본 것들로만 채워야 직성이 풀립니다. 그냥 보고 안 것이나 들어서 깨친 것들은 잘 가르치지 않게 됩니다. 그렇게 되니 교직 생활이 좀 편해지는 것 같습니다. 우스개소리로 누가 말했지요. 30대 교수는 어려운 것만 가르치고, 40대 교수는 중요한 것만 가르치고, 50대 교수는 아는 것만 가르치고, 60대 교수는 생각나는 것만 가르친다고요. 10년 전쯤에 유행했던 이야깁니다. 그 말이 하나 틀린 게 없습니다. 저도 30대 때 가르친 것들은 지금 하나 기억에 남아 있질 않습니다. 그 시절 제자가 찾아와서 '그때가 좋았습니다'라고 이것저것 회상하는 경우도 간혹 있습니다. 개중에는 지금 30~40대 교수님(강사 포함)도 있습니다. 제가 가르친 것을 조목조목 들어서 상기시키기도 합니다. 그러면 저는 당황스럽습니다. 그때 그런 것도 가르쳤었나? 열에 아홉은 그렇게 반문합니다. 지금 생각하면 마치 구름 위를 걸어다닌 느낌입니다. 40대에 들면서는 사정이 바뀝니다. '기억의 습작'이 좀 있습니다. 무엇을 하고 싶었는지, 막상 실제로 할 수 있었던 일은 무엇인지, 욕망과 좌절의 기억이 그대로 남아 있습니다. 가르치는 일에도 졸가리가 좀 섰던 것 같습니다. 10년 만에 하나씩 '레퍼토리'가 생겼던 것 같습니다. 그때마다 문학이야기 책도 두어 권씩 썼습니다. 50대에 접어들면서는 '하고 싶은 것'에 대한 미련을 끊고, '할 수 있는 것'에만 매달렸던 것 같습니다. 주로 그런 것들을 '만지며 즐기기'에 몰두했습니다. 요즘 제가 쓰고 있는 글들이 그런 것들입니다. 조금만 어설퍼도 다 내다버리고 제 손 안에 든 것만 쓰고 있습니다. 제 손에 쏙 들어오지 않는 것은, 꼼꼼히 만질 수 없는 것은, 미련 없이 갖다 버립니다. 그런 것 없어도, 제가 '느낌 아는' 것만, 직접 손으로 만질 수 있는 것만, 다 쓰려 해도 늘 시간이 부족하다는 느낌입니다. 욕심을 버리니 오히려 몸도 가벼워집니다. 60대가 되면 또 어떻게 바뀔지 모르겠습니다. 또 가 봐야 알겠습니다.

요즘 들어 교직이 편해진 이유가 또 하나 있습니다. 학생지도 와 관련해서입니다. 요즘은 부적응증을 호소하는 아이들이 거의 없습니다. 모두 건전하고 성실하고 생활에 투철합니다. 옛날에는 한 반에 두어 명씩은 '생각이 많은 아이들'이 꼭 있었습니다. 다른 학교로 가겠다고 졸라서 휴학도 하고, 방황도 하고, 정치적인 투쟁에도 많이 나섰습니다. 지도교수로 겪는 가슴앓이가 적지 않았습니다. 그런데 지금은 확연히 그렇지 않습니다. 오히려 임용 상황은 더 좋지 않게 되었는데도 아이들은 훨씬 더 밝고 구김살이 없습니다. 시쳇말로 매사에 쿨합니다(성적에 대한 이의 제기도 날이 갈수록 줄어들고 있습니다). 늙은 선생까지 덩달아 쿨해지는 느낌입니다. 왜 그럴까? 생각해 봅니다. 혹시, 지금 세대들은 '생각하는 세대'가 아니라 '만지는 세대'이기 때문이 아닐까요? 문득 그런 생각이 듭니다.

우리는 만질 수 있는 물건을 좋아한다. 그것은 실재하며 무게가 있다. 놓으면 그냥 땅에 떨어진다. 실재하는 물건은 또한 특별한 가치를 지닐 수 있다. 스트라빈스키가 켜던 바이올린, 제임스 조이스가 사용하던 펜, 부처가 베고 누웠던 목침 등이 그러한 예들이다. 이것들은 우리가 마음속으로 새긴 감성적 가치를 수반하기에 동시대의 같은 물건보다 더 소중히 여겨진다. 〈진품〉 개념은 물질적인 수준에서는 이해될 수 없는 무형의 에테르 같은 것이다.

전통적으로, 어떤 물건이 신화적 가치를 지니려면 역사나 혈통에 연계되어야만 했다. 한줌의 빵이 그리스도의 육신으로 성화되는 일은 여느 개인의 거실에서 일어나지 않는다. 사무라이의 칼이나 부활절 달걀, 또는 미국 헌법 원본이 한 개인이나 제도로부터 다른 사람이나 제도로 전승되는 까닭은, 그 수용자가 신청이나 의례를 통해서든 아니면 런던의 미술품 경매상에서 막대한 돈을 지불하고서든 개별 물건의 가치를 인정하고 또 거기에 충실하기 때문이다.

오늘날 젊은이들이 열렬히 추구하는 각종 이단 사상은 무엇보다도 물질적인 것에 가치를 부여할 권리를 되찾기 위한 것이다. 뒷골목에서 행하는 주술행위는 쓰레기통의 뚜껑도 성스러운 음반으로 탈바꿈시킨다.

▶ ▶ ▶ 더글러스 러시코프, 김성기·김수정 옮김, 『카오스의 아이들』 중에서

언제가 여기 페이스북에서, 우리 시대에 와서 공간空間 개념이 바뀌면서 '이웃'의 의미와 가치도 많이 바뀌어 간다는 말씀을 드린 적이 있습니다. 네 이웃에게 잘 하는 것이 곧 인류 전체에 대한 기여고 공헌이라는 취지였습니다. 프로슈밍이라는, 화폐경제 밖에서의 경제활동도 궁극적으로 '이웃 사랑'의 차원에서 이루어질 때 비로소 그 진가가 발휘되는 것이라고도 말씀드렸습니다. 『부의 미래』(앨빈 토플러)라는 책에서 강조하고 있는 내용을 인용하면서 그런 말씀을 드린 적이 있습니다. 그래서 '그리스도의 몸'이라는 사제의 말씀에 '내 이웃의 몸'이라는 말로 화답하자는 제안까지도 드렸습니다. 그런 식으로 우리 시대에 일어나고 있는 혁명적인 인간관계의 변화를 실감하자고 했습니다. 이를테면 '가장 가까이 접촉할 수 있는 타자'로서의 이웃에

대한 사랑이 결국은 우리의 삶을 행복한 것으로 안내하는 키워드가 된다는 이야기였습니다.

인용문에서도 밝히고 있지만 우리 시대에 와서 크게 대두된 것 중의 하나가, 실재하는 물질, 물체, 관계에 대한 존중입니다. '접촉'에 대한 애착의 정도가 이전보다 훨씬 더 강화되고 있습니다. 새로운 세상은 생각으로 소유하는 것보다는, 접촉으로 소유하기를 원합니다. '만질 수 있는 것'에 대한 선호가 더 강해지고 있다는 것입니다. 물건이든, 육체든, 만질 수 없는 것은 이제 2류나 3류로 전락합니다. 심지어 '만지는 것'에도 등급이 매겨집니다. '터치'의 질감까지 차별화합니다(스마트폰 광고). 마우스를 움직여 클릭이라는 간접 경로를 통해 접속되는 것까지도, 그 편한 행위마저도, '만질 수 있는 것'에 대한 선호를 배반하는 것이기 때문에 퇴출됩니다(아이패드). 직접 터치해야, 직접 찍고 직접 밀어야, 직성이 풀립니다.

변하는 것은 또 있습니다. 이야기도 바뀝니다. 전통적인 선형적 스토리가 사라지고, 비선형적 스토리들이 새로운 스토리텔링의 총아로 등장합니다. '이해'보다는 '느낌'이 중요합니다. 전체적인 줄거리보다는 그때그때의 현장감 실린 공감이 중요합니다. 그것도 결국은 '만질 수 있는 것'에 대한 선호와 관련이 있습니다.

이제 세상은 변했습니다. 사람들은 이제 '만질 수 있는 것'을 좋아합니다. 그래서 그들은 더 건강해 보입니다. '생각' 대신에 '만짐'을 통해서 그들은 실재하는 것들을 직접 확인합니다. '만질 수 있는 것'으로 존재해야만 '진리'로 인정됩니다. 주어진 '생각'에 매달리는 것은, 이중성은, 배트맨이나 슈퍼맨처럼 가면 쓴 자들에게나 필요한 것입니다. 태어나면서부터 돌연변이인 닌자 거북이들에게는 '생각'이 필요 없습니다. 기존의 것들로는 자기 스스로를 정의할 수가 없습니다. 그들은 오직 하루하루의 경험으로만 깨닫습니다. 좀 과장되게 말한다면, 이제 생각으로 주어진 선과 악은 존재하지 않습니다. 세상은 선과 악으로 나누어지는 것이 아니라, '만질 수 있는 것'과 '만질 수 없는 것'으로 나누어집니다. '생각'이 지배하던 시대는 갔습니다. 그런 것은 선형적 스토리가 지배하던 시절의 유물, 오래된 악습입니다. 지금 우리에게 '만질 수 없는, 주어진 것들'은 괴물입니다. 그것들은 공연한 공포와 위협만 주는 괴물입니다. 그래서 우리가 가장 싫어하는 것은 누구나 '만질 수 있는 것' 혹은 '만질 수 있어야 하는 것'을 못 만지게 하는 권력입니다. 못 만지게 하거나, 아무도 '만질 수 없는 것'으로 치부하는 것이야말로 가장 큰 악입니다. 이를테면 '공공의 적'입니다. 무엇이든 '주어진 생각'을 강요하면, 십중팔구 악으로 몰립니다.

사족 한 마디

제가 속한 베이비 붐 세대는 특히 적응력이 강합니다. 전쟁에서 살아남은 생명력이 '몸'을 얻어 세상에 나온 것이 바로 우리 세대입니다. 누구보다도 빨리 가면을 벗고, 이중생활을 청산하고, 맨 얼굴을 요구하는 페이스북에 능동적으로 참여하고 있습니다. '만질 수 있는 소식'들을 서로 주고받으며 그들의 자신의 여생을 충분히 새롭게 만들어가고 있습니다. 서로를 좀 '만지며 살아야' 되겠다고 이구동성으로 외칩니다. 이 아름다운 세상, 향기롭고 부드러운, 만질 것 많은 이 세상을 그냥 그렇게, '생각' 속에 파묻은 채 그냥 보낼 수는 없다는 겁니다. 지금 우리에게 필요한 것은, 김수철의 노래가 아니더라도, '나두야 간다'일 것 같습니다.

독점과 경계

'지구 크기로 생각하며, 지역에서 행동한다Think Globally, Act Locally'는 말이 요즘 자주 귀에 들립니다. 제겐 큰 울림을 선사하는 말입니다. 저도 '네 이웃이 세계다', '네 이웃의 몸'이라는 말들로 그런 생각을 표현한 적이 있었거든요. 제가 그 이야기를 처음 꺼내기 이미 10년 전에 그런 생각들이 그렇게 본격적으로 유포되고 있었다는 걸 이번에 알았습니다. 제 견문이 좁은 탓에 이제 와서야 알게 된 것입니다. 어쩌면 그때 이미 그런 취지의 말들을 들었던 적이 있었는지도 모릅니다. 다만 그때는 실감으로 다가오지 않아서 한쪽 귀로 듣고 다른 한쪽 귀로 흘렸는지도 모르는 일입니다. 그 이후로 무의식에 내려앉아 있던 그것이 이제 와서 부상하고 있는 것인지도 몰랐습니다. 그게 맞을 것 같습니다. 저 같은 시골무사가 혼자서 무얼 생각해낸다는 건 좀 아귀가 맞지 않는 일입니다. 어쨌든, 저는 그 생각과 '뉴애니미즘'이라는 말을 한데 묶어서 '느끼고' 있습니다. 그 이유는 잘 모르겠습니다. 그냥 '느낌'입니다. 오늘은, 우리 시대에 놀라운 속도로 이루어지고 있는 '독점과 경계의 해체'에 대해서 같이 생각해 보고 싶습니다. 일단은 그게 저의 눈에 포착된 '뉴애니미즘' 현상의 일부라는 것만 말씀드리겠습니다.

제가 생각하는 '뉴애니미즘'의 첫째 징후는 '독점'의 해체입니다. 힘 있는 자들이 자신들의 기득권을 지키는 방법은 고래로 동일합니다. '독점'입니다. 문자(지식)를 독점하거나, 경전을 독점하거나, 땅(자본)을 독점하거나, 무기를 독점하는 것으로 그들은 자신들의 힘을 유지해 왔습니다. 산업사회, 기술사회로 진입하면서 '독점'의 대상도 바뀝니다. 원래 현대의 비밀 결사, 도당, 그리고 기타 엘리트 집단들은 일반 대중들이 알지 못하게, 상식 세계 밖에서, 기술을 마술적인 것으로 만들면서 기술에 대한 독점력을 유지해 왔습니다. 물질과 정보라는 구분을 인위적으로 부과해서 현실 세계의 영역을 자의적으로 분할하면서(그것은 마치 과거 '육체와 정신'으로 인간을 분할하던 것과 같습니다). 그런 식의 분리를 통해 자신들의 영역을 배타적으로 보호해 왔다는 것입니다. 이를테면, '물질은 나누어 줄 수 있지만 정보는 나누어 줄 수 없다'는 식입니다(법전은 줘도 법은 줄 수 없다?). 정보의 독점을 마치 능력의 소유로 착각하게 만들어 자신들의 특권의식을 정당화해 왔다고도 할 수 있습니다. 그러나 이제 그 정보의 독점 체제가 심각한 도전에 직면합니다. '안철수 현상'을 예로 들어 보겠습니다. 안철수 현상의 시발점은 '안철수 무료 백신'입니다. 우리 민족에게 그것은 세종대왕의 훈민정음 반포와 비슷한 의미를 지닙니다. 의미 있는 사회 현상으로서의 '독점의 해체'가 그렇게 이루어집니다. 그 외에도 무료 신문, 인터넷 방송, 촛불 시위, '나가수'나 K팝 같은 모든 문화현상은 우리 사회가 애써 유지해 온 '독점의 체제'가 적나라하게 무너지고 있는 현상을 뚜렷하게 보여주는 것들입니다.

앞으로는, 존재하는 모든 '기득권들' 더 이상 자신들이 누리던 독점적인 지위를 자신들의 후계자들에게 '독점적으로' 물려줄 수 없게 되는 날이 올 것입니다. 이미 법률이든, 경영이든, 의술 이든, 과학이든 후계자 양성의 컬트적 훈련과정이 그 패거리의 가치와 지위를 계속적으로 유지 존속하는 데 봉사할 수 없는 상황이 도래하고 있습니다. 의료계나 사법계에서 드러나고 있는 구성원들 간의 여러 가지 불협화음들이 그 징후라고 생각됩니다. '독점의 해체'는 독점적 체제를 유지하던 기간 조직 안에서 이미 이루어지고 있습니다. 옛날에는 세상이 돌아가는 이치를 알고 있는 누군가가 있다는 것이 즐거운 일이었습니다. 전문 가들이 기꺼이 그 작위爵位를 받아들이는 것처럼 우리 역시 전문 가들에게 기꺼이 그 소임을 위임했습니다. 그러나 이제 세상이 바뀌었습니다. 더 이상 전문가의 군림을 용납하지 않습니다. 전문가에게만 인정되던 '영혼'이 이제는 모든 구성원들에게 골고

루 분배되고 있습니다. 비전문가에 의한 전문가 집단의 통제가
진정한 민주사회 건설의 초석이라는 것을 이제는 모두가 인정
하고 있습니다. 이제 더 이상의 독점은 없습니다.

'뉴애니미즘'의 두 번째 징후는 '경계의 해체'입니다. 우리 사
회의 젊은 세대(2030)들에게 이미 뚜렷하게 하나의 지배적 성향
으로 나타나고 있는 경향입니다. 그 현상에 대한 간단명료한 요
약이 있어 소개합니다.

게임에 몰두하고 있는 젊은 사이버 족들의 태도와 반응을 유심히
살펴보면, 그들은 정보와 물질, 기계와 사고, 일과 놀이, 나아가 종교와
상업에 대해 전혀 구분을 두고 있지 않다는 점을 알 수 있다. 가장된
것이든 강요된 것이든, 엄숙성이 뼛속까지 침투해 있는 그들 부모 세
대들과 그들은 전혀 다르다. 그들, 디지털 영역의 선두 주자인 사이버
족들은 우리가 살고 있는 세계에 대해, 매우 이단적인, 그로테스크한
마술적 관념을 가지고 있다. 매개적 기술이 제공하는 환상적, 탈 육체
적 경험은 냉철한 합리주의자의 사회를 만들어내기보다는 이교적인
심령주의 세대를 양산하고 있는 것처럼 보인다. 그들은 스스로 신화를
쓴다. 그들은 신화와 현실을 구분하지 않는다. 그들의 기술에 대한 헌
신과 집착은 기본적 진리에 대한 열정, 신원시주의적, 마술적 세계관
들과 항상 공존한다. 그들은 그런 의미에서 이중적이고, 선형적이 아
니다. 스크린 세대에게는 이러한 것들이 상충되는 삶의 전략들이 아니
라 상시(常時) 변화를 위한 필수적이고 조화로운 동인들이다.

▶▶▶ 더글러스 러시코프, 김성기·김수정 옮김, 『카오스의 아이들』 중에서

'독점의 해체'가 수직적 관계에 있어서의 관계의 변화라면, '경계의 해체'는 수평적 관계에 있어서의 관계의 변화로도 볼 수 있습니다. 전혀 어울릴 수 없는 것들도 한데 어울릴 수 있고, 합리와 비합리, 이성과 감정이 공존하는 카오스적 세계관의 대두가 자연스럽게 받아들여지고 있습니다. 과거에는 볼 수 없었던, 힘 있는 것들에 대한 무모할 정도의 도전과 조롱, 과거와의 단절, 마술적 세계관의 통용通用 등, 이른바 탈권위주의와 신원시주의적 애니미즘의 대두와 공존은, 향후 우리 시대의 정치적 지형도를 그동안 우리가 전혀 본 적이 없는 새로운 것으로 창출해 낼 수 있을 것으로 예견됩니다. 그렇게 될 경우, 이제 역사는 아무런 의미 있는 조회처가 되지 못합니다. 더 이상 거울도 아니고 자명고도 아닙니다. 그저 낡은 유물일 뿐입니다. 뉴애니미즘의 마법사들에게는 오직 미래만 있을 뿐 과거는 없습니다. 역사는 이제 머글들의 위안처일 뿐입니다. 아직도 힘의 원천이 자신들에게 독점되어 있다고(있어야 한다고) 믿는 머글들에게만 그것은 유효할 뿐입니다.

아버지의 이름

"가족을 먹여 살려야 할 때, 홀로 깨달음을 구해서는(그런 공부를 해서는) 안 되는 것이더군요." 한 젊은 직장 동료가 그렇게 말했습니다.

"그것 모르면 아버지가 아니지, 지애비도 아니고."

당연한 이야기가 아닌가? 그런 표정을 지으며 저는 그렇게 대답했습니다. 평생, 가족부양의 의무 앞에서 오금을 펴지 못했던 저로서는 그런 반역(?)을 감히 상상도 해 보지 못했기 때문이었습니다. 학업이든 창작이든 오락이든 구도든, 직업을 가지고 가족을 부양하는 일 앞에서는 항상 2순위로 밀렸던 것이 저의 삶이었습니다.

후배 동료의 말을 더 들어보니, 나이 오십이 되면 생업과 가정을 등지고 숲속으로 들어간다는 인도의 어떤 종교(계급) 쪽 이야기였습니다. 그 전까지는 모든 열과 성을 다해서 가족을 부양하고 그 나이가 되면 훌훌 털고 진정한 자기를 발견하기 위해서 구도의 길로 들어선다는 것이었습니다.

"마지막 단계에서는 구루(자아를 터득한 신성한 교육자)를 만나야 한다던데요?" 그렇게 또 그 친구가 덧붙였습니다. 그 말에도 저는 심드렁했습니다. 그 나이에 천행天幸을 얻어 구루를 만난들 무엇 하겠는가? 인생 말년에 그저 조용히 늙어갈 일이지, 그 나이에 득도를 하고 해탈을 한들 또 무엇 하리오, 다 부질 없는 일이지, 그렇게 말하고 싶었습니다. 그러나 그렇게 말하면 그 친구의 구도심(?)에 재를 뿌리는 것 같아서 그 대신 웃기만 했습니다. 젊게만 생각했는데 그 동료도 어언 오십을 코앞에 두고 있었습니다. 육십을 바라보는 나이와 오십을 코앞에 둔 나이가 그렇게 차이가 지는 모양입니다. 다른 말은 젖혀두고 그 친구에게 저의 젊은 시절 때 이야기 한 토막만 들려주었습니다. 결혼해서 성가成家를 한 후에는 직업을 구해 식구를 부양하는 일에 항상 최선을 다 했다는 이야기였습니다. 깨달음이든, 운동運動이든, 가까운 장래를 설계하거나 먼 미래에 대한 희망을 가꿀 때든 항상 '가족과 함께 먹고 사는 일'을 먼저 처리한 뒤에야 가능했다는 것, 당시에는 억울하고 분할 때(?)도 종종 있었지만 지금 생각하니 힘들었지만 행복했던 시절이었다는 내용이었습니다 (자세한 내용은 약하겠습니다).

문득, 그와는 좀 다른 이야기가 생각이 났습니다. 나이 오십까지 기초만 닦았다는 한 검도 고수의 이야기입니다. 그는 젊어서는 상대를 가지지 않았습니다. 오직 자기와의 싸움에만 몰두했습니다. 오십줄에 들면서 호구를 입고 상대를 맞이했습니다. 자신의 다리에 힘이 빠지자 상대의 움직임이 비로소 눈에 들어왔고, 눈이 침침해 지면서부터 비로소 상대의 칼이 보이기 시작했다고 합니다. 육신이 쇠하면서 마음이 평정 상태를 찾기 시작했다는 이야기입니다. 세상만사 무엇이든 그저 밥 먹듯이 하는 게 진짜 공부다, 그런 교훈을 남긴 유명한 이야기였습니다.

밤늦게 홀로 잠자리에 들었지만 밤새 악몽에 시달렸습니다. 얼마 전부터 공부방에서 혼자서 잠드는 일이 종종 있습니다. 숲속까지는 갈 수 없어도, 그렇게 가족과 떨어지는 수행 정도는 해야 된다는 각성(?)이 든 것인지도 모르겠습니다. 그러나 악몽의 출현만 빈번합니다. 이 나이의 악몽이 청년기의 그것과 방불彷佛한 것이 잘 이해가 되지 않습니다. 지금쯤은 지나간 삶에서 놓친 것들에 대한 아쉬움, 소멸에 대한 두려움, 지켜야 될 것들에 대한 조바심 같은 것들이 꿈의 소재가 되어야 할 터인데 그런 것들은 아랑곳하지 않고 꿈은 여전히 '내 안의 작은 인간'에 속절없이 휘둘리고 있었습니다. 젊은 시절 겪었던 것들로부터 에너지를 얻는 분노, 실망, 질투, 불안과 같은 것들이 꿈속 서사敍事의 주동主動이 되고 있습니다. 그것들이 한꺼번에 몰려와 안하무인眼下無人, 마치 주둔군처럼 행세할 때는 제 베갯머리가 아주 어수선합니다. 아무래도 '내 안의 작은 아이'에게는 세상의 짐이 너무 무거운 것 같습니다. 어릴 때 문신처럼 새겨진 '아버지의 이름'이 너무 숭한 것 같습니다. 그 아이는 지금껏 그 옛날의 상처를 안고 웁니다. 시도 때도 없이 징징거립니다. 그 아이에게는 아픈 상처를 감싸줄 어머니도 믿고 의지할 아버지도 없습니다. '어머니의 몸'은 그 육체성을 잃고 관념 안에서 이리저리 방황하고 있는 것 같습니다. 너무 일찍 어머니를 여읜 탓인 줄로 압니다. 지상의 여성성에 만족을 모릅니다. 아버지도 한 가지입니다. 어디까지가 아버지의 몫인지, 어디까지가 내게 허여된 윤리인지, 어디까지가 용납해야 될 일탈인지를 알기 힘듭니다. 평생 아버지에게서 아버지를 못 본 탓이라 여깁니다. 먹여 살려야 될 가족들에게 최선을 다하지 못한 아버지를 둔 탓이라 여깁니다. 제 안에 들어와 그렇게 저를 속박하는 '아버지의 의무' 탓이라 여깁니다. 몸이나 마음이 힘겨울 때는 꼭 그렇게 다시 어머니와 아버지가 나타납니다. 이제는 어쩔 수 없이, 그게 저의 '주홍글자'라는 생각마저 듭니다.

[아버지의 이름으로 행해지는 억압과 열려진 기표로서의 주홍 글자]: 미국 건국의 초기 정착자들은 철저한 신정일체(theocracy)의 사회를 이루고 살았다. 이들에게 있어서 "종교와 법은 거의 동일한 것(religion and law were almost identical)"(Murfin 55)으로 여겨졌다. 이 같은 신정일체가 가능했던 것은 이들이 철저한 가부장적 사고방식을 가지고 있었으며 이를 실생활의 규범으로 정착시켰기 때문이다. 이 같은 가부장적 사고방식은 청교도의 교리 자체에서도 발견된

다. 청교도의 교리에 따르면 오직 신만이 인간 구원의 확실한 담보자이며, 인간은 어느 누구도 그리고 어느 경우라도 자신의 구원을 확신할 수 없다. 따라서 이 같은 가부장적인 사회 체제와 사고방식을 거스르는 생각을 가진 이 사회의 구성원은 누구나 이 사회의 구성원으로서의 정통성을 유지할 수 없게 된다. 따라서 청교도 사회의 모든 관행은 아버지의 이름(Name of the Father)으로 행해지며, 이에 거역하거나 반대하는 사람은 가차 없이 제재와 억압의 대상이 된다. 모든 권력은 아버지의 이름에서 나오며 그렇지 않은 것은 정통성이 없을 뿐만 아니라 소외와 배제의 대상이 된다. 이 같은 사회 체제에 정면으로 도전한 사건이 바로 헤스터의 간통사건이다.

헤스터는 아버지의 이름이 알려지지 않은 아이를 낳았을 뿐만 아니라 그 아버지의 이름을 공개하기를 거부한다. 이는 아버지의 이름에 대한 모독이며 도전이다. 청교도 사회는 이 같은 헤스터의 행위에 아버지의 이름으로 대처한다. 이들은 헤스터가 낳은 아버지의 이름을 댈 것을 그녀에게 요구한다. 그러나 헤스터는 이 같은 이들의 요구를 완강히 거부한다. 그녀와 간통한 남자는 딤즈테일 목사이지만, 이율배반적(二律背反的)으로 딤즈테일 목사 자신이 헤스터에게 아이의 숨겨진 아버지의 이름을 댈 것을 요구한다. 그는 헤스터에게 "그대의 공범이며 동고자(同苦者)의 이름을 백일하에 공포할 것을 그대에게 명하노라!(I charge thee to speak out the name of thy fellow-sinner and fellow sufferer!"(Murfin 67)라고 호통 친다. 그러나 헤스터는 그의 이름을 대지 않는다(물론 공범의 이름은 딤즈테일 목사이다). 딤즈테일 목사의 이 같은 명령에도 불구하고 헤스터가 아이 아버지의 이름을 밝히지 않자, 윌슨 목사는 재차 "이름을 대라!"고 채근하지만, 그녀는 "결코 말하지 않겠습니다"라고 말하면서 아이 아버지의 이름을 댈 것을 거부한다. 이에서 그치지 않고 군중 속의 한 사람이 "말하시오. 그래서 당신의 아이가 아비 없는 자식이 되지 않게 하시오(Speak; and give your child a father!)"(Murfin 68)라고 소리쳐도 헤스터는 "나는 말하지 않겠습니다!"라고 말하면서 자신의 뜻을 굽히지 않는다. 이에 당사자인 딤즈데일 목사는 안도 반 불안 반의 심정으로 "그녀는 결단코 발설하지 않을 모양이군!"이라고 혼잣말로 중얼거린다. 여기서 우리가 보는 것은 아버지 이름의 중요성이다. 청교도 사회를 대표하는 딤즈데일 목사와 윌슨 목사는 헤스터에게 아이 아버지의 이름을 댈 것을 끈질기게 요구한다. 군중 속의 한 사람도 같은 요구를 하는데 그의 의도는 물론 위의 두 목사의 그것과는 다르다. 목사들이 아이 아버지의 이름을 알려고 하는 의도가 그녀에게 벌을 내리기 위해서라면, 군중 속 무명씨의 목적은 아이가 아버지 없는 존재로 사회에 남을 것을 우려해서 아버지의 이름을 댈 것을 요구한 것이다. 헤스터가 자신의 아이 아버지의 이름을 대지 않는 것은 단순히 자신과 간음을 한 남자를 숨기는 데에 머물지 않는다. 그녀의 이 같은 거부는 주변적인 존재로만 남아 있던 여성의 권리를 주장하는 일이며, 더 나아가 아버지의 이름에 바탕한 미국 청교도 사회의 바탕을 흔드는 일이기 때문이다. 여기에서 보듯이 아버지의 이름은 인간의 존재를 확인하는 신분증명서(identification)의 구실을 할 뿐만 아니라 그렇게 함으로써 사회 구성원의 욕망을 억압하는 기제로 작용한다. 이같이 억압

된 헤스터의 욕망은 그녀의 무의식 속으로 가라앉아 그녀가 달고
있는 주홍 글자가 된 것이다.

▶▶▶ 이정호, 『텍스트의 욕망』 중에서

세상이 굳이 '아버지의 이름'과 '어머니의 몸', 그 둘로만 이루
어진 것은 아닐 것입니다. 그것 아니고도 세상에는 수많은 '진리
의 말씀'들이 있을 것입니다. 믿음도 있고 소망도 있고 사랑도
있습니다. 물론 그 중에서는 '사랑'이 제일이라는 걸 모르는 것
도 아닙니다. 다만, 지금의 저에게는, 노년의 문턱에 선 저에게
는 그 '이분법적 말씀'이 유독 자주 절실합니다. 아마 '해체와
재구성'이 요구되는 또 한 번의 전환기를 맞고 있는지도 모르겠
습니다. 모든 것을 뒤로 하고 출가出家한 이들의 심정이 십분 이
해되는 아침입니다.

몇 개의 '얼굴'

동그라미 그리려다 무심코 그린 얼굴

내 마음 따라 피어나던 하얀 그 때 꿈은

풀잎에 연 이슬처럼 빛나던 눈동자

동그랗게 동그랗게 맴돌다 가는 얼굴

동그라미 그리려다 무심코 그린 얼굴

무지개 따라 올라갔던 오색 빛 하늘 아래

구름 속에 나비처럼 날으던 지난날

동그랗게 동그랗게 맴돌다 가는 얼굴

▶▶▶ 〈얼굴〉(심봉석 시, 신귀복 작곡, 윤연선 노래)

젊어서 즐겨 듣던 〈얼굴〉이라는 노래에 재미있는 사연이 곁들여 있다는 걸 최근에 알게 되었습니다. 교무실에서 지루한 교장선생님의 말씀을 듣고 있던 생물 선생님이 동그라미를 그리다가 무심코 연인의 얼굴을 그렸고, 거기서 착상을 얻어 쓴 시를 옆자리의 음악선생님에게 주어서 이 노래가 완성되었다는 것, 그리고 이 노래를 부른 가수가 24살 때 헤어진 연인과 27년 만에 재회해서 결혼을 하게 되었다는 것, 가수 임재범도 이 〈얼굴〉을 부른 적이 있다는 것 등입니다.

〈얼굴〉이라는 노래는 언제 들으나 묘한 울림을 선사합니다. 딱히 떠오르는 '얼굴'이 없으면서도 들을 때마다 마음에 모종의 페이소스를 남깁니다(그리스어의 파토스Pathos, 즉「고통, 깊은 감정」의 뜻에서 유래된 애수·애감哀感. 문학에서 이것을 받아들이는 자에게 연민·동정·슬픔의 정감을 느끼게 하는 것을 일컫는다. 엄밀히 말하면 비극이 불러일으키는 아픔과 관련된 것이지만 흔히 비극적 주인공의 처절하고 고통스러운 비운에 대한 동정적인 의미로 사용된다). 그만큼 '얼굴'이라는 것이 우리의 삶에서 큰 비중을 차지하는 것이라고만 여깁니다. 동물들도 상대의 얼굴에 그렇게 집착하는가? 남녀불문, 우리가 얼굴에 집착하는 이유가 궁금해서 그런 질문을 던진 적이 있었습니다. 그쪽에 식견을 가지고 있는 한 직장 동료에게 물었습니다. 대답은 '그렇다'였습니다. 사람보다는 냄새나 소리에 더 민감하기도 하지만 동물들 역시 얼굴에 큰 비중을 둔다고 하였습니다. 말馬의 예를 들면서, 믿거나 말거나, 동물들도 얼굴 생김새에 민감하게 반응한다고 했습니다. 심지어 목숨까지 거는 경

우도 있다고 했습니다. 싫다고 하는 것을 무시하고 억지로 합방
合房을 강요했더니 죽어버리더라는 겁니다.

'얼굴'에 대한 인간의 집착은 그 이유를 따지기 전에 어쩔 수
없이 받아들여야 할 운명인 것 같습니다. 동물들도 그러하다고
하니 어쩔 도리가 없을 것 같습니다. 인간 세상의 '미인 절대
관념'을 타박만 할 수는 없을 것 같습니다. 동서고금을 막론하고
미인美人에 대한 대접은 시대마다 나라마다 조금도 소홀함이 없
었습니다. 중국의 경국지색傾國之色 이야기는 귀가 따갑도록 들어
온 것이고요, 그리스신화 쪽의 아프로디테의 황금사과 이야기
는 너무나 유명합니다. 세상의 그 어떤 명예와 부와 권력보다도
미모가 제일 가치 있는 것이라는 이야기입니다. 미인박명美人薄命
이라는 말도 있긴 했지만(아마 궁벽진 시골 동네 수준에서는 그런 역
설도 좀 통했던 경우가 있었을 겁니다) '예쁘면(잘 생기면) 모든 게 용
서된다'는 게 인간세의 변치 않는 불문율이었던 것 같습니다.
그러니 자연산이든 아니든 이쁘기만 하면 좋다는 요사이 세간
의 아량(?)도 전혀 나무랄 일만은 아닌 것 같습니다.

엉뚱한 생각이 드는군요. 인간이 자기나 다른 인간의 얼굴에
그렇게 집착하는 것은 미적 추구 이외에도 다른 까닭이 있어서
가 아닌가 하는 생각이 듭니다. 〈얼굴〉이라는 노래에서도 확인
되다시피 '얼굴이 곧 마음이다'라고 여기기 때문이 아닌가 싶은
것입니다. 의식적 차원보다는 무의식적 차원에서 더 그럴 것 같
습니다. 얼굴이 고우면(고운 인상으로 남아 있으면) 마음도 고울 것
이라고 여긴다는 것이지요. 아프리카의 어느 부족들에게는 지

금도 복부腹部가 마음의 소재지라고 여겨지고 있다고 합니다만 그건 좀 특별한 경우이고, 인간의 뇌가 마음의 소재지이고 그것의 출입구가 결국 이목구비이기 때문에 사람들이 얼굴에 그렇게 목을 매는 것이 아닌가라는 생각이 든다는 겁니다. 중요한 것은 역시 마음이니까요. '얼굴'이라는 말 자체가 '얼(혼)이 담긴 곳(굴)'이 아니겠습니까? 아니면 말구요.

검도나 펜싱이나 다 얼굴을 가리는 보호 장구가 있는 운동입니다. 펜싱 경기를 보다 보면 한 번의 승부가 날 때마다 '얼굴'을 벗어던지는 걸 볼 수 있습니다. 검도를 배우는 입장에서 그게 좀 신기했습니다. 승부가 다 난 것도 아닌데 중간 중간에 그렇게 '맨얼굴'을 드러내고 환호작약을 하는 그 '스타일'이 생경했습니다. 검도의 얼굴 보호구인 호면護面은 그렇게 쉽게 쓰고 벗을 수가 없습니다. 한 번 쓰면 마스크맨의 마스크처럼 끝날 때까지 내 얼굴 노릇을 합니다. 땀과 열기로 밀착되어 자신의 제2의 피부처럼 고정됩니다. 실제로 호면에 익숙해지면 그것을 쓸 때마다 그것이 제2의 얼굴이라는 느낌이 절로 듭니다. 처음에는 마치 철가면처럼 얼굴을 옥죄면서 호흡까지 곤란하게 해서 고통을 주던 것이 나중에는 마치 은신처처럼(사막의 타조?) 사람을 편안하게 합니다. 여름에 쓰면 시원하고 겨울에 쓰면 따뜻합니다. 당연 마음까지 푸근해집니다. 쓰는 순간부터 도파민이 팍팍 분출됩니다.

아시는 분은 다 아는 사실이지만, '가면假面'이나 '탈'은 새로운 인격을 만들어내고 싶을 때 많이 사용하는 오래된 인류의 '지혜의 소산'입니다. 각 나라, 각 민족, 각 지역마다 볼만한 탈춤, 가면극 하나 정도는 대물림하고 있는 게 현실입니다. 검도의 호면도 그런 '가면극'에서의 '가면' 역할을 할 때가 있습니다. 본디 다른 소용(얼굴 보호)에서 만들어진 것이지만 '새로운 인격의 발견(인간탐구?)'이라는 용도로도 많이 쓰이게 됩니다. 얼굴이 완전히 가려진 것도 아니고 그대로 노출되는 것도 아닌, 묘한 앙상블을 이루며 제3의 얼굴이 드러납니다. 당연히, 검도 수련 중의 '호면 쓴 얼굴'은 맨얼굴과는 전혀 다른 인격체입니다. 죽음의 시뮬레이션이 게임의 룰이니 당연히 서로 죽지 않으려고 발버둥칩니다. 온갖 그림자(감춰진 얼굴, 무의식적 자아, shadow)가 다 올라옵니다. 그야말로 '두 사람이다'라는 탄성(?)이 절로 나옵니다. 평소에 그렇게 점잖고 온화하던 사람이 마치 하이에나처럼 바뀝니다. 그렇게 용감하고 무지막지해 보이던 사람이 한 순간에 간사하고 교활한 이로 탈바꿈합니다. 그래서 검도를 통해 만난 사람들은 항상 '호면 쓴 얼굴'이 우선입니다. 호면을 쓰지 않은 '맨얼굴'의 얄팍한 가면(드러난 얼굴, 사회적 자아, persona)에는 그리 큰 비중을 두지 않는 게 그쪽의 매너(?)입니다. 그게 참 이상한 일입니다. 그렇게 얇은 얼굴로 우리는 한 평생을 살아갑니다. 그런 가면이지만 그것을 벗기는데 또 가면이 필요합니다. 어쨌든, 호면이라는 가면이 내 진짜 얼굴(억압된 얼굴?)을 드러나게 합니다. 역설입니다.

자기 부정自己否定의 미학, '스스로를 죽이는 자가 결국 다시 살게 된다'라는 역설의 미학이 그 가면 놀음을 통해서 조금씩 몸으로 전달되어 오는 것이 바로 교검지애交劍知愛(칼을 주고받으며 사랑을 알게 된다)가 아닌가도 싶습니다. 참고로 검도에서 가장 높이 치는 기술은 얼굴을 베는 것입니다. 아마 가장 멀리 있는 목표물이기 때문일 것입니다. 거기에 또 저만의 의미 부여를 해 봅니다. 우리말로는 '머리', 일본말로는 '멘面'인 그 얼굴 베기는 상대의 퍼소나를 떨어뜨리는 이타적 행위일 것입니다. 나의 칼로 당신의 낡고 헐거운 얼굴을 떨어뜨릴 테니, 당신은 죽으시오(내 덕분에!), 그래서 거듭 나시오(축복합니다!). 멘(얼굴), 코데(손목), 도(허리), 츠끼(찌름) 등과 같은 기합(타격 부위) 중에서도 단연 '멘面!'이 검도를 대변하는 기합氣合이 되는 것이 바로 그 때문이라는 겁니다. 물론 믿거나 말거나입니다만.

바퀴벌레는 무엇을 먹고 사나

그놈이 바퀴벌레인 건 확실합니다. 무엇이든 회의 없는 신념은 악이라고 하지 않습니까? 그러니까 그놈의 존재에 대해 제가 문득문득 회의하는 것이 꼭 나쁘거나 그놈의 실체를 암암리에 부정하는 것은 아닙니다. 절대 아닙니다. 그게 맞을 겁니다.

놈을 처음 본 것은 3~4년 전이었습니다. 학교 앞 시장에서 주전부리할 것을 한 봉지 사 왔습니다. 쓸데없는 일로 바빠서 바로 봉지를 개봉하지 못하고 하루 묵혀두었습니다. 쓸데없이 책상에 찰거머리 같이 붙어서 이런 글을 써내려면 포도당이 많이 필요합니다. 더군다나 '늙은 말' 주제에 뇌를 많이 쓰는 것은 결코 만만한 일이 아닙니다. 뇌 활동이 요구하는 포도당 때문에

당糖 조절이 필수적입니다. 간혹 오버해서 때를 놓치면 눈알이 빙빙 돌거나 찌그러집니다. 내 눈 안에서 그런 지진 현상 비슷한, 정확히 때를 예측할 수 없는 파괴적인 자연 현상이 일어난다는 게 신기합니다(이제는 슬프거나 실망스럽지도 않습니다). 그래서 주전부리를 끊을 수가 없는 일인데, 그날도 전날 사 두었던 것을 냉장고에 들어갈 놈은 냉장고로, 밖에 둘 것은 바깥으로 각각 제 위치를 찾아서 배치하려는 중이었습니다. 제가 봉지 쪽으로 발걸음을 옮기는 그 순간, 그때 그놈이 그 검은 봉지 안에서 밖으로 튀어나온 것입니다. 순식간의 일이었습니다. 새끼 손가락만한 것이 튀어나왔는데 어디로 사라졌는지 알 수가 없었습니다. 제 눈은 놈의 동선動線을 추적하는 데 실패했습니다. 세면대 뒤쪽으로 사라진 것 같기도 했고 허공 속으로 빨려 들어간 듯도 했습니다. 그렇게 내 시야에서 사라졌습니다. 아마 종내는 연구실 벽을 빈틈없이 채우고 있는 책장, 저 우울한 성곽 뒤로 숨었을 것입니다.

바퀴벌레와 함께 동거하는 일이 때로는 아주 기분 나쁜 일이 되곤 한다는 것을 이해하실지 모르겠습니다. 양치질을 하려고 칫솔을 꺼낼 때, 양치질을 하고 입안을 헹구려고 컵을 들 때, 커피를 한 잔 하려고 커피잔과 티스푼을 만질 때, 놈이 자신의 그 더러운 털 달린 다리로, 혹은 온갖 악취와 함께 하는 입으로, 그것들을 마구 유린했을 거라는 생각이 드는 경우를 한 번 생각해 보십시오. 그것들을 모두 뚜껑 달린 케이스 안에 보관해야 한다는 강박이 온몸을 휩싸고 돌 때의 몸서리치는 불쾌감을 한 번 연상해 보십시오. 얼마나 기분이 나쁘겠습니까? 당장이라도 바퀴벌레 잡는 장치를 곳곳에 설치하고, 내 입과 손이 닿는 모든 기물에 잠금 장치를 해두어야겠다는 생각이 하루에도 열두 번씩 들지 않겠습니까?

그러나 그런 생각에(몸서리치는!) 제가 반응한 방식이 또 어처구니가 없습니다. 강박증 환자가 하는 짓거리치곤 너무 치졸한 것이었습니다. 제 주전부리의 일부를 놈에게 노출시켜 놈의 존재를 한 번 확인해보자는 우행愚行을 저지르고 만 것입니다. 놈도 생물일진대, 목구멍이 포도청이라고, 배고프면 어쩔 수 없을 것이라 생각했습니다. 별 수 없이 먹을 것을 찾아서 밖으로 나다녀야 할 것이고, 제가 방을 비운 사이의 그 캄캄한 공간 안에서, 아무런 훼방꾼도 없는 그 암흑의 공간 속에서 의기양양 더듬이를 거침없이 놀려마지 않을 것이라 여겼습니다. 당연히 이 단것들을 찾아내는 즉시 먹어치울 것이다, 최소한 이빨자국이라도 남길 것이다, 내 너의 흔적을 발견하기만 하면 이 방을 발칵 뒤집어서라도 너를 박멸할 것이다, 그렇게 생각한 것입니다. 그래서 빵조각이든 비스킷 조각이든 놈이 좋아할 만한 것들을 먹기 좋게 진열해 두고 퇴근을 했던 것입니다. 일종의 함정 수사였던 셈이었습니다. 그러면서 저는 틀림없이 놈이 어떤 식으로라도 흔적을 남길 것이라고 확신을 했습니다. 생각과는 달리, 하루 이틀 멀쩡히 그대로인 채 주인을 맞는 그 미끼들을 보면서도 단 한 번도 놈의 존재를 의심해 본 적이 없습니다. 그러나 놈은 만만한 상대가 아니었습니다. 놈은 끝까지 함정에 빠지지 않았습니다. 단 한 번도 그것들에 자신의 혼적을 남기지 않았습니다. 그렇게 '의도의 오류' 속에서 방치된 미끼들, 그 수치와 오욕의 덩어리들을 제 입 안으로 집어넣으면서 저는 당황하기보다는 오히려 안도감을 느꼈습니다. 그제서야 놈이 바퀴벌레라는 확신이 들었던 것입니다. 분명히 깨달았습니다. 그런 졸렬한 함정에 빠질 자라면 그는 이미 바퀴벌레가 아니었던 것입니다. 그저 시시한 애완 벌레이거나 모험심을 자극하는 작고 귀여운 해충에 불과한 것이었습니다. 그는 그런 작고 시시한 미물微物이 결코 아니었습니다. 인간들이 함부로 밟고 다니는 그런 물적物的인 존재가 아니었습니다. 인간 위에서 구름처럼 떠다니는 영적靈的인 존재였습니다. 저 높고 무거운 책장 뒤에서 자기 몸으로 배출해낸 수천 수만의 군대를 거느리고 일거수일투족, 매일같이 나를 지켜보면서도 미동도 없이 천년을 버틸, 은밀한, 그리고 위대한, 바퀴벌레였던 것입니다. 그런 깨달음이 또 문득, 이렇게 찰거머리 같이, 아니 바퀴벌레 같이, 책상에 붙어서, 아니 책장 뒤에 숨어서, 이런 글이나 쓰고 있는 나는 과연 무엇인가라는 생각을 불현듯 들게 하는 것이었습니다(위대한 바퀴벌레!).

그레이엄 그린은 이런 말을 한 적이 있다. "이따금 나는 글을 쓰거나 작곡을 하거나 그림을 그리지 않는 사람들은 어떻게 인간의 고유한 광기와 멜랑콜리, 돌연한 공포에서 벗어날 수 있는지 궁금해진다." (…중략…) 이 책의 첫 번째 목적은 공감이며 두 번째 목적은 질서이다(사실 내겐 이 두 번째 목적을 달성하기가 훨씬 더 어려웠

다). 되는 대로 모아 놓은 일화들에서 끌어낸 일반화에 의거한 질서
가 아닌 최대한 경험론에 기초한 질서.

▶▶▶ 앤드류 솔로몬, 민승남 옮김, 『한낮의 우울』, 민음사, 2008, 18~19쪽

앤드류 솔로몬의 '최대한 경험론에 기초한 질서' 운운이 눈물
나게 반갑기도 했고, 그레이엄 그린이 했다는 말, 예술적 행위의
심리(학)적 효용을 강조하는 약간 과장된 어조의 말이 작지 않은
위로가 되긴 했습니다만, 그렇다고 해서 그렇게 그들과 나누는
'공감'이 내 방 안의 바퀴벌레를 방 밖으로 추방할 수는 없다는
것을 스스로 잘 알고 있습니다. 그건 엄살도 짐작도 아닙니다.
실증이 뒤따르는 고백입니다. 그 '공감' 뒤로 숨는 또 한 마리의
검은 바퀴벌레를, 지금 이 순간에도, 제 찌그러진 안구가, 점심
을 굶은 탓에 떨어진 당기糖氣 때문이지 싶은, 그 안압眼壓이 떨어
질 때마다 돌연히 찾아오는 불구의 상태가, 흘낏거리며 똑똑하
게 확인하고 있기 때문입니다. 그건 그렇다 치고, 여전히 제겐
궁금한 것이 남아 있습니다. '바퀴벌레는 무엇을 먹고 사나?'라
는 의문입니다. 제가 그렇게 많은 먹잇감을 매일같이 살포했음
에도 불구하고 3~4년 동안이나 일절 자신의 흔적을 남기지 않
고 살아 있는 그 바퀴벌레들은 도대체 무엇을 먹고 사는지가
정말 궁금할 따름인 것입니다람쥐~

불편을 무릅쓰고

"자네는 리얼리스트구만."

20여 년 전의 일입니다. 멀리서 하숙을 할 때인데, 같은 방을 쓰던 룸메이트가 잠결에(?) 불쑥 그렇게 말했습니다. 동거同居한 지 몇 달 되었을 무렵이었습니다. 그쪽이 2~3년 연상이어서 제가 '언니'로 호칭하며 호형호제 하던 사이였습니다. 살다 보면 여러 가지 평가를 받기 마련입니다. 어떻게 보면, 인생은 결국 주변으로부터 몇 개의 이름을 얻느냐로 가늠되는 것이기도 합니다. 그렇지만, 저는 그때까지 그런 이름으로 불려보긴 처음이었습니다. 리얼리스트라고? 평생에 그런 평가는 처음 들어보는 거였기에 잠시 머리를 굴려야 했습니다(그런 게 리얼리스트?). 그 반대말을 알아야 제대로 뜻이 잡힐 것 같았습니다. 로맨티스트?
모더니스트? 테러리스트? 왠지 리얼리스트란 말이 주는 어감이
다소간 야박하다는 느낌이 들기도 했습니다. 로맨티스트와 함
께 모더니스트라는 말이 같이 떠오른 것은 아마 그 얼마 전에
한 문예지에서 '모더니즘과 리얼리즘'이란 용어의 사용법과 관
련해서 꽤나 지루하게 진행된 한 언쟁을 본 적이 있어서였지
싶습니다.

"어째서?"

그 말을 듣는 순간 "이제 알았어?"라는 회답이 마음속에서는
진즉 마련되어 있었습니다만 부지불식간에 반응은 그런 식으로
나갔습니다. 리얼리스트란 말의 함의를 이해는 하겠는데 왜 그
렇게 나를 단정하는지 말해보라고 그를 윽박질렀습니다. 그러
자, 그가 한 걸음 물러섰습니다.

"아니, 매일 매일 반성하면서 자신을 고쳐나가는 사람인 것
같아서 그렇게 한 번 불러봤네."

말도 안 되는 '소리'였습니다. 그렇지만 그러냐고 하고 그냥
넘겼습니다. 그 대답을 하면서 그가 다소 황망해 했으므로, 저는
그의 말대로 그날 밤을 '반성'하며 보냈습니다. 앞으로는 '현실'
에 너무 주눅 들지 말자, 인생 뭐 별 것 있나, 조금 불편하면
될 일이지, 쫄아서 앞뒤를 너무 재는 게 보기 안 좋았던 거야,
그런 반성문들을 몇 자 적었던 것 같습니다.

살다 보면, 인생행로에 거슬리는 것들 중에는 치명적인 것들
도 있고, 그저 불편한 것들도 있습니다. 무엇이 '치명致命'이고 무

엇이 '불편不便'인가를 나누는 일부터 쉽지는 않겠지만, 어쨌든 두 부류의 사상事象들을 상정해 볼 수 있을 것 같습니다. 꼭 고수해야 할 것, 참거나 양보할 수 있는 것, 그렇게 나눌 수 있다는 말씀입니다. 매사가 '치명적'인 것들이면 십중팔구는 주체에 문제가 있는 것입니다(그런 사람들에게는 매사가 '남의 탓'이 됩니다). '불편'도 마찬가집니다. 모든 것이 그저 불편한 것들뿐이어도 문제가 됩니다. 그러면, 주변 사람들이 몹시 거북하거나 불편해질 때가 많습니다. 특히 가족 중에 그런 사람이 있으면, 나머지 가족들은 그저 죽을 맛입니다. 남들의 비난은 그저 잠깐 동안의 불편에 불과하기 때문에 공동의 행복보다는 자기 자신만의 만족이 항상 우선입니다. 행여 가장이 그런 사람이면 그 집은 풍비박산입니다. 지금의 저 같으면, 나이깨나 든 선생으로서 스스로 체모體貌 깎는 일을 해서는 절대 안 된다라는 게 '치명적인 것'에 속합니다. 그런데 동료 중 어떤 이는 그 반대인 경우도 있습니다. 그 동안 고생도 많았는데 "내가 이 나이에 누구 눈치 볼 일이 어디 있는가"라고 당당히(?) 말하며 모든 것을 그저 순간의 '불편'으로 여기고 막가파식으로 삽니다. 세간의 형법에만 저촉되지 않으면(조직의 논리로는 늘 불법입니다) 그저 마음 가는 대로 삽니다. 남들의 시선 따위는 아예 아랑곳하지 않습니다. 테러리스트로 삽니다.

나이 들수록 편해지는 것도 많습니다. 공자님이 이순耳順이라고 말했던 느낌도 그럴 것이라고 생각합니다. '하숙집에서의 반성' 이후로 저는 많이 싸웠습니다. 그 이후로 저와 함께 하는 이는 불편할 때가 많았던 것 같습니다. 상대에게 칼자국을 남기는 언행도 많았습니다. 돌이켜 보면 그때의 반성을 토대로 좀 더 적극적으로 '리얼리스트'의 삶을 살기로 작정했던 것 같습니다. 다시 본론으로 돌아가겠습니다. 어떻게 보면, 우리가 타인에게 이름을 붙이고 싶은 욕망이 들 때는 꼭 그 상대가 내게 긍정적인 '의미와 가치'이기 때문만은 아닌 것 같습니다. "내가 너의 이름을 불러주었을 때 너는 나에게로 와 꽃이 되었다"도 있지만, "네가 내게 불편한 존재이므로 나는 너에게 이름을 붙인다"도 많습니다. 늘그막에 본 어린 손주에게 그저 '내 강아지 새끼'라는 이름을 붙이는 이유도 아마 그런 까닭에서일 것입니다. 다른 이름을 붙일 필요가 없습니다. 불편한 것은 없고 오로지 주고 싶은 것뿐이기에 '개새끼'면 족합니다. 공자님이 나이 칠십에 "종심소욕 불유구從心所欲 不踰矩"라고 말했던 것도 결국은 그런 불편함의 종말에 대한 소회가 아닌가 싶습니다. 타고난 리얼리스트였던 공자님의 말씀 한 대목을 인용하겠습니다. 무엇이 치명적이고 무엇이 불편에 그치는 것인지 공자의 도道 사상을 통해 한 번 유추해보자는 취지입니다. 어려운 한문이 '불편한' 독자분은 여기까지만 읽으시는 게 좋을 것 같습니다(그래야 좀 덜 억울합니). 공부의 텍스트는 『유교사회학』(이영찬)이라는 책입니다.

　　노자와 공자는 함께 '도(道)'에 대하여 말했지만, 그 '도'는 서로 같지 않다. 공자의 '도'는 간결하고 명료하다. 『논어』에서 '도'에 대해 자주 언급했다. 비록 '도'가 무엇인지 명확히 말하지 않았지만,

공자가 '도'에 대해 언급한 많은 논의 가운데서 어느 정도 그의 '도'의 함의를 읽을 수 있다. 예컨대, 공자는 "사람이 도를 넓힐 수 있지, 도가 사람을 넓힐 수 있는 것은 아니다"(衛靈公), "군자는 도를 도모하지 음식을 도모하지 않는다", "군자는 도를 근심하지 가난을 근심하지 않는다"(同上). "도를 곧게 하여 사람을 섬긴다", "도를 굽혀 사람을 섬긴다"(微子)라고 했다. '도'를 개체적 인간과 서로 대대(對待)로서 말하는데, 이 '도'는 분명히 객관성을 갖고 있으며 개인의 주관으로 개변(改變)시킬 수 있는 것이 아니다. 인간은 '도'에 대해 단지 어떻게 대대(待對)하는가 하는 문제가 있을 뿐, 어떻게 개변시키는가 하는 문제는 있을 수 없다. 또한 공자는 "삼대(三代)시대에 정직한 도(道)로 행해 왔기 때문이다"(衛靈公), "선왕(先王)의 도"(學而), "천하에 도가 없은 지 오래이다", "옛 도(道)이다"(八佾) 등을 말했다. 이것으로 공자가 말하는 '도(道)'는 역사성을 갖고 있으며, 옛날에는 옛날의 도가 있으며 지금은 지금의 도가 있는 것이지 하나의 도가 예로부터 불변하는 것은 아니라는 것을 알 수 있다. 또한 공자는 "천하에 도가 있고", "천하에 도가 없고"(季氏), "나라에 도가 있을 때만 녹(祿)을 먹으며, 나라에 도가 없을 때 녹을 먹는 것은 수치스러운 일이다"(憲問), "문무(文武)의 도"(子張), "군자의 도"(同上), "윗사람이 그 도를 잃음"(同上), "나의 도는 하나로서 관통한다"(里仁) 등을 말했다. 이것은 '도'는 만사 만물 가운데 있는데, 분별하여 논하면 천하는 천하의 도를 갖고, 나라는 나라의 도를 갖고, 군자는 군자의 도를 갖고, 나는 나의 도를 갖고, 윗사람은 윗사람의 도를 갖고 있음을 말한다. 이로서 공자가 말하는 도는 초연한, 사물 밖의 추상물이 아님을 알 수 있다.

▶▶▶ 이영찬, 『유교사회학』 중에서

이상의 인용을 통해서 알 수 있는 것은 공자가 말한 도道는 치명적인 어떤 것이 아니라, 지키는 데 불편함이 따르지만 고수해야 하는 그 어떤 것에 속합니다. 그러니까 그것은 실존의 차원이 아니라 오로지 사회적 맥락에서만 작용하는 관념입니다. 하늘天은 어떠한가? 자연은 어떠한가? 삶의 궁극적인 목적은 무엇인가? 등의 존재론적 차원의 함의와는 관련이 없다는 것입니다. 『논어』는 공자가 천도天道에 대해 명확하게 말했다는 기록을 남기지 않았습니다. 「공야장公冶章」에서 자공子貢은 "부자夫子(공자)의 문장文章은 들을 수 있으나, 부자夫子께서 성性과 천도天道를 말씀하시는 것은 들을 수 없다"라고 적고 있습니다. 물론 공자가 몰라서 그것에 대해 언급을 하지 않았던 것은 아닐 것입니다. 그런 기록은 결국 제자들이 그들의 스승을 완전히 이해하지 못하였다는 것을 드러낼 뿐이라고 생각합니다. 『역대전』을 보면 그 사정을 알 수 있습니다. 『역대전』은 '도'에 관한 보다 자세한 공자의 설명을 싣고 있는 책입니다. 군도君道, 신도臣道, 처도妻道, 군자의 도君子之道, 소인의 도小人之道 등을 거론하고 또 사람의 도人之道, 땅의 도地之道, 하늘의 도天之道, 그리고 천하의 도天下之道, 천지의 도天地之道에 대해 공자는 분명히 말하고 있습니다(이상 위의 책 『유교사회학』 참조).

도道, 도대체 이것은 무엇인가? 사람이 사람 되는 이유는 사람이 인仁과 의義를 가지고 있기 때문이다. 그렇게 공자는 생각했습니다. 공자에게 있어 인은 혈연관계를 가리키고, 의는 혈연관계 외의 사회관계를 가리킵니다. 인간은 이 두 사회관계 속에 존재하며, 이 때문에 인간이 된다고 그는 생각했습니다. 그러므로 사람이 불편을 무릅쓰고(?) 이 두 관계에서 떠나면, 그는 곧 사람이 아닌 것입니다. 공자가 생각한 인간다운 인간, 리얼리스트로서의 인간이 아닌 것입니다.

견물생심(見物生心) 공부법

옛날이야기 한 토막. 하루는 큰아이가 에구구구 호들갑을 떨면서 제 방으로 뛰어 들어왔습니다. 대학생이 된 동생에게 전공 공부를 어떻게 해야 되는지에 대해서 한 수 지도를 하고 있던 차였던 모양입니다.

"아부지, 아부지~"

"왜?"

"동생이요, 공부하는 법 자체를 모르는 것 같아용, 에궁~"

"왜?"

"아무리 설명해도 알아먹질 못 해용. 책 내용 중에 어떤 걸 집중적으로 파야 되는 것도 모르고용~. 머리가 나쁜가?"

"엄마 닮아서 그렇나?"

그냥 그렇게 말하고 돌려보냈습니다. 원래 동생이나 자식을 가르친다는 게 그렇게 쉬운 일이 아니라는 걸 큰아이가 아직 몰랐던 모양입니다. 본디 군자는 자기 자식을 가르치지 않습니다. 부자유친을 해치기 때문이지요. 돈이 좀 들더라도 남한테 보내야 합니다. 나이 차이가 좀 나는 동생이니 큰아이도 부모 심정이 되는 모양입니다. 동생 가르치는 일에 애가 많이 탔던 모양입니다.

사실 제가 보기에는 큰아이나 작은아이나 오십 보 백 보입니다. 큰아이가 고3일 때 입시과목에 논술이 있었습니다. 논술로만 뽑는 것이 아니었기 때문에 문장에 비문非文이나 없애고 논제의 취지나 대강이나마 알고 있다는 티만 조금 내면 될 일이었습니다. 채점을 해보면 거의 모두가 '그 나물에 그 밥'이기 때문에 특별히 '이건 정말 안 되겠다'에만 뽑히지 않으면 되는 거였습니다. 그렇지만 엄마 심정은 좀 달랐던 모양입니다. '아부지'가 한 논술 하는 집안이니 아이 역시 논술시험에서 타의 추종을 불허하는 명작을 제출해야 한다고 여기는 듯했습니다. 저보고 굳이 아이를 가르치라는 거였습니다. 엄처시하라, 어쩔 수 없이 아이를 앞에 두고 앉기는 했습니다만 그저 막막하기만 했습니다. 아이가 논술하는 법 자체를 모르고 있는 판인데 그걸 하나하나 꼬치꼬치 일일이 가르칠 일이 꿈만 같았습니다(천만금이 생기는 일이라면 또 모르겠습니다). 마지못해 몇 마디 주고받은 다음 결단을 내렸습니다. 한 달 수강료를 주고 집 가까운 학원에 가서 배우라고 했습니다. 아이는 섭섭한 표정을 감추지 못한 채

제 방을 나가야 했습니다. 그러나 저는 비로소 안도의 한숨을 내쉴 수 있었습니다. 사랑하는 제 아이에게 짜증이나 역정을 내면서 굳이 태우지 않아도 될 애를 태우지 않아도 되었기 때문입니다.

문식력文識力(읽고 쓰는 힘)의 차원에서 발견되는 좀 이상한 현상이 있습니다. 순전히 저의 경험칙에서 나온 것이기 때문에 제대로 학문적으로(통계적으로) 검증된 것은 아닙니다. 이를테면 이런 것입니다. 읽기 능력에 '쉬운 것은 잘 못 푸는데 어려운 것은 잘 푸는' 모순적 현상이 존재한다는 것입니다(저등 문식력을 건너뛴 아이들은 쉬운 것이 왜 '푸는 대상'이 되는지를 아예 모를 수가 있습니다). 시시한 공부에서는 두각을 드러내지 못하던 아이가 어려운 공부에서 갑자기 두각을 나타내는 경우가 있다는 겁니다. 쉬운 예를 찾자면, 평소 에이스가 아니었는데, 그 어려운 고시공부를 1~2년 안에 그냥 끝내고 최연소로 합격하는 케이스 같은 것입니다. 우리는 보통 그런 경우를 '행운'의 결과로 치부하는 경향이 있습니다만, 제가 보기에는 그렇지 않습니다. 그 당사자는 분명 남들보다 뛰어난 고등 문식력을 타고난(습득한) 문식영재에 속하는 사람입니다. 이를테면 음악에서 절대음감을 가지고 태어나는(태교의 영향도 포함) 아이들이나 한 번 들은 노래를 바로 악기로 연주해낼 수 있는 능력을 가진 아이들처럼 문식력에도 그런 차원이 존재한다는 것입니다. 저는 그런 차원을 '견물생심見物生心' 문식력이라고 부릅니다. 물론 원래의 말뜻을 비틀어서 사용하는 것입니다. 보는 것이 있으면 그것에 합당한 뜻을 새긴다는 뜻입니다. 다른 사심을 섞지 않고 있는 그대로를 받아들일 수 있는 힘이지요. 그 비슷한 개념을 옛 성현들의 말씀에서도 찾아볼 수 있습니다.

정명도(程明道)의 『정성서(定性書)』에는 다음과 같은 구절이 있다.

무릇 천지의 항상됨은 만물에 두루 (존재)하면서도 사심이 없는 데 기인하고, 성인의 항상됨은 만사에 순응하면서도 사사로운 정(情)이 없는 데 기인한다. 그러므로 군자의 학문은 확 트이고 공평하여 사물과 접촉할 때 거기에 순응하는 것이 제일이다. ······
성인이 기뻐함은 대상이 마땅히 기뻐해야 할 것이기 때문이며, 성인이 성냄은 대상이 마땅히 성내야 할 것이기 때문이다. 그러므로 성인이 기뻐하고 성냄은 내 마음에 달려 있는 것이 아니라 대상에 달려 있는 것이다. 그러니 성인이 어찌 대상에 순응하지 않겠는가? 그가 어찌 밖을 따르는 것을 그르다 하고 (마음) 안에서 구하는 것만 옳다고 하리요!

성리학자들에 의해 회자된 이 글의 요점은 '곽연이대공 물래이순응(廓然而大公 物來而順應)'이라는 10자에 있다. 즉 나의 사사로운 의도적 분별(自私用智)를 없애고 확 트인 마음으로 대상에 따라 도리에 맞게 순응하라는 것이다. 달리 말하자면 우리가 항상 범하는 오류인 치우침과 편견을 없애는 핵심은 사심(私心)을 없애는 것이며, 또 우리는 마음 안으로만 추구하고 외부 세계를 도외시하면 안

된다는 것이다. 그런데 문제는 치우침이 없는 그런 '중정(中正)의 도'
를 어떤 방법으로 실현하느냐에 달려 있다.

▶▶▶ 김수중, 「유가의 인간관」, 『인간이란 무엇인가』 중에서

그러니까 물래이순응物來而順應이라는 말씀이 제가 말하는 '견
물생심'과 일맥상통하는 것인 셈입니다. 옛 성현들은 그것을 학
문(수양)의 한 경지로 취급합니다. 또 공부의 방법이기도 합니다.
저에게는 문식력의 한 경지나 수준으로도 이해됩니다. 텍스트
가 어려우면 사심私心의 출입을 방조할 수도 있고 엄격하게 통제
할 수도 있습니다. 사심의 출입이 방조되면 이른바 '투사적 독
서'가 됩니다. 텍스트와는 전혀 상관없는 오독이 나오게 됩니다.
자기 안의 '절실함'이 아무런 제재를 받지 않고 종횡무진, 텍스
트를 오염시킵니다. 이 경우는 당연히 고등 문식력(견물생심)과
거리가 먼 것입니다. 사심의 출입이 엄격하게 통제되는 경우는
고난도의 텍스트를 있는 그대로 이해할 수 있는 고등 문식력의
존재(잠재적)를 전제로 합니다. 의미 구성에 필요한 텍스트 내적
연관성을 나름대로 구축해낼 수 있는 능력을 가진 자에게만 그
런 상황이 허용됩니다.
　만약 지금 제가 말씀드리고 있는 것이 사실이라면, 그래서
'견물생심 공부'에 능한 사람들이 따로 있어서(타고난 것이거나 습
득된 것이거나) 이들에게는 일반 보통교육의 기준과는 다른 기준
이나 과업을 부여해야 되는 것이 올바른 일이라면, 지금이라도
우리 모두 주변을 다시 한 번 돌아다봐야 할 것입니다. 단순히

학교 성적(내신)이나 수능평가 점수(저등 문식력 평가 위주로 되어 있는)로 등위를 매기는 일만 할 것이 아니라 고등 문식력을 평가해서 그 재능에 맞는 교육을 당사자들에게 제 때에 제대로 베푸는 방도를 조속히 모색해야 할 것입니다(공부는 뇌 발달과 연관이 있어 때를 놓치면 안 됩니다). 그렇게 잘 키워서 그들에게 법도 맡기고 철학도 맡기고 문학도 맡기고 언론도 맡겨야 합니다. 물론 현재의 대입 제도로는, 그리고 고등학교 평준화 정책으로는, 절대로 접근할 수 없는 '물래이순응'의 길이겠습니다만.

개 이야기

TV 프로 중에서 제가 가장 좋아하는 것이 〈동물농장〉입니다. 그것이 나오기 전에는 〈동물의 왕국〉이었고요. 남자들은 나이 들면 누구나 뉴스 프로나 동물 프로를 좋아하게 되는 모양입니다. 저는 개 이야기나 고양이 이야기가 나오면 만사를 젖혀놓고 그저 TV 앞에 죽을 치고 앉아 있습니다. 어제 구내식당에서 점심을 먹으면서 동료들과 퇴직 후의 삶에 대해서 몇 마디 이야기를 나누었습니다. 몇 년 뒤면 정년을 맞이할 사람들이었습니다. 이런저런 이야기가 오고갔습니다(그 이야기를 나누면서 인생이라는 게 참 별 볼일 없는 것이라는 느낌이 팍팍(?) 들었습니다). 저는 그저 '개나 한 마리 키우면서' 살겠다고 말했습니다. 퇴직 후에도 '남의 말 안 듣는' 인간들과 굳이 상종하느니 말 잘 듣는 짐승 한 마리와 여생을 함께 하는 것이 훨씬 나아보인다고 말했습니다. 모두들 '일리 있다'고 맞장구를 쳤습니다. 그렇게 '개 이야기'를 하고 나니 개를 그렇게 좋아했던 사촌 형 생각이 났습니다. 참 '사람 좋은' 사촌형이었습니다. 술 좋아하고 말 없고 유도 유단자였던 그 형에게서 저는 유도와 개에 대한 이야기를 많이 들었습니다. 방학 때면 형네집에 가서 '실습'도 틈틈이 했습니다. 중심을 혼들고 다리를 걸고 당기고 미는 법을 배웠고 개의 어느 부위를 만지면 특히 개들이 좋아한다는 것도 배웠습니다. 그 '실습' 덕에 초등학교 때는 모모한 동네 씨름대회에서 우승한 적도 있었습니다. 개에 대한 애정도 아마 그때 생긴 것 같습니다. 그 형과의 기억은 제게 늘 좋은 것들과 함께 하는 것이었습니다. 당연히 저의 소년 시절의 발고 명랑한 한 자락은 늘 그 형과 함께 합니다. 그러나 그 형은 아쉽게도 일찍 세상을 떴습니다. 말없이 술을 너무 많이 마신 탓이라 생각합니다. 그래서 또 그 형 생각만 하면 잘 살고 있는, 말 많은 제가 늘 부끄럽습니다. 개와 관련해서는 또 한 사람이 생각났습니다. 소설가 김소진이었습니다. 그의 「개흘레꾼」이라는 소설이 생각이 났습니다.

「개흘레꾼」은 그 흔한 '아버지 소설' 중의 하나이지만 그리 흔치 않은 아버지 이야기를 들려주고 있는 소설입니다. 아버지는 6.25 때 인민군으로 참전했다가 포로가 됩니다. 포로수용소에서 동지들의 돈을 맡아두는 금고 역할을 하다가 봉변을 당합니다. 인간 조직이라면 어디든 있는 '개 같은 놈'들로부터 그 돈을 지키려다가 '남자의 물건'을 성난 개에게 물어뜯기는 린치를

당합니다. '죽었다가 다시 살아난' 아버지는 반공포로로 세상에
나온 뒤 그저 남루하게 살면서 개홀레꾼을 자임하게 됩니다. 그
것이 개에 대한 자신의 '사랑'을 표현해 내는 유일한 방법이었
습니다. 그리고는 결국 못된 개에게 물려서 세상을 뜹니다(사실
은 참살떡을 먹다가 체해서 죽은 것이 직접적인 사인이었습니다). 이 이
야기가 흔치 않은 '아버지 소설'인 것은 우리 역사가 만든 '아버
지의 곡절 많은 인생' 때문이 아닙니다. 소설가의 아비치고 그
정도의 곡절이 없는 '아버지'가 어디 있겠습니까? 김소진의 소
설이 유별난 것은 '아버지와 함께 부대낀 세월'에 대한 묘사가
곡진하다는 부분에 있습니다. 그 속내가 어떤지는 소설의 결미
를 직접 한 번 읽어보는 것이 좋겠습니다.

그날 나는 아버지가 개홀레꾼이었다는 얘기를 명숙이에게 다 해
버리고 말았다. 그 때문에 내가 받아야 했던 마음의 상처와 콤플렉
스에 대해서도 털어놨다. 그러나 그 다음 얘기는 그예 하지 않았다.
그토록 뻗치는 취기 속에서도. 아버지가 결국은 개에 물려 죽은 것
말이다. 그 개는 아랫마을에서 족방(수제 구둣방)을 하는 이차랑씨
네 셰퍼드였다. 족방 일꾼들이 먹다 남긴 짬밥을 얻어먹어서 그런지
뒤룩뒤룩 살이 찐 데다 묶어놔 길러서 성질마저 포악한 놈한테 아버
지가 왜 접근했는지 몰랐다. 아무튼 아버지는 정강이뼈가 허옇게 드
러날 만큼 된통 물려서 사람들의 부축을 받고 집으로 돌아와 인수약
국에서 약까지 지어 먹었다. 그러나 그 뒤로 아버지는 시름시름 앓
는 기미를 보였다. 상처보다는 마음이 더 놀란 탓이었다. 물론 돌아

가신 당일에 입맛이 당긴다며 잘못 먹은 찹쌀떡이 얹혀 급체 증세로 갑자기 숨을 거두긴 했으나 난 왠지 아버지의 운명이 개에 물려 죽을 팔자가 아니었나 하는 생각이 들었다.

그런 사실까지 다 까발리면 난 기운이 죽 빠져버리고 말 것 같았다. 두말하면 잔소리겠지만 사실 나도 이제는 이런 명제로 뭔가 얘기 좀 해보고 싶었던 거다. 이런 명제로……

아비는 개흘레꾼이었다. 오늘도 밤늦도록 개들이 짖었다.

▶▶▶ 김소진, 「개흘레꾼」 중에서

결말 부분의 고백처럼, 김소진은 과연 「개흘레꾼」의 아들이 어떻게 살아왔는지를 최대한 소상히 밝힙니다. 어린 아들에게 아버지가 어떤 부끄러움이었는지 하나 남김없이 다 까발깁니다. 그렇게 이 땅의 모든 아들과 아버지들의 '원죄原罪'에 대해서 낱낱이 토해냅니다. 더불어 아버지가 '개흘레꾼'이 될 수밖에 없었던 소이도 차근차근 이야기합니다. 아버지의 '개 사랑'이 결국은 '개 같은 세월'에 대한 자기 방식으로서의 '처방과 치유'였음을 그려냅니다.

김소진 소설이 아니더라도 아비는 아들의 영원한 숙제입니다. 정체성 서사를 화제로 삼는 모든 소설에서 부자유친父子有親이 문제가 될 수밖에 없는 것도 바로 그 때문입니다. '아비 없는 자식'은 그 무엇으로도 행세行勢할 수 없는 것이 이 땅에서의 삶입니다. 자기 이름을 지니고 세상을 살고 싶은 자들은 '아버지는 나에게 무엇이었던가'라는 물음으로부터 영원히 자유로울 수 없습니다. 어디서든 '행세하고 남 앞에 서고 싶은 자'들은 반드시 그 문제의 해답을 스스로의 힘으로 풀어내야만 합니다.

「개홀레꾼」이 보여주는 김소진의 '부자유친'이 흔치 않은 아버지 이야기가 되는 것은 소설 속의 화자가 소설가, 그것도 스스로 운동권 출신의 작가라고 밝히는 대목에서도 확인이 됩니다. 테제 아니면 안티테제가 되는 아버지가 있어야 '행세가 되는' 속류 운동권을 비판하면서, 스스로 '개홀레꾼 아버지'의 아들임을 밝히는 그 대목에서도 이 소설은 '흔치 않은 아버지 이야기'로서의 위상을 획득합니다. 자신의 뿌리를 털어내는 그 진정성이 그렇게 만들고 있는 것입니다. '개 이야기' 중에서는 김소진의 「개홀레꾼」이 그중 진정성이 있어 보이는 것도 바로 그 까닭에서입니다.

사족 한 마디

　어디든 깊은 연못이 있는 곳이라면 '용 이야기'가 전설로 내려옵니다. 이른바 용담龍潭이라는 것이 하나씩은 다 있습니다. 모든 깊은 물에는 용이 살아야 되는 모양입니다. 그런데 그런 '용 이야기'에는 일반적으로 개가 등장하지 않습니다. 개를 좋아하는 저로서는 그 점이 좀 섭섭합니다. 어쩔 수 없습니다. '개 이야기'와 '용 이야기'는 서로 몸을 섞지 않는 것이 원칙인 모양이니 그에 따를 수밖에 없겠습니다. 갑자기 드는 생각이 있습니다. 일찍 세상을 떠난 「개흘레꾼」의 작가 김소진도 본인의 '아버지'나 저의 사촌 형처럼 개를 엄청 좋아했던 사람이었는지, 그의 소설에서 자기 자신의 '개 이야기'를 보지 못한 저로서는 그 점이 문득 궁금해져 옵니다.

자화상의 비밀

'누구나 무엇이든 (노력하면) 다 할 수 있다'라는 말처럼 무책
임한 말도 없습니다. 살아 보면 그 말이 전혀 사실에 부합하지
않는 허위 명제라는 걸 '누구나' 알 수 있습니다. 사람이 할 수
있는 일은 정해져 있습니다. 공부할 사람, 장사할 사람, 운동할
사람, 정치할 사람, 공장할 사람, 공사할 사람, 고운 사람, 미운
사람, 돈 버는 사람, 돈 쓰는 사람…, 사람들은 제게 주어진 바탕
위에서 자기 할 일을 하는 법입니다. 그렇기 때문에 생의 불행
은 대개 '자기가 할 수 있는 일'과 '자기가 하고 싶은 일'을 일치
시키지 못하는 데에서 오는 경우가 많습니다. 만족감에는 객관
적인 수치라는 것은 아예 없기 때문에 이 '일치'의 측면이 특히
중하다 하겠습니다. 살다 보면 그 '일치의 기술'이 생각보다 큰

소용이 있다는 것을 자주 느끼게 됩니다. 저 같으면 다른 생각을 다 접고 매일매일 페이스북에 사진 올리고 글 올리는 일에만 몰두하다 보니 한결 사는 게 재미있고 보람이 있습니다. 간혹 친구 분들이 '재미있다'라고 댓글까지 달아주시면 너무 기분이 좋습니다. 평생 동안 요즘처럼 활기차고, 만족감을 느끼며 살았던 때가 없었던 것 같습니다. 글도 글이지만, 얼굴 사진을 올렸을 때 좋은 반응이 오면(물론 그냥 해 주는 말씀이라는 걸 모르는 바는 아닙니다만) 하루 종일 구름 위를 걷는 기분입니다. 그래서 주기적으로 얼굴 사진을 올리게 되는 것인지도 모르겠습니다. 우리가 노는 곳이 '페이스북'이니 어쩌면 그런 자기애auto-eroticism도 당연한 '권장사항'인지도 모르겠습니다.

그런데 한 책을 읽다 보니 그런 자기애로서의 자화상 그리기가 어제 오늘의 일이 아니었고, 그것이 문화의 한 주류적 현상으로 대두되게 되는 데에는 시대적 현상으로서의 모종의 종교적, 철학적 배경이 있었다는 걸 알게 되었습니다. 아주 먼 옛날에는 자기 얼굴을 그리는 것을 꽤나 경원시했다는 겁니다. 물론 서양에서의 일입니다만, 피조물로서의 자기 분수를 망각하는 일이라고 여겼답니다. 그 부분에 대한 직접적인 설명을 들어보겠습니다. 르네상스기期 독일의 한 화가(알브레히트 뒤러)의 자화상 그림을 설명하는 글입니다.

르네상스기 독일의 대표적 화가 뒤러(Albrecht Dürer)의 「자화상」이다. 인간의 자화상이 그려지기 시작한 것은 르네상스기(期)부터였다. 그 이전에는 그림에 서명하는 것조차 피조물로서 자신의 위치를 자각하지 못한 것으로 비난받았다. 그러니 자신의 얼굴을, 그것도 이렇게 정면에서 그린다는 것은, 자신에 대한 자만의 징표라고 비난 받을 만한 일이었다. 하지만 뒤러는 거기서 멈추지 않았다. 마치 예수의 얼굴과 자신의 얼굴을 교묘하게 겹쳐놓은 듯이 그렸다. 흔한 사이비 종교 교주들처럼 자신을 '재림 예수'라고 착각했던 것일까? (실제로 그는 정확히 12명의 제자를 데리고 있었다.) 아니면 인간에 내재하는 신성을 표현하려고 했던 것일까? 아마도 후자가 더 정확할 것이다. 가령 레오나르도 다빈치의 「모나리자」 또한 인간의 얼굴에 성모의 얼굴을 겹쳐 그려 놓지 않았던가! 이처럼 사람의 모습을 이상적인 형상으로 그리는 것은 르네상스 미술의 중요한 특징이다. 이를 두고 혹자는 신성한 존재로서 '인간' 발견의 징표라고 말한다. 그럴 것이다, 휴머니즘의 시대가 시작된 것이니. 그러나 특별한 존재로서 인간을 발견하는 것에는, 인간 아닌 것에 가해진 특별한 억압이 수반되었다는 점 또한 잊어서는 안 된다. 인간중심주의에 따르면, 저 희고 숭고한 얼굴과 달리 '검고 흉한' 얼굴을 가진 '것'들로 하여금 인간을 위해 일하게 하는 것은 당연한 일이었던 것이다.

▶▶▶ 이진경, 『철학과 굴뚝 청소부』, 그린비, 2012

위의 설명에 따르면, 자화상이라는 것이 나타난 이후로 인간은 줄곧 그 '자기 얼굴 그리기'에 모종의, 불순한, 이상화된, 허상虛像을 가미해 왔다는 것입니다. 인용문에서는 그것이 르네상스기의 휴머니즘, 즉 인간중심주의에서부터 비롯된 것이라고 말하고 있지만 꼭 그런 것만은 아닌 것 같습니다. 인간은 자화상이 아니더라도 늘 그렇게 '허상'을 좇아왔습니다. 아울러서 르네상스기 이후의 그 인간중심주의가 (도그마화되면서?) 필요 이상의 '차별'을 만들어내는 한 계기가 되고 있다는 것을 초상화(자화상을 포함하는) 화법을 분석해 보면 알 수 있다고 말하고 있습니다만, 그것도 꼭 그렇게 시대별 패션에 연결지을 필요는 없을 것 같습니다. 그것 역시 자연주의와 상징주의의 큰 흐름 위에서 이해할 수 있을 것 같습니다. 보이는 대로 그릴 것인가, 보고 싶은 것을 그릴 것인가의 문제는 언제나 붓을 든 자들의 공통된 고민거리였습니다. 글쓰기도 마찬가지가 아니겠습니까? 리얼리즘과 로맨티시즘, 반영과 표현, 그 두 가지 글쓰기의 태도는 예나 제나 연필을 든 자들의 영원한 고민거리라 할 것입니다.

제 생각에는, '검고 흉한' 얼굴을 가진 '것'들은 만들어내는 전통(?)은 자기 얼굴 그리기의 대두와는 별개로 오래 전부터 인류 사회에 그 뿌리를 깊게 내리고 있는 현상입니다. 인용문에서는 그것이 르네상스 휴머니즘 시기에 와서 하나의 '화법畵法'으로(하나의 코드로) 구현되었다는 것을 강조하고 있습니다. 비인간적인 인간중심주의가 인간중심주의 시기에 나타났다는 것은 어쩌면 당연한 일이라 하겠습니다. 인간중심주의가 화두가 되는 사회에서라면 그것 안에서 새로운 타자를 적출해(?) 그것과 다른 내 자화상을 그려내고 싶은 욕망이 분출했을 것입니다. '차별하고 싶은 욕망'은 인류가 지구상에 출현한 이후로 한 번도 '자기 얼굴'을 감춘 적이 없었습니다. '차별'은 항상 동류同類 안에서, 비슷한 것들 사이에서, 이루어집니다. 인간은 다른 류類에서 비인간을 찾지 않습니다. 늘 자기 안에서 자기 아닌 것(아니기를 바라는 것)을 찾아냅니다. 권력, 혈연, 재산, 학식, 재능, 외형(미모) 등등, 자기가 가지고 있고(가지고 싶고) 남이 가지지 못한 것(남들에게는 주기 싫은 것)을 가진 자들은 항상 '검고 흉한' 얼굴을 가진 '것'들을 만들어내어서 그것들을 비인간화합니다. 그런 차별화가 공공연하게 자행되는 곳은 칼 포퍼가 말하는(그렇기를 바라고 있는) '닫힌 사회'일 것입니다.

내가 생각하는 측면이란 열린사회에서는 대다수의 구성원들이 사회적으로 높아지기 위해, 그리고 다른 사람의 지위를 차지하기 위해 투쟁한다는 사실과 결부되어 있다. 예컨대 이런 것은 계급투쟁과 같은 중대한 사회적 현상을 일으킬 수도 있는 것이다. 유기체 속에는 계급투쟁과 같은 것은 아무것도 찾아볼 수 없다. 유기체의 세포나 조직은 — 종종 국가의 구성원에 대응한다고 말해지지만 — 영양분을 얻기 위해 경쟁할지는 모르겠으나, 다리가 머리가 되고자 한다든가, 몸의 어느 다른 부분이 배가 되고자 하는 선천적인 경향은 없을 것이다. 그러므로 유기체 속에는 열린사회의 가장 중요한 특성 중의 하나인 구성원들 간의 지위다툼에 해당되는 것이 없으므로, 소위 국가 유기체 이론은 그릇된 유추에 근거한 것이다. 그 반면 닫힌 사회에는 그런 경향이 많지 않다. 계급을 포함한 닫힌사회의 제도는 신성불가침한 금기이다. 유기체 이론은 여기에는 크게 어긋나지 않는다. 그러므로 우리 사회에다 유기체 이론을 적용하고자 하는 시도

는 거의 다 부족주의로 되돌아가고자 하는 선전의 감추어진 형식이
라는 것을 알아도 놀라지 않을 것이다.

▶▶▶ 칼 R. 포퍼, 이한구 옮김, 『열린사회와 그 적들』(민음사, 2006) 중에서

우리 안의 어떤 것을 시대착오적인 기준과 방법으로 '우리 아
닌 것'으로 차별화하는 것은(차별하고 싶은 것은) 결국 우리가 시
대착오적인 비인간적 유기체로 살고 있다는 것을 의미합니다.
그것은 오래 전에 버린 부족주의 안에서 여태 우리가 살고 있다
는 것을 뜻합니다. 원론적으로 말해서, 우리가 인간인 것은 서로
를 인간으로 인정하는 한에서만 인간입니다. 차별하기 전에 먼
저 인정하는 것이 우리가 사회를 구성하고 같이 살아나가는 일
의 순서입니다. 서로 생각하는 게 다르다는 이유만으로 인간으
로 인정하지 않는 인간이 우리 중에 있다면 이미 우리는 인간이
아닙니다. 적어도 자화상을 그리기 시작한 이래의 인간은 아닌
것입니다. 아직도 자기 얼굴을 그리는 것을 불경不敬으로 여기는
가엾은 신의 피조물일 뿐입니다.

사족 한 마디

  페이스북에서 자기 얼굴을 감추고 계시는 분들을 가끔씩 만납니다. '눈팅'이라고 해서, 자기 흔적을 남기지 않고 타인의 사진이나 글을 보고 다니는 분들도 계시다는 것을 알고 있습니다. 모두 자화상을 그리는 것이 '불경'스럽다는 의식을 가진 분들이라 생각합니다. 2~3년 페이스북을 드나들다 보니 이곳이 결국 자화상 진열장이라는 것을 알겠습니다. 제가 해 본 경험으로는 이런 SNS 활동은 르네상스기의 '자화상의 대두'와 비슷한 의미를 지니는 것 같습니다. 진정한 자기 발견이 이루어지는 공간으로서의 역할이 뚜렷합니다. 비이성적인, 그리고 비인간적인, '차별화의 욕망'만 적절하게 제어될 수만 있다면 앞으로 우리 사회가 열린 사회로 진입하는데 크게 기여할 것 같습니다.

대통령의 연설

어떤 이는 음성이 문자로 기록되면서부터 인류의 비극이 시작되었다고 말합니다. 언어의 박제剝製, 문자가 등장하면서부터 '진리(진실)의 현장성'이 사라지고 독자들의 '오해와 편견'이 '살아 있는 말의 삶'을 옭아매기 시작했다는 것입니다. 그쪽에서는 진시황의 분서갱유도 그런 측면에서 이해하고 넘어가자고 합니다. 책들을 불 태워서 지상에 존재하는 모든 '오해와 편견'의 씨앗을 제거하려 했다는 것입니다. 좀 웃기는 '오해와 편견'일 것 같습니다만 전혀 근거가 없는 말도 아닌 듯싶습니다. 생각해 보면, 인류의 모든 위대한 스승들은 스스로 기록에 나서질 않았습니다. 공자님께서는 '술이부작述而不作'이라고 해서 아예 자신이

지어낸 것은 없다고까지 말씀하셨습니다만, 과연 부처님이나 예수님도 그랬고 소크라테스도 그랬습니다. 그들 위대한 스승들은 오직 말했을 뿐이었습니다. 적지 않았습니다. 위대한 스승은 그저 말하고, 위대해지기를 꿈꾸던 제자들은 그저 그 말을 옮겨 적기에 급급했습니다. 그렇게 적는 가운데 진리의 한 자락이라도 건져내기를 간절히 소망했습니다. 그렇게 매번 '오해와 편견'을 만들어내고 또 그것과의 싸움에 매진했습니다.

말하기와 글쓰기는 전혀 다른 표현 행동입니다. 말하기는 모든 것의 총합으로서의 표현활동입니다. 음성(메시지)뿐만 아니라, 제스츄어, 표정, 어조, 주변 상황을 모두 함께 표현의 기제로 사용합니다. 그러나 글쓰기는 그렇지 않습니다. 문자적 표현을 이루는 코드와 맥락, 그리고 독자의 문식력에 따라 천차만별의 의미를 생산해 냅니다. 작가의 의도는 독자들에 의해 산산히 찢겨나갑니다. 다음의 인용은 그런 정황을 '타산지석'의 측면에서 이해할 수 있도록 도와줍니다.

언어상실증 병동에 있는 음색인식불능증 환자들도 대통령의 연설을 듣고 있었다. 그 중에는 오른쪽 관자엽에 신경아교증이 있는 에밀리 D도 끼여 있었다. 예전에 영어 교사로 일했던 그녀는 이름이 조금 알려진 시인이기도 했다. 언어에 대한 감각이 대단했고 분석력과 표현력도 뛰어났다. 그녀는 언어상실증 환자와 반대의 상태에 있는 음색인식불능증 환자에게 대통령의 연설이 어떻게 비쳤는지를 표현할 수 있는 적임자였다. 에밀리는 이미 목소리에 담긴 희로애락을 판단할 수 있는 능력을 상실했다. 목소리의 표정을 읽어낼 수 없기 때문에 말을 들을 때면 상대방의 얼굴과 태도와 움직임을 보아야만 했다. 그녀는 열심히 주의를 기울이면서 시각을 활용했지만 그것도 벽에 부딪히고 말았다. 악성 녹내장으로 시력이 급속하게 나빠졌기 때문이다.

이렇게 되자 말과 그 사용법에 극도의 주의를 기울여야 했고, 이 때문에 그녀는 주변 사람들에게도 엄밀한 말을 쓰도록 요구했다. 다시 말해서 내키는 대로 말하는 대화투의 말이나 속어, 에둘러 하는 말이나 감정이 담긴 말 따위를 점차 이해하지 못했다. 그래서 그녀는 앞뒤가 또박또박 들어맞는 문장으로 말할 것을 요구했다. 문법적으로 깔끔하게 정비된 문장이라면 말투와 감정을 못 느끼더라도 어느 정도까지는 이해할 수 있었기 때문이었다.

그 결과 그녀는 서술적인 문장을 말하는 능력을 잃지 않았다. 그 능력이 오히려 커지기까지 했다. 그래서 적절한 단어를 골라서 서술적으로 말하면 의미를 잘 알아들었다. 그러나 감정이 담긴 말의 경우에는 억양과 감정이 담겨야 의미를 파악할 수 있기 때문에 점점 이해하기 힘들어졌다.

에밀리도 돌처럼 굳은 표정으로 대통령의 연설을 듣고 있었다. 잘 알아듣는 것 같기도 하고 알아듣지 못하는 것 같기도 했다. 그러나 엄밀하게 말하면 그녀는 언어상실증 환자들과 정반대의 상태에 있었다. 그녀는 연설을 듣고 감동하지 않았다. 어떤 연설을 듣는다 하더라도 마음이 움직일 리 없었다. 감정에 호소하려는 목적을 가진 연설은 그것이 진실이든 거짓이든 그녀의 마음을 손톱만큼도 움직일 수 없었다. 감정적인 반응을 보이지는 못하지만 그녀도 우리와 같이 똑같이 내심으로는 연설에 깊이 빨려들어간 게 아닐까? 그렇지 않았다. 그녀는 이렇게 말했다.

"설득력이 없어요. 문장이 엉망이고 조리도 없어요. 머리가 돌았거나 무언가를 숨기고 있는 것 같아요."

이렇게 해서 대통령의 연설은 언어상실증 환자들뿐 아니라 음색인식불능증 환자인 그녀를 감동시키는 데에도 실패했다. 그녀의 경우에는 문장과 어법의 타당성에 대해 뛰어난 감각을 지니고 있기 때문이었고, 언어상실증 환자의 경우에는 말의 가락은 알아들었지만 단어를 이해하지 못했기 때문이었다.

이것이야말로 대통령 연설의 패러독스였다. 우리 정상인들은 마음속 어딘가에 속고 싶다는 바람을 가지고 있기 때문에 실제로 잘 속아 넘어간다('인간은 속이려는 욕망이 있기 때문에 속는다'). 음색을 속이고 교묘한 말솜씨를 발휘할 때 뇌에 장애를 가진 사람들만 빼고 전부 다 속아 넘어간 것은 바로 그 때문이었다.

▶▶▶ 올리버 색스, 조석현 옮김, 『아내를 모자로 착각한 남자』 중에서

우리가 읽는 모든 책들은 에밀리가 원하는 '앞뒤가 또박또박 들어맞는 문장'이라고 생각하면 될 것 같습니다. 어렵게 그 메시지는 겨우 건져낼 수 있지만 '감동'은 기대할 수 없는 의사소통의 수단인 것입니다. 작가가 의도하는 그 모든 것을 재구성해낼 수 있는 독자라야 겨우 작가의 그림자라도 밟을 수 있는 것이 어쩌면 '책읽기'의 운명인지도 모르겠습니다.

위의 인용문은 그것 말고도 또 재미있는 '진실'을 하나 소개하고 있습니다. 듣는 이들의 '속고 싶은 바람'에 대한 언급입니다. 결국 '말'이 아니라 '마음'이었던 것입니다. 우리가 누구에게 속는다는 것은 결국 그(그녀)에게 속고 싶은 우리 마음 탓이지 그(그녀)의 말 때문이 아니라는 것입니다. 영화 〈라쇼몽羅生門〉이 아니더라도, 살다 보면 '진공상태에서 존재하는' 〈진실眞實〉은 존재하지 않는다는 것을 누구나 알게 됩니다. '기준이 되는 어떤 진짜 현실' 그러니까, '1미터는 지구 자오선의 4만분의 1이다' 혹은 '1미터는 빛이 진공상태에서 1초에 진행한 거리의 1/299,792,458이다'와 같이 정의될 수 있는 현실이란 이 세상에 존재하지 않는다는 것을 우리는 압니다. 오직 있는 것은 그냥 각자가 당면한 〈현실〉만 있을 뿐입니다. 갑의 '현실'과 을의 '현실', 병의 '현실'만 있을 뿐이지, 갑을병 모두에게 통하는 〈진실〉은 아예 없다는 것입니다.

검도를 배우고 가르치다 보면 무도 수련의 길에서도 어떤 '본질주의적 태도'를 고수하려는 이들을 종종 만나게 됩니다. '확실한 지침을 배울 수 있는, 정본이라 할 수 있는 검도 책을 소개해 주십시오', '한 박자의 격살이라는 게 결국은 엇박자를 내라는 말씀이시죠?', '책에도 적혀 있지만, 칼자루(병혁)를 덮어서 쥐라는 것은 이러저러한 이치 때문이잖습니까?', '호흡법은 복식을 위주로 하면서, 상대의 들숨을 노려 쳐야 되지요? 반대로 이쪽에서는 날숨 때 공격을 개시해야 되고요' 등등의 '이치에 닿는 말'들에 대한 강한 선호를 자주 접하게 됩니다. 하나 같이 무언가 '절대적인 기준'을 찾으려는 태도들입니다. 특히 책깨나 읽은 식자층들이 많이 보이는 '태도(현실)'입니다. 그럴 때마다 저는 좀 난감한 표정을 짓습니다. 책에는 언제나 좋은 말씀들이 많지만 사람의 몸(특히 초보자들)이 그걸 다 소화해 내기가 어려울 때가 많은 법이라, 결국은 그것들도 그저 '앞뒤가 또박또박 들어맞는 문장'에 그치는 경우가 많기 때문입니다. 남의 집 만석지기보다 손바닥만 해도 내 집 앞 문전옥답이 소중한 것이 몸 공부의 요체입니다. 조금씩 조금씩 손수 소출을 낼 수 있는 경작지를 넓혀가는 게 중요한 일입니다. 책은 자작이 되고 나서 필요한 것이고요. 그걸 알게 되면 일단 소작은 면하고 자작농自作農은 되는 셈입니다.

제가 '자작농' 신세가 되면서 가장 신세를 많이 진 '말씀' 중의 하나가 '발바닥으로 호흡하라'는 가르침이었습니다. 호흡을 발바닥으로 내리는 과정이 중요하다는 것을 실행實行 중에 알게 되었습니다. 상허하실上虛下實이 자연스럽게 따라왔습니다. 그 다음부터 누가 호흡법에 대해서 물어오면 저도 '발바닥으로 호흡하라'라고 말해 줍니다. 듣는 이들 가운데는 그냥 씩 웃고 뒤돌아서는 이들도 꽤 있습니다. 어차피 〈진실〉은 없는 법, 자신들의 〈현실〉 안에서 스스로 알아가기를 바랄 뿐입니다.

복숭아나무를 찾아서

우리가 자주 쓰는 말 중에서 그것이 어떤 함의含意를 지닌 말 인가에 대해서 깊이 생각해 보지 못한 채, 마치 전가傳家의 보도寶刀 인 양, 아무 때나 가리지 않고 쓰는 말들이 있습니다. 제게도 그런 말이 있습니다. '글은 사람이다'라는 말을 여기저기서 많이 썼지만 그 뜻에 대해서는 딱히 깊게 생각해 본 적이 없었습니다. 그저, '모든 글에는 각기 자기 얼굴이 있어, 글을 보면 누가 쓴 것인지를 금방 알 수 있다'라는 정도로만 이해했습니다. 그러다 가 최근에 인간은 '글쓰기를 통해서 자기 자신을 형성해 나가는 존재다'라는 것을 체험적으로 확인하게 되었습니다. 니체(차라투 스트라)가 말했던가요? 글쓰기는 결국 '황금의 말'을 지향하지 않을 수 없다는 확신까지 들었습니다. 글쓰기에 있어서의 '나르시시즘' 문제도 그런 믿음에 이르는 과정에서 자연스럽게 확인이 되었습니다. 프로이트의 설명이 아니더라도, 나르시시즘은 모든 글쓰기에 동력動力을 제공하는 것이면서 동시에 그것의 미학적 수준을 결정짓는 결정적인 요소가 됩니다. 그것에 휘둘리면 유치한 글이 되고, 그것을 적절히 다루면 아름다운 글이 됩니다. 요즘 대세인 페이스북에서도 확인되는 것이기도 합니다만, '제 잘난 맛' 없이는 그 어떤 경우에도 '자기 표현'은 없습니다. 그것 없이는 누구도 글이나 사진을 올리지 않을 것입니다. 그 원칙은 예술성을 띤 글이든 실용성을 띤 글이든, 어떤 경우에나 가리지 않고 적용됩니다. 그러니까 나르시시즘은 글쓰기를 비롯한 모든 표현행위에서 자신의 존재성을 관철시킵니다. 그런 의미에서 모든 글(표현)은 일종의 〈자기소개서〉입니다. 글 쓰는 이가 자기 자신을 굳이 어떤 방식으로 드러내느냐의 '태도의 문제'만 있을 뿐, 자기를 완전히 감추는 글은 이 지상에는 존재하지 않습니다.

그런 맥락에서, '나르시시즘'의 문제는 남의 글을 읽고 글 쓴 이의 품성이나 능력(잠재적)을 파악해야 되는 사람들에게는 필수적인 검토사항이 되는 것입니다. 그런 작업을 꾀할 때는 심사 대상자의 글을 읽고 그 글이 전달하려는 메시지가 무엇인지 지나치게 '해석학적 코드'에 입각한 독서를 하지 않는 것이 좋습니다. '글자(문장)의 연속이 텍스트의 의미이다'라는 생각에 얽매이지 않아야 합니다. 텍스트를 축자적으로 해독하는 작업이 되면 안 된다는 겁니다. 겉으로 드러난, '전달하려는' 의미보다는, 안으로 숨겨진, '전달되는' 의미를 찾으려고 노력해야 합니다. 상징적이거나 문화적인 코드의 사용법을 잘 살펴 의식과 무의식간의 협력이나 갈등관계 속에서 드러나는 이른바 '이중 기록의 문제'를 파악해 낼 수 있어야 합니다. 글의 내용에 대한 '진위眞僞 판단'은 그 다음의 문제입니다.

글쓰기에 있어서의 '나르시시즘'의 문제는 그러한 심사 행위에서 반드시 숙고되어야 할 문제입니다. 모든 글쓰기는 '자기 존재 증명'이라는 임무를 반드시 수행해야 하는 것이기 때문에, 정도의 차이는 있을지라도 나르시시즘自己愛, 自己欲情의 문제를 완전히 벗어날 수가 없습니다. 사람마다, 글마다, 알게 모르게, 끈질기게 글을 싸고도는 그 어떤 것이 있기 마련입니다. 그게 뭔지만 알면 됩니다. 자신을 비우고 차분하게 글을 읽다 보면 '그 무엇'이 제 모습을 드러내게 되어 있습니다. 세상의 모든 '상처'들은 서로 통하게 되어 있습니다. 자신의 '상처'를 끝내 어둠 속에 방치하지 않는 한 반드시 그것들은 서로를 불러내게 되어 있습니다.

크게 보면, 나르시시즘은 인간의 본성에 속합니다. 상처에 대한 반응, 그것 없이는 인성人性 자체가 성립되지 않습니다. 글 쓰는 자의 나르시시즘은 크게는 두 갈래로 나눌 수 있습니다. 하나는 나르시시즘(상처)에 '사로잡힌' 글쓰기, 다른 하나는 나르시시즘(상처)을 '다루는(어루만지는)' 글쓰기입니다. 일반적으로, 나르시시즘에 마냥 사로잡히지 않고 얼마간 그것을 다룰 수 있는(어루만지는) 경지에 도달해야 비로소 전문적인 글쓰기가 가능해집니다. 보통 시인(지망생)이나 작가(지망생)들은 그런 경지에 도달되었을 때 사회적으로 정해진, 공적인 인정을 받습니다. 한 예로 작가 신경숙의 경우를 들 수 있겠습니다. 물론 사견私見입니다. 그 경우가 제게는 그런 경지를 잘 보여준 예가 됩니다. 데뷔작 「겨울우화」에서 출세작 「풍금이 있던 자리」로 나아가는 궤적이 제가 보기에는 그랬던 것 같습니다. 전자에서는 '사로잡힌' 차원이었던 것이 후자로 가면서 '다루는(어루만지는)' 차원으로 이행하고 있었다는 겁니다. 사람마다 자기 수준에서의 '사로잡힌' 글쓰기와 '다루는' 글쓰기가 있기 마련입니다. 신경숙은 자기 수준에서의 '경지 이동'이 아주 자연스럽게 이루어진 케이스라 할 것입니다. 물론, 그 '이동'은 절차탁마의 소산입니다. 미숙한 정신이 토해내는 '원석原石에 가까운 글'과 성숙한 정신이 만들어내는 '세공細工된 글' 사이에는 쉽게 건널 수 없는 '요단강'이 존재합니다. 글자 몇 자의 수식이 아니라 나르시시즘을 다루는 태도에서 '건널 수 없는 간극'이 존재한다는 것입니다. 카프카 정도 되는 글쓰기 천재만이 그 강을 '배움 없이' 건널 수 있지 싶습니다. 저절로 그 강을 건널 수 있는 자는 아마 백만 명 중의 한 명이 아니겠나 싶습니다.

사족 한 마디

저에게도 '글쓰기에 있어서의 나르시시즘' 문제와 관련된 좋지 않은 경험이 있습니다(상처적 체질?). 젊어서 글쓰기에 있어서의 나르시시즘 문제를 직접적으로 한 번 다루어보고 싶어 그 부분을 소설 작품 내용 부분에서 대놓고 언급한 적이 있었습니다. 물론 고백체 소설 속에서였지요. 그런데 한 어설픈 평론가가(제가 볼 때는 지극한 얼치기 나르시스트였던 자였습니다) "이 작가 스스로 자신이 나르시시즘에 사로잡혀 있는 것은 아닌지 스스로 성찰해 보기 바란다"는 요지의 평문을 써서(그것도 유명 시사주간지에다 두 쪽이나 되는 분량으로 실어서) 고속도로 휴게소에서 무심코 그 주간지를 사서 읽던 제 얼굴을 제대로 화끈하게 해 준 적이 있었습니다. 제 글이 부끄러운 것도 부끄러운 것이었지만, 그런 무식쟁이를 평론가로 대접하는 우리 현실이 더 부끄러웠습니다. 본디 나르시시즘은 자기 문제이기 때문에 자기 이야기를 써야 하고, 그것을 여러 각도에서 반추해 볼 수밖에 없는 것인데, 간장을 두고 왜 짜냐고 말하니, 황당하기만 했습니다(요즘 같이 '시바 시인' 같은 도저하고 진정한 나르시스트의 등장을 보지 못했던, 그야말로 '석기 시대' 때의 이야기입니다). 한편으론, 그도 그럴 만한 이유가 있으니 그런 말을 하지 않았겠는가 싶어 반성도 많이 되었습니다. 시골무사 주제에, 소설이라는 장르를 사용하면서 함부로 그런 식으로 나르시스트연하는 게 '목불인견目不忍見'이 될 수도 있겠다 싶기도 하였습니다.

인간을 이루는 부품은 본디 조악粗惡합니다. 육체는 물론이고 정신도 그렇습니다. 사람마다 모두 제 각각이지만, 높은 데서 내려다보면 정말이지 한 줌의 흙먼지에 불과한 것들입니다. 그런데 그 미물스러운 것들이 홀로 제 몫을 다하고 혹은 서로 연결되어 우주의 작용을 의미 있는 것으로 만들어가는 것을 볼 때면, 신통방통, 놀라운 느낌에 사로잡힐 때가 한두 번이 아닙니다. 부품은 조악한 것이 틀림없는 것 같은데, 그 한계를 훌쩍 뛰어넘어 있는 완성품 인간들을 볼 때면 경탄을 금할 수가 없습니다. 몸에서도 그렇고, 정신에서도 그렇습니다. 몸은 몰라도 정신의 차원에서, 거의 완성품의 경지를 보여주는 사람들을 볼 때면 정말이지 황홀합니다. 때로 나도 언젠가는 저런 경지를 엿보기라도 할 수 있을 것이라는 강렬한 격려와 자극을 받기도 합니다.

어쨌거나, 그런 모든 '경탄할 만한 것'들의 존재 역시 그나마 나르시시즘이 있어서 그럴 수 있는 것이 아닐까라는 생각이 들 때가 많습니다. 제 잘난 맛이 없이는 어떤 넘어섬도 없을 것이라는 생각입니다. 그것 없이는 글쓰기란 애초에 없습니다. 문제는 나르시시즘입니다. 내 것 네 것 가릴 것 없이 나르시시즘입니다. 그래서인지, 예전 같으면 '눈 뜨고 못 볼' 것들이 요즈음은 가끔씩 눈에 들어올 때도 있습니다. '귀가 순해지는耳順' 것은 대체로 나이 60이 되어서라는데 그 말이 맞는 것 같습니다. 귀나 눈이나 순해지는 건 마찬가지일 것이니까요. 이 상태로 나가면 저도 몇 년 안에 완전히 눈과 귀가 순둥이가 될 것 같습니다. 그때까지 신체를 보전保全하고 수신修身에 힘쓸 일입니다. 내 것, 남의 것 가리지 말고 나르시시즘도 좀 곱게 봐 주면서.

이 글의 제목과 관련된 것입니다. 제가 자주 가는 미용실의 헤어디자이 너인 권선생의 무남독녀인 '자나깨나 예쁜이'가 유치원 지원 경쟁에서 고 배苦杯를 마셨답니다. 미용실에 들렀다가 우연히 들었습니다. 권선생 집 근처에 있는 〈사과나무 유치원〉은 인근에서 꽤나 인기 있는 유치원입니 다. 유치원 원장님이 일단 사과나무집 따님이시랍니다. 자기 집 과수원에 서 따온 사과를 원생들에게 아낌없이 베풀고요, 음식을 조리할 때도 전라 도 신안에서 가져온 천일염을 자체적으로 몇 년간 저장해서 간수를 충분 히 뺀 상태로 사용하고요, 아이들에게 제공하는 음식의 식자재도 비록 유기농 제품은 아니더라도 농협 인증 제품만을 사용한답니다. 워킹맘으 로 아이 도시락을 싸 주기가 어려운 우리 권선생에게는 그런 '먹을거리에 대한 유치원의 신의'가 무엇보다도 마음에 드는 일이었습니다. 인근의 병 설 유치원에서는 급식을 하지 않기 때문에 어쩔 수 없이 그 〈사과나무 유치원〉에 아이를 꼭 보내야 했습니다. 그런데 의리 없이 '복수 지원'을 한 얄미운 엄마들 때문에(꼭 그런 것인지는 확인을 해봐야겠습니다만) 우 리 '자나깨나 예쁜이'는 가고 싶은 유치원을 가지 못하게 되었습니다. 이 야기를 듣다 보니 어린 딸의 상심이 걱정이 되었습니다. 그 나이면 자기가 어떤 처지에 놓인 것이라는 걸 알 만할 것 같아서였습니다(저도 그랬거든 요). 아이가 어떻게 그걸 받아들이더냐고 물었습니다. 그런데 권선생의 대답이 걸작입니다. 아이가 오히려 엄마를 위로하더랍니다.

"엄마, 괜찮아, 꼭 사과나무가 아니라도 괜찮아. 복숭아나무 유치원을 한 번 찾아봐. 찾아보면 어딘가 꼭 있을 거야."

'자나깨나 예쁜이'는 다행히 복숭아를 좋아한답니다. 그러니, 〈사과나무 유치원〉이 안 된다면 〈복숭아나무 유치원〉이라도 무방하다는 거지요. 괜히 그 말에 제 콧잔등이 시큰해졌습니다. 저도 딱 그 나이 때 그 비슷한 '상처'를 얻은 경험이 있었거든요.

대여섯 살 때였을 겁니다. 한 번은 어머니와 함께 길을 걷다가 어머니의 손을 끌어당기며 이렇게 말한 적이 있었습니다.

"엄마, 이 길로 가지 말고 저리로 돌아가요."

일전에 그 길에서 집주인 아주머니를 만나 모질게 집세 추궁을 받던 어머니의 모습이 안쓰러웠던 것입니다. 어머니가 저의 그 말을 듣고 말 없이 제 머리를 치마로 감싸주던 기억이 떠오릅니다. 아마 그때 어머니의 나이가 딱 지금 권선생 나이 때였을 겁니다.

그래도 씨발

대학 졸업할 무렵이었습니다. 무슨 생각이었는지 철학책을 한 권 샀습니다. 그때만 해도 책과는 거의 담을 쌓고 살던 시절이었습니다. 대학원을 가고 학자가 되고 평생을 책과 함께 살 것이라고는 꿈에도 생각하지 못했던 시절이었습니다. 국립사범대 출신은 임용고시 없이 바로 교사임용이 되던 때라 학점만 채워서 무사히 졸업만 하면 되었습니다. 그래서 제 때 졸업하는 것에만, 최소한의 노력을 들여서, 학교 공부에 매진했습니다. 나머지 시간은 온통 친구와 노는 일, 생계를 위해 돈 버는 일에만 쏟아부었습니다. 아르바이트로 과외를 주로 했지만 때로는 두 충차 판매와 같은 본격적인 세일즈에도 참여하기도 했습니다. 그 당시 같이 놀고 함께 돈 벌러 다녔던 친구들 중에서 제 때

대학을 졸업한 사람은 저 혼자뿐이었습니다. 대여섯 명의 절친 중 제 때 취직을 한 사람이 저 혼자뿐이었습니다. 나머지 친구들은 모두 도중에 학비를 탕진하고 군대에 가거나, 용케 잘 버티긴 했지만 학점을 다 채우지 못해서 한 학기나 일 년씩 학교를 더 다니거나 했습니다. 그런 형편이었기 때문에 일찍부터 공부를 할 요량으로 대학원을 가서 팔자에 없는 가방끈을 더 늘여 보겠다는 생각을 한다는 것은 언감생심, 감히 생각도 할 수 없는 일이었습니다. 대학 졸업을 앞두고 벌어진 '주동자 없는 데모'와 돌연한 휴교 사태의 와중에서 '충동 구매식 선택'으로 우발적으로 이루어진 것이 저의 대학원 진학이었습니다. 그 충동 구매가 이루러지는 무렵에 오랜만에 자비를 들여 책을 한 권 산 것입니다. 『선(禪)의 세계』(고형곤)라는 책이었습니다.

그 책에서 저는 "산도 그 산이요 물도 그 물이로다山是山, 水是水"라는 선가의 한 명제에 바로 꽂혔습니다. 그 책에는 그 이야기가 앞부분에 나옵니다. 고등학생 때 본 『육조단경』의 '일체유심조'가 거기서 제대로 된 '종결자'를 만나는 형국이었습니다. 황홀했습니다. 더 이상 공부할 필요가 없겠구나, 세상 공부가 그렇게 또 한 번(?) 마감되었습니다. 책을 볼 일이 또 다시 사라졌습니다. 나중에 성철스님께서 종정으로 취임하시면서 그 법문을 널리 세상에 알리셨을 때도 내심으론 그저 심심할 따름이었습니다. 결국 세상 이야기라는 것이 쳇바퀴 돌 듯 돌고 도는 것일 뿐이구나, 아마 그렇게 느꼈던 것 같습니다(제 공부가 한 치 앞을 내다보지 못하고 평생을 제 자리 곰배인 것도 어쩌면 초년 공부의 그 무지스러움 때문인지도 모르겠습니다).

　쳇바퀴 돌 듯 도는 세상 이야기, 그 비슷한 심정을 오늘『나의 삼촌 브루스리』(천명관)를 읽다가 마주칩니다. 그 소설을 읽으며 저는 또 한 번 세상 공부의 무용성을 깨닫습니다. 누구에겐가 갚아야 할 부채 한 건이 저도 모르는 사이에 깨끗하게 변제된 느낌이라고나 할까요? 당분간은 젊은 작가들의 작품을 읽지 않아도 좋겠다는 생각이 들었습니다. 그렇게 작가 천명관이 제게 권합니다. 결국은 '칼판장의 무술 솜씨' 같은 것 아니겠느냐고요. 주방에서 한 평생 보낸 사람이 아이들 레시피 놀음에 감 놓아라 배 놓아라 참견할 필요가 무에 있겠느냐고요. 인생이란 것이 어차피 '짝퉁'의 수준을 뛰어넘을 수 없는 것 아니냐고요. 그렇게 작가는 말합니다. 진지한 짝퉁, 교활한 짝퉁, 어설픈 짝퉁, 세련된 짝퉁이 있을 뿐 모두 짝퉁이긴 마찬가지랍니다, 작가는 그렇게 말합니다. 메시지는 그렇다 치고, 작가가 이야기를 전달하는 수단이 무척 재미있습니다. 이야기의 흐름이 제법 곡진曲盡합니다. 소설이 묘사라는 것에도 아주 충실합니다. 주성치의 영화 〈소림축구〉(2001)를 글자로 옮겨놓은 듯, 웃음 속에 칼이 있습니다.

　– 저, 정말 무술을 못한다고요?
　– 그래, 주방에서 칼이나 잡는 내가 무슨 무술을 하겠어? 그냥 다 자네가 혼자 그렇게 생각한 거지.
　삼촌은 스스로 어이가 없었다. 그럼 도대체 뭘 보고 칼판장에게 무술을 가르쳐달라고 했던가? 곰곰이 생각해 보니 그가 직접 무술을 하는 모습을 제대로 본 적은 한 번도 없었다. 또한 그가 가르쳐준 것도 아무것도 없었다. 그저 더 빨리! 더 강하게! 그렇게 느려 터져서 어떻게 상대를 막을 거야! 하는 따위의 고함만 질렀을 뿐이었다.

- 사실, 그 점에 대해서는 내가 잘못한 것도 있지만 자네 잘못도 없다고는 할 수 없어.

칼판장이 다시 입을 열었다.

- 내가 무슨 잘못을……?

- 말이 나왔으니까 하는 얘긴데 자넨 자신만의 환상 속에서 살고 있었어.

- 환상이요?

- 그래. 자넨 마치 세상이 무슨 무협지라도 되는 것처럼 생각했어. 세상엔 숨은 고수들이 있고 언젠가 그런 고수가 나타난 자네에게 무술을 전수해 줄 거라고 말이야. 그래서 나를 자네의 상상 속에 억지로 끼워 넣은 거지. 사람은 자신이 믿고 싶은 것을 믿는 법이거든. 사실 난 그냥 밖에 나가 달밤에 체조를 하고 있었을 뿐인데 그게 자네 눈엔 엄청난 고수처럼 비쳤던 모양이지. 그래서 나한테 무술을 가르쳐달라고 한 거고. 그런 면에서 자네도 죄를 지은 거야.

- 그 그게 무슨 죄예요?

- 나에게 속이려는 마음이 들게 했으니까. 그래서 멀쩡한 사람에게 죄를 짓게 했으니까 그것도 죄라면 죄겠지.

칼판장의 궤변에 삼촌은 어이가 없었지만 생각해보면 일면 맞는 말이기도 했다. 그렇다면 자신이 믿고 살아왔던 그 모든 게 다 허상이란 말인가? 그래서 자신의 상상이 빚어낸 허구 속에서 내내 허우

적거리며 살아왔더란 말인가? 삼촌은 머리가 혼란스러웠다.

　- 자네가 생각하기에 세상엔 고수가 참 많을 것 같지? 축지법도 쓰고 경공술도 쓰고, 그래서 저 밖의 담장을 훌쩍훌쩍 뛰어넘을 것 같지? 그런데 높이뛰기 세계신기록이 얼마인지 알아? 3미터가 안 돼. 그게 인간의 한계야. 만약에 저 담장을 뛰어넘을 정도면 올림픽에 나가서 금메달을 따고도 남을 거야. 그런데 뭐 하러 산속에 처박혀서 나무나 뛰어넘겠어? 그리고 자네가 좋아하는 이소룡도 마찬가지야. 아무리 무술을 잘한다고 해도 내가 보기엔 헤비급 권투선수 하나 어쩌지 못할걸?

　- 이, 이소룡은……!

이소룡 얘기에 삼촌은 본능적으로 울컥했지만 달리 할 말이 없었다. 정의가 실현되지 않는 건 그래서일까? 자신이 머릿속에서 그려놓은 세계와 현실세계가 그렇게 달라서? 약한 자를 보호하고 싶지만 보호할 수 없고 악당을 물리쳐야 하는데 누가 악당인지조차 알 수 없는 것도? 그래서 그토록 가슴이 답답하고 헛헛했던 걸까? 상상과 현실의 세계가 충돌하느라? 삼촌은 내면 깊숙한 곳에서 그 상상의 세계가 와르르 무너지는 소리가 들리는 듯했다. 그리고 화산이 솟구치듯 무언가 안에서 치밀어 올랐다. 삼촌은 갑자기 벌떡 일어서서 칼판장의 얼굴에 힘껏 주먹을 날렸다. 그 통에 테이블이 넘어지고 와장창 소리를 내며 칼판장이 뒤로 나가떨어졌다. 삼촌은 그런 칼판장을 내려다보며 말했다.

　- 그래도 씨발, 거짓말을 하면 안 돼지.

▶▶▶ 천명관, 『나의 삼촌 브루스리』 중에서

"산도 그 산이요 물도 그 물이로다山是山, 水是水"를 저는 언제부턴가 '산 넘어 산이다'로 받아들입니다. 짝퉁으로 인생을 버텨내는 것도, 소설이든 인문학스프든 글을 써내는 일도, 생각으로 하든 몸으로 하든 도를 닦는 것도, 따지고 보면 모두 산 넘고 또 산을 넘는 일입니다. "내 스타일에는 아무런 수수께끼가 없다. 내 움직임은 단순하고, 직접적이고, 비고전적이다."라고 이소룡의 말을 작가후기에서 인용하고 있는『나의 삼촌 브루스리』나 예술이 반드시 인간됨을 조장해야 한다며 "금시벽해金翅劈海향상도하香象渡河"를 강조하는「금시조」(이문열)나 모두 같은 이야기들입니다. 모두 자신이 넘어온 산들에 대한 등정기登程記일 뿐입니다. 독자들도 마찬가지입니다. 낮은 산에는 낮은 산을 즐기는 이들이 있고, 높은 산에는 높은 산에 도전하는 이들이 따로 있는 법입니다. 낮은 산이든 높은 산이든 그저 세상의 산은 '오르기 위한 산'일 뿐입니다.

'높이뛰기 세계신기록'을 들먹이는 칼판장 이야기에 저도 한 마디 하고 싶습니다. 초등학교 4~5학년 때쯤의 이야깁니다. 일제 때 신사가 있던 곳에다 동물원 공사를 한다면서 동네 아이들 놀이터였던 산성(달성공원)을 일시 폐쇄한 적이 있었습니다. 아마 1년 정도 출입을 금했던 것 같습니다. 그 '금지'에 순순히 응할 동네아이들이 아니지요. 출입이 금지된 달성공원을 개구멍을 통해서 제집같이 드나들었습니다. 군데군데 동굴을 파고 친구들과 동굴놀이를 하며 놀았습니다. 일종의 정글(원시인) 체험 비슷한 거였습니다. 그러던 어느 날 갑자기 경비원 아저씨가 호루라기를 불며 우리들의 동굴아지트로 들이닥쳤습니다. 뿔뿔이 흩어져서 도망을 쳤습니다. 저도 도망을 쳤습니다만 경비원 아저씨에게 퇴로가 차단당하는 꼴이 되고 말았습니다. 달리 선택할 길이 없었습니다. 철조망이 처진 담장을 뛰어넘어야 했습니다. 잡히면 무슨 봉변을 당할지 몰랐습니다. 그 동안의 불상사를 저 혼자 다 뒤집어쓸지도 모를 일이었습니다. 얼마 전에 누군가가 갓 태어난 아기를 강보에 싸서 동굴 속에다 버리고 달아났다는 흉흉한 소문마저 돌고 있던 판이었습니다. 그냥 날았습니다. 그 표현이 정확할 겁니다. 철조망을 짚고 몸을 공중으로 띄웠습니다. 잠시 몸이 공중에 머무른다는 느낌이 들고 이내 땅에 떨어진 저는 쏜살같이 달려서 무사히 집으로 숨어들 수가 있었습니다. 물론 경비원 아저씨는 3~4미터는 족히 될 담장 위에서 그저 호루라기만 빽빽 불 뿐이었습니다. 집에 돌아오고 나서야 왼쪽 새끼손가락이 허옇게 뼈를 드러내며 피를 철철 흘리고 있는 것을 알았습니다. 병원에도 가보지 못하고 그냥 천으로 감아서 상처를 가라앉혔습니다. 아마 한참 뒤까지(성인이 되고 본격적으로 검도에 입문할 때까지) 그쪽으로는 힘이 잘 전달되지 않았던 것 같습니다. 그 상처가 지금도 선명하게 남아 있습니다. 얼마 전에 차로 그 언저리를 답사한 적이 있었습니다. 함께 한 아내에게 그 이야기를 했더니, 그냥 '그랬어?' 하는 표정이었습니다. 아내도 같은 동네 출신이니 그런 상황을 잘 알고 있습니다. 그런데도 아내는 그저 '그랬어?'였습니다. 그 담장은 그대로였습니다. 철조망이 걷힌 지금 높이에서도 그냥 뛰어내리라면 도저히 못 뛰어내릴 것 같았습니다. 그런데도 아내는 속눈썹 하나 까딱 않고 '그랬어?'였습니다. 정말 모를 일입니다. 아내에겐 제가 한 번도 그럴듯한 '칼판장'으로 보인 적이 없었던 모양입니다. 산 넘어 산입니다.

배추는 하늘을 보고

저만의 어지럼증인지도 모르겠습니다. 작금에 들어, 현실은 무엇이고, 환상은 또 무엇인가라는 생각이 자주 듭니다. 그것과 관련하여 '불편한 진실'들도 자주 목격되는 것 같습니다. '불편한' 환상과 '편한' 현실과의 대결이 자주 목도될 때가 있는 것입니다. 인생이든 소설이든, '가장 환상적인 것이 가장 현실적인 것이다'만 관철시킬 수만 있다면 그것 이상의 성공이 없을 것입니다. 그러나 현실은 그렇지 않습니다. 점점 환상이 불편해질 때가 많아집니다. 그래서 더 불편합니다. 영구한 승리가 되는 불패의 환상, 이 속악한 현실과의 영구한 싸움에서 이기는 길은 오직 그 길뿐이라는 걸 모르는 바는 아닙니다. 그러나 현실 또한 영구히 불패의 현실입니다. 오랜만에 소설 한 편을 읽었습니다.

「배추는 하늘을 보고 잎사귀를 올리니 양(陽)이고 무는 땅으로 뿌리를 내리니 음(陰)이야. 배추를 셋 무를 둘의 비율로 섞고 소금을 쳐서 풋기를 없앤 다음 마늘, 파, 생강, 고추, 젓갈, 이렇게 다섯 가지 색깔의 양념을 넣고 버무려야 비로소 제 맛이 나느니라. 겨울에 김칫독을 땅에 묻는 이치도 또한 같다. 항아리의 입은 하늘을 향해 열려 겨울의 냉기를 받아들이고 아래쪽은 땅으로부터 더운 기운을 받아들여 김치의 참맛을 만들어내는 게다. 세상 만물엔 이렇듯 다 뜻과 이치가 서려 있는 법이야」

결혼식을 며칠 앞둔 어느 날 저녁, 며느리가 될 선희를 앉혀놓고 어머니가 하던 말이었다. 선희는 다소곳이 무릎을 꿇고 앉아 가만가만 고개를 주억거리고 있었다. 어머니가 그날 선희를 불러 김치 담그는 법을 가르치려고 했던 건 물론 아니었다.

▶▶▶ 윤대녕, 「가족 사진첩」 중에서

시어머니는 가문의 법도法度를 바로세우는 데 '김치 담그는 법'을 원용합니다. 제대로 법도를 지키지 못하는 며느리에게 무릇 세상사 모든 일에는 '뜻과 이치'가 있다는 것을 그런 식으로 강조합니다. 결혼식을 앞두고, 돌아가신 시아버지 산소에 인사를 다녀오지 않았던 것을 그런 식으로 타박한 것입니다. 그렇게 미리 '전주곡'을 연주한 다음에 결혼식을 앞둔 아들과 새며느리에게 정작 하고 싶은 말씀을 슬그머니 내어놓습니다.

신혼여행 다녀오는 길에 아버지 산소에 들르도록 해라. 진작 그랬어야 했겠지만 다들 바빠서 그럴 정신도 없었을 게다. 식장에서 그런 말을 할 수는 없는 노릇 아니냐. 내일쯤엔 너도 시간을 내서 처가댁에 들르도록 하고, 너희한테 무슨 하실 말씀이 계실지도 모르는 일 아니냐. 때를 놓치면 또 못하게 되는 말도 있는 법이다.

군이 설명을 하자면, 어머니는 소위 〈예시-주장〉의 논법을 사용한 것이라고 할 수 있겠습니다. 거부할 수 없는 사례를 들어 하나의 공동체 안으로 새로 편입되기 위해서 지켜야 할 입사규칙入社規則에 대해서 강조를 하신 겁니다. 군이 '법도'를 거론하지 않더라도, 새로이 가족구성원이 되는 사람은, 시집이든 처가든, 모르고 있던 그쪽의 '가족 구성의 원리와 실제'에 대해서 미리 선행학습을 해둘 필요가 있다는 것은 누구나 다 아는 일입니다.
　여기서 궁금한 게 하나 생깁니다. 화자주인공으로 설정이 되어 있는 이의 식견으로 보아, 어머니가 말씀하시는 그 정도의 '법도'를 모를 리가 없을 터인데 왜 군이 그런 실수를 저질렀을까요? 보신 분은 아시겠지만, 이 소설은 온통 '작가의 말'로 도배가 되어 있습니다. 등장인물들의 이름은 그저 장식에 불과하고 하나부터 열까지 모두 다 작가가 그들 안에 들어가서 말하고 행동합니다. 말투마저 '작가의 어조' 그대로입니다. 지금 읽어보니 어떻게 이런 글이 작가의 대표적인 소설로 대접을 받을 수 있었는지가 궁금해질 지경입니다. 이 소설 속에서 단연 최고의 통찰을 행사하는 이는 화자주인공 '나'입니다. 그런데 그런 통찰력을 지닌 사람이 왜 이런 실수를 저질렀을까요? 그래서 괜하게 며느리 될 사람에게 그런 무안을 감수하도록 했을까요? 한 번 따져보겠습니다.

우선, 이야기의 실마리를 풀기 위해서 꼭 그래야 했습니다. 실수였든, 어떤 의도가 있었든, 결혼 전에 결혼할 사람과 함께 아버지 산소를 들르지 않은 일이 지금 시작하려는 모종의 이야기의 실마리가 되고 있는 것입니다. 실수였다면 간단합니다. 그런 식으로 아버지에 대한 주의를 환기해서 그 흔한 '부자유친' 계열의 소설, '아들에 의한 아버지의 복권'이 주제가 되는 그 흔한 회고담 하나를 시작할 수 있었습니다. 그렇지 않고 만약 그런 결례에 '의도'가 있었다면 조금 복잡해집니다. 살아생전의 아버지로부터 주어진 어떤 가족 내적 관계(상처)가 그 원인이 됩니다. 여기서 또 갈래가 나누어집니다. 그 상처가 내 것인가, 어머니의 것인가로 나누어집니다. 물론 후자가 될 때 좀 더 복잡한 서사敍事가 이루어지겠지요. 어머니와 아버지의 관계가 어머니와 아들의 관계로 전이되고 어머니의 상처는 아들의 상처가 되고 어머니와 아들은 남편과 아버지를 끝내 용서치 못하고, 새로이 가족을 구성하는 아들은 아버지를 찾지 않고, 그러다가 새로이 아버지가 되는 아들 앞에서, 새롭게 가족이 구성되는 역사적 순간 앞에서, 어머니의 주도로 아버지와의 화해가 이루어지고, 그렇게 '가족사진첩' 하나가 완성될 수 있습니다(김원일의 『마당 깊은 집』이 그 비슷한 이야기를 담고 있습니다). 그렇게 되면 제법 그럴 듯한 소설이 하나 지어집니다. 소설은 결국 '나'에서 '우리'로 나아가는 길고 험난한 도정道程에서 만나는 몇몇 풍경에 대한 묘사이기 때문입니다. 그 정도만 하겠습니다. .

　다시 우리의 화제로 넘어가겠습니다. 오늘 '인문학 스프'의 식재食材는 소설론이 아닙니다. '음양오행陰陽五行'입니다. 위의 소설에서 보여준 어머니의 '김치 담그기 음양오행설'은 한마디로 가관입니다. 배추와 무를 음양으로 나누는 것도 그렇고 각종 양념재를 오행으로 설명하는 것도 그렇습니다. 두 개는 모두 음양이고 다섯 개는 모두 오행입니다. 김칫독의 아래 위를 하늘(냉기)과 땅(온기)에 연관지어 음양으로 나누는 범주화에 이르러서는 가히 '폭력적'입니다. 포복절도할 수준입니다. 〈배추/무〉에서의 상하 공간 분류에 따른 하늘과 땅의 〈양/음〉 설정이 갑자기 온도(냉온) 차이에 따른 〈음/양〉으로 전복될 때는 어안이 벙벙해지기까지 합니다. 그런데 어머니는 여태 엄숙합니다. 그 뒤의 장면에서도 어머니는 결코 '희극인'이 아닙니다. 독자도 마찬가집니다. 그 장면을 박대하지 않습니다. 어떻게 보면 그저 허무맹랑한 '음양오행설'인데 이 소설을 읽다 보면 그것이 그렇게 허무맹랑하게 여겨지지 않습니다. 이 소설 서두에 나오는 그 어머니의 말씀은 도리어, 이 소설을 통틀어 가장 실감나게 다가옵니다. 그게 두 번째 드는 저의 궁금증입니다. 왜 이런 일이 벌어지는 것일까요? 아마 음양오행설이 지니는 태생적인(?) 설득력 때문일 수도 있을 겁니다. 무극에서 태극으로, 음양에서 오행으로, 정치한 형이상학이 현란하게 펼쳐집니다. 어디에서든 그 설명의 틀만 만나면 우리는 거의 예외 없이 '무장 해제'가 됩니다. 그러나 그 현란한 논리 때문은 아닙니다. 그 논리를 믿어서가 아닙니다. 오히려 그 반대입니다. 전혀 믿지 않기 때문에 자진 무장 해제 상태가 됩니다. '가장 환상적인 것이 가장 현실적이다'라고 그것이 우리를 윽박지를 때, 우리는 속절없이 두 손을 들고 맙니다. 인생을 살아본 자 중에서는 누구도 그것 앞에서 함부로 앙탈을 부릴 수가 없습니다. 그게 자기 이외에는 그 어떤 원인이나 동기를 두지 않는 것들의 힘입니다. 자기 이외의 원인이나 동기와 끝내 상종하지 않는 것만이 불패의 환상이 될 수 있는 것입니다.

'가장 환상적인 것이 가장 현실적이다'라는 명제를 제 스타일로 설명해 보겠다는 것이 멀쩡한 소설에 대한 공연한 트집으로 보이지나 않을까하는 염려가 듭니다. 저는 합주合奏라고 한 것인데 공연한 불협화만 조장한 것이 아닌가 싶기도 합니다. 작가들은 '만 개의 현'을 다루는 연주자입니다. 줄 하나만 늘어져도 이내 불협화음을 느낍니다. 진정한 악사樂士라면 자기 악기에만 민감하지는 않겠지요. 저는 그렇게 이해하려 합니다. 그러고 보니 세상을 연주하는 악기가 작금에 들어 많이 상傷해 있는 것 같기도 합니다. 여기저기서 불협화음이 많이 들립니다. 아마 환상을 모르는 어떤 악사가 악기를 함부로 다루고 있는 모양입니다.

접어서 두드리고

우리가 특별한 공부 없이도 확실히 알 수 있는 것 중의 하나가, 인간은 몸과 마음을 가진 존재라는 사실입니다. 그 둘은 하나이지만 때로 전혀 별개의 존재처럼 느껴지기도 합니다. 그래서 몸과 마음을 구별 없이 하나로 설명하는 쪽도 있고(생물학적 인간관) 마음이 몸의 주인이라고 설명하는 쪽도 있습니다(불가, 유가적 인간관). 저는 마음도 몸의 일부라고 보는 쪽에 더 호감이 갑니다. 마음의 역할을 부정하는 것은 아니지만, 무도가武道家의 한 사람으로서 몸 쪽에서 마음 쪽으로 나아가는 게 훨씬 효과적이라는 것을 체감하고 있습니다. 사람은 누구나 자신의 체험을 높이 사게 마련인 것 같습니다. 본격적으로 '몸'을 닦는 일에 몰두하고부터 그렇게 생각이 고정되는 것 같습니다.

인간은 심신이 유기적으로 결합된 존재라고 여길 때, 일반적으로 몸이 마음으로, 마음이 몸으로 자신의 존재방식이나 상태를 파송派送한다고 말합니다. 그런 상호작용이 가장 민감하게 나타나는 부분이 인간의 뇌라고 하는 것을 어디선가 본 적도 있습니다. 앞에서도 말씀드렸지만 저는 어떤 경우라도 몸 안에 마음(정신)이 내포되어 있는 것을 부정할 수 없다고 생각합니다. 그래서 가끔은 이런 독단적이고도 무식한 생각을 해 봅니다. "몸 공부(활동) 없는 자들의 마음 공부(지식)는 모두 허랑된 것이다"라고요. 책상물림으로만 안 것은 결국은 '주화입마走火入魔'로 귀착되고 만다는 거지요. 물론 편견입니다. 그런데 편견인 줄 알면서도 그 생각을 버리기가 싫습니다. 몹쓸 편견이라는 걸 전제하고, 제 생각을 말씀드리겠습니다. 우선 '주화입마'에 대한 설명을 한 번 들어보겠습니다.

주화(走火): 화(火)란 기공 중에서의 의념의 응용을 말하고 의념으로 호흡을 장악하는 것을 화후라 하는데요. 강렬한 의념, 급하고 중한 호흡으로 기공하여 나타나는 현상을 주화라 합니다.

입마(入魔): 기공 중에 나타나는 현상인데 이것을 진짜로 믿는 데서 정신착란과 발광증이 생기며 심지어는 정신병자가 되기도 한다고 합니다. 이것을 입마(入魔)라 하는데요. 이것은 기공 중에 나타날 수 있는 가장 극심한 편차로서 극히 드문 현상이라고 하죠.

입마의 원인: 입마는 잡념이 아직 완전히 없어지지 않은 상황 하에서 억지로 안정 상태에 들어갈 때 생깁니다. 그리고 안정 상태에 들어

가는 과정에 잡념이 다시 반영되어 나타날 때에도 각종 환상이 생기구요. 그러므로 기공하는 사람이 평상시에 보고 생각하고 듣고 기대하고 갈망하던 내용들이 발현하는 것이지요. 불순한 사상의식, 비정상적인 욕망과 관련된다고 봅니다.

▶▶▶ Daum 지식 참조

책상물림은 주화입마로 흐를 수밖에 없다, 무슨 용심에서 그런 염에 사로잡혀 있는지 그 까닭을 잘 모르겠습니다. 아마 인간의 본성 중에는 반드시 '발산發散'시켜서 소진해야 할 것이 있다고 스스로 믿고 있는 것 같습니다. 그것도 순전히 제 경험에서 나온 것이겠지요. 어쨌든 저는 몸의 존재 양태 중의 하나가 마음이라고 생각합니다. 그런 의식 없이 자칫 멋모르고 '정신주의' 하나로 나가다가는 큰 낭패를 당하기가 십상이라고 여깁니다. 실제로 그렇게 한순간 낭떠러지로 떨어지는 사람도 여럿 봤습니다. 몸을 제대로 단련하지 않은 상태에서 정신의 고공행진을 하던 이들이 어느날 갑자기 추락하는 걸 종종 보아 왔습니다. 그럴 때마다 결국 인간의 역사는 몸에 대한 마음의 투쟁의 역사라는 생각이 듭니다. 그러니까 수신修身은 비유적인 의미로 사용되는 말이 아닌 겁니다. 그것은 몸 공부의 중요성을 일찍부터 알았던 옛 성현들의 직설법이었던 것입니다. 이를테면, 수신은 일종의 독립투쟁입니다. 우리의 3.1 만세운동과 같은 비폭력 독립운동의 일종입니다. 그래서였는지도 모르겠습니다. 몸과 마음의 관계는 옛날부터 지식인들의 주요 관심사였습니다.

몸은 마음을 담는 그릇이며 토대이다. 마음은 몸의 한 기능이며 표현이다. 몸은 우리 마음이 근거하는 거처이다(주자는 "인간의 본성은 도의 형체이며, 마음이란 본성의 집이고, 몸이란 마음의 거처이며, 사물은 몸이 타고 다니는 배와 수레다(故康節云 : 性者, 道之形體; 心者, 性之郛郭; 身者, 心之區宇; 物者, 身之舟車)"(『朱子語類』 권1, 3쪽)라는 소강절의 말이 매우 좋다고 하였다). 따라서 마음은 몸을 떠나서 있을 수 없다. 즉 심리적이거나 정신적인 어떤 현상도 몸 혹은 기를 떠나서는 존재하지 않는다. 여기서 주자는 우리 몸과 마음의 관계를 초와 촛불의 관계로 설명한다. 초가 없이는 촛불이 있을 수 없다. 마찬가지로 지각하고 인식하는 우리 마음의 작용은 몸을 떠나서는 있을 수 없다.

"질문: 지각은 마음의 영명함이 본래 그런 것입니까 아니면 기의 작용입니까?

주자 대답: 단지 기의 작용만이라고 할 수 없으니, 먼저 지각의 이치가 있어야 하기 때문이다. 이치가 아직 지각되기 전에 기가 모여서 어떤 형태를 이루면 이치가 기와 함께 작용하여 지각할 수 있게 된다. 비유컨대 저 촛불에서 기름덩어리가 있기 때문에 불꽃이 있는 것과 마찬가지다."(『朱子語類』 권1)

한편 마음은 몸의 주인으로서 몸을 주재한다. 모든 행위에서 마음은 그것을 주재하며 이런 점에서 마음은 우리 몸을 부리는 주재자이다. 그래서 『대학』에서는 "우리 마음이 가 있지 않으면 눈으로 보아도 보지 못하고 귀로 들어도 듣지 못하며 음식을 먹어도 그 맛을 모른다"고 하였다. 몸과 마음은 상호 연관된 일체이며, 불가분의 관계에 있다. 마음은 몸에 나타난다. 따라서 수양의 내용도 몸과 태도에 나타나야 한다. 또 몸을 먼저 바로 함으로써 마음을 바로 할 수 있다. 유가에서 개인 수양을 '수심(修心)'이라 하지 않고 '수신(修身)'이라고 표현하는 것은 바로 이 때문이다. 이렇게 몸과 마음을 하나의 통일체로 보는 입장은 고대로부터 형성된 것이다. 『예기』와 『논어』에는 덕 있는 사람이 갖추어야 할 모습이 구체적으로 묘사된 부분이 많다. 가령 '수신'의 지침으로 『예기』에 거론된 군자의 모습을 보자.

"군자의 모습은 여유 있고 한가로워야 한다. 높은 사람을 볼 때는 단정하고 삼가야 한다. 발의 모양은 무겁고, 손의 모습은 공손하고, 눈의 모양은 단정하고, 입의 모습은 조용하고, 목소리는 고요하며, 머리 모습은 곧게, 기상은 엄숙하고, 서 있는 모습은 덕스럽고, 안색은 엄숙하고, 앉은 모습은 시동(尸童) 같아야 한다."

유가에서 특히 인간의 행동거지를 세밀한 곳에까지 주목하는 것은 몸과 마음이 불가분의 일체라는 믿음 때문이다. 마찬가지로 한 사람의 '생각'과 '행위'는 불가분의 관계를 가진다. "생각은 움직임이 숨어있는 것이고 행위는 움직임이 드러난 것이다. 생각은 안에서 움직이고 행위는 밖에서 움직인다."(『近思錄』 권5)

▶▶▶ 김수중, 「유가의 인간관」, 『인간이란 무엇인가』 중에서

물론, 마음이 몸의 주인으로서 몸을 주재한다는 주자의 말씀

에 백 프로 다 공감하는 것은 아닙니다. 몸이 전혀 마음의 말을 듣지 않을 때도 종종 있기 때문입니다. 그러나 대체로 들을 만한 설명이라는 생각이 듭니다. 특히 '수심修心'이 아니라 '수신修身'이어야 하는 이치를 밝히는 대목이 특히 그렇습니다. 유가에서 개인 수양을 〈수심修心〉이라 하지 않고 〈수신修身〉이라고 표현하는 것은 몸과 태도로 나타나지 않는 마음은 진정한 마음이 아니라는 깨침에 토대하고 있는 것입니다.

그런 '몸 공부, 수신'에 대한 요구가 왜 정당한 것인지는 요즘의 신문 정치면이나 사회면을 볼 때마다, 그 어떤 인간성에 대한 설명과 이해를 떠나서, 절로 깨칠 수가 있습니다. 그 모든 것을 압도하는 야수적 본성本性이 인간에게는 분명히 있는 것 같습니다. 이를테면 '선택된 생명으로서의 투쟁 본능'이나, '생존을 위해 타고난 경쟁심과 공격성' 같은 것들은 외부에서 주어지는 교육이나 교양으로 완전히 억누를 수는 없는 것 같습니다. 그게 '몸의 논리와 윤리'인 것 같습니다. 스스로 그것을 억제하려는 노력을 기울이지 않는 한 인간은 그것의 포로가 되지 않을 수 없습니다. 인간이 할 수 있는 일이란, 그저 그런 '몸의 논리와 윤리'에 간헐적으로 저항하는 그 무엇을 부단히 행하는 일밖에는 없는 것 같습니다. 마음으로는 '믿음'을 요구하는 불패의 환상을 끊임없이 불러들이고 몸으로는 내 몸의 운동력에 대한 내 의지의 부단한 지배권을 행사하는 일밖에는 없을 것 같습니다.

인간은 쇠와 같습니다. 접어서 두드리고 두드려야 정련됩니다. 날 때부터 강철인 쇠는 없습니다. 불순물 없이 강하고 질긴

쇠를 만들려면 스스로 부단히 접고 두드려야 합니다. 불패의 환상에 대한 믿음, 그 부단한 반성적 성찰뿐만이 아닙니다. 부단히 몸도 움직여야 합니다. 몸이 예藝를 얻어서 예禮를 지향하도록 피나도록, 부단히 노력해야 합니다. 낭떠러지에 떨어져서 스스로 다시 기어올라 와야 합니다. 우리가 도복道服을 입는 이유가 거기에 있습니다. 몸 공부가 병행되어야 합니다. '수신修身' 없는 공부는 진짜 공부가 아닙니다. 활동이든 사업이든, 진정한 사이후이死而後已(죽은 뒤에야 그만둠)의 정신으로 '수신修身'을 지향해야 합니다. 그래야 됩니다. 제가 아는 것은 거기까지입니다.

애써 한 소식 들은 척

살다 보니 '사는 것에 대한 생각'이 각양각색이라는 걸 알겠습니다. 젊어서는 남녀관계에 있어 저와 좀 다른 가치관을 가진 사람들을 '비윤리적'이라고 여길 때가 많았습니다. 소위 '양다리'를 걸친다거나, '임자 있는' 상대에게 눈길을 보낸다거나, 세칭 가정이 있는 자가 '바람'을 피운다거나 하는 일에 대해서 극도의 혐오감을 느낀 적이 많았습니다. 모두 '의리 없는 짓'이라고 여겼습니다(삼국지의 주제가 '의리 없는 놈(년)은 인간이 아니다'입니다). 인간이기를 포기한 자들의 소행이라고 생각했습니다.

그런데 나이가 들다보니 윤리니 비윤리니 하는 것들이 좀 석연치가 않습니다. 무엇보다도 생각대로 산다는 게 그리 호락호

락하지 않을 때가 많다는 걸 눈치 채게 됩니다. 평생 살면서 '내 맘대로' 살 수만 있다면 오죽 좋겠습니까? 그러나 그렇지 않다는 게 지금까지, 길지는 않지만, 제가 살아본 느낌입니다. 차 떼고 포 떼고 이것저것 다 떼어 내곤 장기판을 꾸려나갈 수 없었습니다. 보고도 못 본 척, 싫어도 괜찮은 척, 굳이 용서라는 표현을 동원하지 않더라도, 이것저것 껴안고 살아야 하는 게 인생이었습니다. 그래서 이즈음은 남의 일에는 아예 판단을 하지 않는 쪽으로, 그저 데면데면 멀뚱멀뚱, 그냥 두고 보자는 심사로 기울어지고 있는 중입니다. '설명'이 아닌 '묘사'로 삶을 바라볼 필요가 있다는 생각이 저를 지배하고 있는 중입니다. 『모비 딕』독후감에서, 스스로 다시 그 소설을 쓰고 싶은 욕망을 토로하고 따로 '후기後記'를 두지 않는 기술記述을 강조한 정진홍 선생의 말씀이 가슴 깊이 와 닿았던 것도 아마 그 때문인 것 같습니다.

이 소설을 다시 쓰는 작업에서 저는 고래와 바다와 에이허브를 모두 교체할는지도 모릅니다. 포유류임에도 물에서 사는 동물, 그렇기 때문에 땅을 떠나 바다에서 이루어지는 사건의 전개, 한쪽 다리를 잃어버린 외다리 선장, 이 전부를 말입니다. 저는 어쩌면 고래를 양서류로 바꾸고, 바다를 땅과 바다로, 그리고 에이허브를 두 다리가 성하거나 모두 상한 에이허브로 만들지 모릅니다. 그렇게 하고 멜빌이 이 작품 속에서 풀어나간 이야기를 그대로 하게 하고 싶습니다. 그때 신이 어떻게 묘사될는지, 그때 죽음이 어떻게 다루어질는지, 그때 인간이 어떻게 그려질는지 궁금합니다. 그때 '일몰'(37장)

이, 그때 '모포'(68장)가, 그때 '호두'(80장)와 '눌러 짜내기'(94장)가, 그때 '관 속의 퀴이퀘그'(110장)가, 그때 '모자'(130장)가 어떻게 그려질지 저는 궁금하다 못해 초조할 지경입니다. 그렇게 하면 분명히 이 소설이 '거절'하고 있다고 판단되는 사랑이야기도 하게 될는지 모릅니다.

하지만 이러한 것들은 그대로 두어도 좋습니다. 교훈의 여운을 문자화하는 것은 친절입니다. 그것은 기려도 좋은 덕입니다. 소설이라고 해서 그 덕을 누리지 말라는 법도 없습니다. 작가의 자유를 훼손할 수도 있을 독후감의 진술이 소설을 되쓰고 싶다는 데 이르는 것은 독자의 오만입니다. 그러한 짓은 하지 않는 것이 자연스럽습니다.(…중략…)

그러한 것을 충분히 유념하면서도 저는 견딜 수 없이 하고 싶은 딱 한 가지 '다시 쓰기'의 희구를 버리지 못합니다. 그것은 '후기(Epilogue)'를 잘라내는 일입니다. 이 후기가 없으면 이 소설은 이야기가 되지 않습니다. 사실을 전해주는 화자(話者)마저 파도의 깊은 속으로 빠져 사라지게 한다면 이제까지 한 이야기는 모두 '실증'되지 않기 때문입니다. 더구나 멜빌은 이 마지막 결미에서 하고 싶은 말이 있었습니다. 구약성경 욥기를 인용한 것("나만 홀로 피한 고로 주인께 고하러 왔나이다(1장16절)")이라든지 이슈마엘을 구해준 배 이름이 이미 피쿼드호가 만난 배이기는 하지만 가나안으로 가다 베냐민을 낳고 난산 끝에 죽은 야곱의 아내 '라헬'의 이름과 같았다든지, 그 배는 선장이 잃은 아들을 찾아 헤매던 배였는데 "자기 아들이 아닌 다른 고아를 찾았다"는 말들이 그것입니다.

▶▶▶ 정진홍, 『고전, 끝나지 않는 울림』 중에서

정진홍 선생은 『모비 딕』이라는 소설이 굳이 인생에 대한 결론짓기와 요약하기를 도모하려고 하는 것에 불만을 토로합니다. 그런 '설명'을 못마땅해 하고 있습니다. 소설의 마지막이 '신神의 해답'과 함께 하는 것이 싫다고 말합니다. '물음'으로만 존재하는 이야기가 진정한 인간과 신에 대한 이야기라고 강조합니다. 그것이 '인간 자존의 표출'이라는 것입니다. 『모비 딕』이 경전이 아니라 문학이려면 반드시 그러해야 된다고, '해답의 거절'이 있어야만 한다고, 다소 장황한 느낌마저 주면서까지 역설하고 있습니다. '애써 한 소식 들은 척'(신현락, 「고요의 입구」)하는 것이 능사가 아니라는 말씀인 것 같습니다.

글을 쓰던 책을 읽든 무도 수련을 하든, '싸움의 기술'을 탐하다 보면 저도 모르게, 부지불식不知不識, '사람 공부'를 하게 되는 경우가 왕왕 있습니다. 상대의 기술에 경탄하기도 하고 실망하기도 하면서 제 자신과의 비교에 나섭니다. '기술'은 사람이 부리는 것이기에 그것은 늘 '사람'과 함께 갑니다. 어쩔 수 없이, '기술'에 대한 경탄이 '사람'에 대한 존중으로, '기술'에 대한 불만이 '사람'에 대한 경멸로 이어질 때도 많습니다. 시간이 흐르고 그런 '차별'이 저의 못난 분별심 때문이었다는 것을 알게 되는 경우도 많이 있습니다. 모두 인생을 섣불리 결론짓고 요약해 보고 싶은 과욕(조급성?)에서 비롯된 것들입니다.

젊어서는 몰랐던 것인데, 나이 들면서 혼자 있어도 외롭지 않을 때가 간혹 있습니다. 저급한 수준이나마, 나이 들면서도 포기하지 않은 몇몇 '싸움의 기술' 덕분이라 여깁니다. 그러나 제가 그러니 남들도 다 그럴 거라고는 생각하지 않습니다. 사람은 누구나 자기만의 행과 불행을 평생 안고 삽니다. 누구도 그것을 대신해 줄 수 없습니다. 그것처럼, 나이 들수록 더 외로운 사람들도 있을 것입니다. 그런 사람들에게 '애써 한 소식 들은 척'하라고 강요하는 것은 좀 무리하는 생각이 듭니다. 누구도 그의 '외로움'을 대신할 수 없기 때문입니다. '윤리'와는 또 다른 문제이겠습니다만, '삶을 바라보는 다양한 관점'에 대한 좋은 설명으로 자주 인용되는 장자의 이야기 한 토막을 소개하는 것으로 저의 이야기를 마무리 짓기로 하겠습니다.

혜자(惠子)가 장자(莊子)에게 말했다. "위왕(魏王)이 큰 박씨를 주길래 그것을 심었더니 크게 자라 5석(石)이나 들어갈 정도로 큰 열매가 열렸소. 거기에 물을 담자니 무거워 들 수가 없고, 둘로 쪼개서 바가지로 쓰자니 납작하고 얕아서 아무것도 담을 수가 없었소. 확실히 크기는 컸지만 아무 쓸모가 없어 부셔버리고 말았지요."(장자의 주장이 크기만 하고 쓸모가 없다는 것을 풍자한 것) 장자가 말했다. "선생은 큰 것을 쓰는 방법이 매우 서툴군요. 송(宋)나라에 손 안 트는 약을 잘 만드는 사람이 있었소. 그는 (그 약을 손에 바르고) 대대로 물로 솜 빠는 일을 가업으로 이어왔소. 한 나그네가 그 소문을 듣고 약 만드는 방법을 백금(百金)으로 사겠다고 하자, 친척을 모아 의논하기를 '우리는 솜 빠는 일을 대대로 해 오고 있지만 수입은 불과 몇 푼에 불과하다. 이 기술을 팔면 단박에 백금이 들어온다. 그러니 팔도록 하자' 하였다오. 나그네는 그 약 만드는 법을 가지고 오왕(吳王)을 찾아가 설득했소. 마침, 월(越)이 쳐들어오자 오왕은 이 사람을 장군으로 삼았는데, 겨울에 월군(越軍)과 수전(水戰)을 하여 크게 그들을 무찔렀소. (월군은 손 트는 고통 때문에 가진 전력을 십분 발휘할 수 없었다.) 오왕은 그 공적을 높이 사 그 사람에게 땅을 나누어 주었소. 손을 트지 않게 하는 일은 매 한 가지였으나, 한 사람은 그 기술로 영주(領主)가 되었고, 다른 한 사람은 고작 솜 빠는 일에서 벗어나는 것으로 그쳤소. 그것은 그들이 같은 것을 가졌으나 쓰는 방법이 달랐기 때문이오. 지금 선생에게 5석이나 들어가는 박이 생겼다면 어째서 그 속을 파내 큰 술통 모양의 배를 만들어 강이나 호수에 띄워 즐기려 하지 않소. 즐길 생각은 않고 그저 납작해서 아무 것도 담을 수 없다는 걱정만 하고 있으니 그게 바로 선생의 마음의 병통이 아니고 무엇이겠소."

▶▶▶『장자』 내편 「소요유(逍遙遊)」(안동림 역주, 『莊子』) 중에서

장자의 소론所論이 모양만 크고 그럴듯하지 실생활에는 별반 도움을 주지 못하는 '공허한 이론'이라는 비판에 장자는 "그렇지 않다. 너희들이 그것을 쓰는 방법을 모르고 있을 뿐이다"라는 말로 대응합니다. 물로 솜 빠는 사람들의 손 안 트는 가전家傳 비법이 한 나라를 구하는 결정적인 전략戰略이 될 수도 있음을 왜 모르느냐고 다그칩니다. 무엇이든 도구의 가치는 절대적인 것이 아니라 상대적인 것이며 오직 그 용도用途의 소용에 달려 있는 것임을 가르칩니다. 견물생심見物生心(이 말은 '물래이순응物來而順應'이라는 뜻으로 사용됩니다), 사물을 보면 그 사물이 지닌 물성을

보고, 순순히 그것에 반응하여, 내게 가장 유익한 면을 그 안에서 찾아내면 될 일인데, 사람들은 현재의 내 소용所用에 우격다짐으로 그것을 집어넣을 생각만 한다는 것입니다. 그 비슷한 이야기가 검도계에서도 전합니다. 현대 검도는 '죽도竹刀 검도'입니다. 검도 경기는 호구를 착용한 상태에서 죽도로 상대의 정해진 가격 부위(머리, 목, 허리, 손목)를 가격하게 되어 있습니다. 자연히 죽도의 길이와 무게가 경기에 큰 영향을 미칩니다. 길이는 눈으로 쉽게 확인할 수 있지만 무게는 들어보지 않으면 잘 모릅니다. 아무래도 무게가 가벼우면 좀 더 죽도를 빠르게 사용할 수 있습니다. 그래서 경기 전에 죽도를 검량하게 되어 있습니다. 성인 기준 대략 450~500g 정도의 무게가 정량입니다. 그런데 고수高手가 되면 도리어 죽도 무게를 늘려잡는 경우가 왕왕 있습니다. 손잡이(칼자루)가 두껍고 무게가 몇 십 그램 더 나가는 죽도를 선호합니다. 죽도가 가벼우면 칼 쓰는 맛이 오히려 경감되어 재미가 덜하다고들 말합니다. 고수는 아니지만 저도 그런 느낌을 받을 때가 종종 있습니다. 두껍고 무거운 칼에 몸을 실어서 도구와 일심동체가 되어 상대를 가격할 때 '행동의 깊이'가 발견될 때가 있는 것입니다. 그런 타격이 적중했을 때의 쾌감은 말로 설명하기가 어려우리만치 큽니다.

몇 년 전 한 검도 저널에서 그런 '싸움의 기술'에 대한 문답이 있었습니다. 전성기 시절 무거운 죽도를 쓰는 것으로 유명했던 한 원로 검도가에게 기자가 물었습니다.

"선생님, 아직도 무거운 죽도만 고집하십니까?"

기자는 아마 그의 연로한 모습을 봤을 듯합니다. 기력은 쇠하였음이 분명한데 칼은 여태 무거운가, 시간에게 종속된 인간에게 과연 도_道란 어떤 의미인가, 아마 그런 잡념(?)을 지녔던 듯합니다.

"아닐세. 요즘은 가벼운 것을 무겁게 쓰려고 노력하고 있네."

나이 든 '선생님'은 그렇게 답했습니다. 인체에는 한계가 있어 근력이 마냥 늘어나지는 않는 것, 노년에 접어든 몸으로 옛날의 힘을 그대로 유지할 수는 없지만 '싸움의 기술'은 포기할 수 없다는 말이었습니다. 그 '선생님'의 말씀이나, 앞에서 인용한 장자의 말씀이나 결국은 '모든 것이 우리의 마음에 달려 있다는 것을 알아라'라는 말씀인 것 같습니다. 그렇습니다. 정해진 크고 무거운 것도 작고 가벼운 것도 없습니다. 그저 크게 쓰면 큰 것이고 작게 쓰면 작은 것입니다. 가벼운 것도 무겁게 쓰면 무거운 것이고 무거운 것도 가볍게 쓰면 가벼운 것입니다. 저의 이 작고 가벼운 글쓰기, '싸움의 기술', '소가진설'도 마찬가지라 여깁니다. 독자 여러분의 공감을 얻을 때 당근 크고 무거운 것이 되리라 믿어 봅니다. 고맙습니다.